Anja Marschall
LONDON CALLING

eins

Er hatte sich in den letzten Tagen oft gefragt, wie es sein würde abzudrücken. Jetzt stand er da, den Finger am Abzug. Mit der anderen Hand hielt er den Lauf der Flinte und zielte auf sein bettelndes, winselndes Gegenüber. Er zögerte, jedoch nicht, weil er Hemmungen hatte zu töten. Nein, er wollte dieses einmalige Gefühl in seinem ganzen Körper spüren. Nicht der geringste Anflug von Zweifel oder gar Panik sollte ihm diesen Moment ruinieren. Er war sich der Einmaligkeit dieser Sekunden bewusst.

Langsam krümmte er den Zeigefinger seiner rechten Hand. Die Muskeln in seinem Oberarm spannten sich. Seine Haut schien zu vibrieren; er nahm alles intensiver wahr, als er es jemals zuvor getan hatte. Mit zusammengekniffenen Augen fixierte er den Kerl im Armani-Anzug, der in den Lauf der Schrotflinte starrte. Den Rücken an die Wand gedrückt, stand der Mann zitternd da. Unverständliche Worte kamen aus seinem Mund. Die Hosenbeine waren nass.

Aus dem Augenwinkel beobachtete der Schütze sich selbst im dunklen Glas der hohen Fensterscheiben, hinter denen das glitzernde London im Halbschlaf lag: St Paul's Cathedral, das London Eye, die Lichter der City of London. Der mit der Waffe war nicht er. Es war ein anderer, ein Film.

Als er sicher war, dass er alles gefühlt hatte, was man in einem solchen Moment nur fühlen konnte, drückte er ab. Im Spiegel des Fensters glaubte er, das Schrot aus dem Lauf herausschießen zu sehen. Er sah, wie der Mann vor der Wand zusammensackte. Der beißende Pulverdampf reizte seine Schleimhäute, während er dem Schuss nachhorchte.

Dann war er vorbei, der eine, große Moment.

Mit einem tiefen Seufzer betrachtete er die Szenerie. Halb liegend lehnte der Tote zu seinen Füßen. Neben ihm lag eine unförmige Skulptur, die einen Bullen und einen Bären im Kampf darstellte. Dem Bullen fehlte ein Auge.

Er ging ins Bad, nahm die bereitgelegte Kleidung vom Wannenrand und zog sich um. Seine mit Blut bespritzten Sachen würde er in einem Müllcontainer nahe dem Mansion House entsorgen, von dem er wusste, dass er in zwei Stunden geleert werden würde. Die Schrotflinte würde er in die Themse werfen.

Ein letztes Mal ließ er seinen Blick prüfend durch die Wohnung im neunundzwanzigsten Stock des Heron gleiten.

zwei

Kate Cole sah, wie der Bus der Linie 187 langsam durch den Regen die Wellington Road hochkroch. Es war in dieser Nacht der letzte von St John's Wood in Richtung Chippenham Road, und sie musste ihn erwischen, wollte sie nicht zu Fuß nach Hause gehen. Also umklammerte sie den Riemen ihres Lederbeutels, den sie sich über die Schulter geworfen hatte, und rannte los.

Zeitgleich mit dem roten Doppeldecker kam sie an der Haltestelle an, als die Türen auch schon aufgingen. Mit einem Satz war sie drin. Sie ließ sich am Fenster auf eine Bank fallen. Mit einem Ruck fuhr der Bus los.

Kate hatte eine Doppelschicht im Krankenhaus hinter sich, was eigentlich nicht erlaubt war. Aber die Grippewelle in diesem nassen Frühling hatte auch vor dem Personal des St John and St Elizabeth Hospital nicht Halt gemacht. Kates Füße schmerzten und ihr Rücken tat weh. Sie griff zu ihrem Lederbeutel und fischte eine Tüte Pfefferminzbonbons heraus. Als Kind hatte sie diese Bonbons bekommen, wenn sie artig gewesen war. Und auch als erwachsene Frau blieb sie der Tradition treu, sich damit zu belohnen. Sie nahm zwei aus der Tüte und steckte sie sich in den Mund. Dann schloss sie für ein paar Minuten die Augen und versuchte, sich auf ihren soeben beginnenden Urlaub zu freuen.

Gerade noch rechtzeitig bemerkte sie, dass ihre Station kam. Sie sprang auf und drückte den Knopf. Der Bus hielt und sie trat auf die nächtliche Shirland Road, die um diese Zeit fast ausgestorben war. Die Lichter der Straßenlampen glänzten auf dem regennassen Asphalt. Langsam ging sie an Fenstern vorbei, hinter denen Fernseher flackerten. Es fiel ihr immer schwerer, die müden Beine zu bewegen, doch zum Glück war es nicht mehr weit bis zu ihrer Souterrainwohnung in der Lanhill Road.

Eigentlich müsste ich mich freuen, überlegte sie erschöpft, als sie an dem Haus vorüberging, an dessen Wand ein Schild eindringlich vor Kindern warnte und Disneyfiguren sowie goldene Buddhas einen Fenstersims schmückten. Zwei Wochen lang würde sie nun keine Spritzen mehr setzen, keine übellaunigen Ärzte, keine überforderten Schwestern, keine Listen, keine bunten Pillen und keine jammernden Patienten ertragen müssen. Da sie keine Familie hatte, die sie besuchen konnte, und das Geld für einen richtigen Urlaub nicht reichte, würde sie ihre freien Tage in der kleinen Kellerwohnung verbringen. Sie würde sich aufs Bett lümmeln und alle Folgen ihrer Lieblingsserie gucken. Sie würde nur essen, worauf sie Lust hatte. Und nur, wenn es wirklich sein musste, würde sie vor die Tür gehen – um den Kühlschrank zu füllen, ins Kino zu gehen oder einen kleinen Spaziergang im Park zu machen.

Kate stieg die schmalen Stufen zu ihrer Wohnung hinunter und schloss die Tür auf. Modrig-feuchte Luft schlug ihr entgegen. Sie knipste das Licht an, ging zum vergitterten Fenster und zog die Vorhänge zu. Dann hängte sie ihren Lederbeutel an die Garderobe, stellte ihre Schnürschuhe, die sie sich vor Jahren für einen Wanderurlaub in den Highlands gekauft hatte, davor und ging ins Bad, um heiß zu duschen. Sie hoffte, dass die Heizung nicht schon wieder ausgefallen war. Irgendwie fühlte es sich an diesem Abend besonders kalt in ihrer Wohnung an.

Die Abflussrohre, die in einer Ecke ihres Badezimmers von der niedrigen Decke bis zum Boden verliefen, begrüßten Kate mit einem Gurgeln und Blubbern, als sie sich einen Schwall Wasser ins Gesicht spritzte. An dieses Geräusch, das in ihrer ganzen Wohnung zu hören war, sobald jemand oben im Haus auf die Toilette ging, das Wasser aus der Badewanne ließ oder duschte, hatte Kate sich noch immer nicht gewöhnen können. Ihr Vermieter meinte, das sei bei so alten Häusern normal und kein Grund, die Miete zu mindern.

Kate wusste, dass sie nicht zu anspruchsvoll sein durfte. Diese klamme Behausung war die einzige bezahlbare Unterkunft in der Nähe des Krankenhauses, wollte sie sich nicht mit drei oder vier Kolleginnen eine kleine Wohnung im Schwesternheim teilen – eine Option, die für Kate absolut nicht in Frage kam.

Sie schlang sich ein Handtuch um ihre nassen Haare und ging in die kleine, fensterlose Küche, wo sie ihren Lieblingsbecher vom Regal nahm und einen Teebeutel hineinfallen ließ. Dann griff sie zum Kessel, hielt ihn unter den Wasserhahn und drehte das Wasser auf. Das übliche Gurgelkonzert in der Wand begann. Sie zählte bis fünf, dann schoss das Nass in einem heftigen Strahl aus dem Hahn.

Nachdem sie ihr Nachtshirt angezogen und das Bett aufgebaut hatte – tagsüber diente es als Couch –, ließ Kate sich mit dem Tee auf der Decke nieder. Andere tranken Bier oder Wein zum Entspannen, sie jedoch pflegte ihre Liebe zum Tee.

Über sich hörte sie Mrs Erwing in Richtung Toilette schlurfen. Es war also ein Uhr. Kate lauschte, bis sie kurz darauf die Spülung hörte. Dann kam Leben ins Fallrohr.

Es gurgelte, es rauschte, schließlich herrschte Stille. Durch diese Leitung fielen die Abwässer aller Mietparteien im Haus der Londoner Kanalisation entgegen. Verärgert nahm Kate sich vor, noch einmal mit dem Vermieter zu reden. So ging es nicht weiter.

drei

Gerade noch tief in ihrem Traum gefangen, schreckte Kate plötzlich hoch. Sie hörte ein lautes Hupen. Mit aufgerissenen Augen starrte sie in die Dunkelheit. Der Lärm kam von draußen. Tatsächlich, jemand hupte da auf der Straße! Ein weiteres „Tut!" ließ die Scheibe hinter den Vorhängen scheppern.

„Was soll denn das?", rief Kate, knipste die Nachttischlampe an, warf schwungvoll die Decke zur Seite und sprang aus dem Bett. Sie riss den Vorhang auf und sah aus dem Fenster. Am Zaun zur Straße hoch bemerkte sie zwei lange Beine mit Cowboystiefeln an einem Ende und einer Art Kilt am anderen.

„Noch mal!", rief die Person und das Hupen begann von Neuem.

Kate riss das Fenster auf. „Sind Sie wahnsinnig?!", schrie sie zu den Beinen hoch. „Sie wecken die ganze Nachbarschaft!" Jetzt war sie wach! „Es gibt Leute, die müssen morgen arbeiten!" Okay, sie selbst nicht, aber das musste die Person da oben ja nicht wissen.

In dem Moment ging diese in die Knie. „Hey! Was machst du denn da unten? Ich denke, Keller sind nur was für Mäuse und Dienstboten."

Kate kannte diese rauchige Stimme. Sie versuchte, sich weiter aus dem offenen Fenster hinauszulehnen, um die dazugehörige Person besser sehen zu können.

Doch die war schon wieder aufgestanden und schrie zur Straße hinüber: „Das reicht! Sie wohnt im Keller."

Jetzt war Kate sich sicher: Da oben stand die verrückte

Luna. Sie sah, wie ihr nächtlicher Gast koboldgleich die schmalen Stufen heruntersprang.

Luna hatte ihre roten Haare zu unzähligen Zöpfen geflochten und diese mit Schleifen aller Art versehen. Sie strahlte Kate durch das Fenster an. „Hi!" war alles, was sie sagte. In ihrem Gesicht leuchteten die Sommersprossen mit ihrem Lächeln um die Wette.

Kate hatte Luna seit über einem Jahr nicht gesehen. Ab und zu las sie etwas über die reiche Erbin in den Klatschblättern. Doch ihre Leben waren zu unterschiedlich geworden, um noch Gemeinsamkeiten zu haben. Als Luna noch im Pub The King's Men gearbeitet und kein Geld gehabt hatte, da hatten sie sich täglich gesehen. Man könnte sogar sagen, dass die beiden so unterschiedlichen Frauen irgendwie Freundinnen gewesen waren. Inzwischen aber verkehrten sie in absolut verschiedenen Kreisen.

„Willst du mich nicht reinbitten, Kate Cole?"

Kate war verwirrt. Sicherlich waren alle Nachbarn von dem Gehupe wach geworden. Bestimmt standen sie nun hinter den Fenstern und sahen, dass eine unmögliche Person mit roten Zöpfen ausgerechnet die nette Krankenschwester im Keller besuchte. Und dann noch um diese Zeit! Sie würde sich bei den Nachbarn entschuldigen müssen. Wie lange ging das mit dem Hupen eigentlich schon? Wahrscheinlich war die Polizei bereits unterwegs.

„Entschuldige bitte", stotterte Kate und eilte zur Tür. „Komm schnell rein! Was machst du überhaupt hier?"

Luna trat ein, warf ihren Umhang vor der Garderobe auf den Boden und sah sich neugierig in der kleinen Wohnung um. „Kannst du das Taxi bezahlen?"

„Taxi?"

Da erschien ein junger Pakistani im Türrahmen.

„Das ist Raju", stellte Luna den Fahrer vor. „Ihm gehört das Taxi."

Kate blickte zwischen ihrem nächtlichen Gast und dem Taxifahrer hin und her.

„Dreiundzwanzig fünfzig", sagte Raju und hielt Kate die offene Hand hin.

„Warum zahlst du dein Taxi nicht selbst, Luna?" Ein vertrautes Gefühl überkam Kate. Es war die Gewissheit, dass Luna es immer schaffte, sie Dinge tun zu lassen, die sie eigentlich nicht tun wollte.

Luna, die mittlerweile Kates CD-Sammlung zu bewundern schien, meinte nur beiläufig: „Ich gebe es dir morgen wieder. Habe mein Portemonnaie mit den Kreditkarten im Hotel vergessen."

Kate seufzte und bezahlte.

vier

Es war vier Uhr fünfzehn, als sich die Tür des Fahrstuhls im neunundzwanzigsten Stockwerk öffnete. Anjali, eine Reinigungskraft der Firma Cleansy Enterprise, kam mit ihrem Putzwagen heraus, um den Marmorboden sowie die Messingintarsien mit dem Logo des neuen Heron-Appartementhauses zu putzen und Staub zu wischen.

Schweigend schob sie den Wagen vor sich her, für dessen Nutzung ihr der Chef fünfzehn Pfund im Monat vom Lohn abzog. Sie hatte für jedes Stockwerk genau zwanzig Minuten Zeit. Da in der neunundzwanzigsten Etage nur ein Appartement bewohnt war, schaffte sie diese in knapp der Hälfte.

Seufzend nahm sie den Besen aus seiner Halterung und ging den Gang entlang, um mit dem Fegen zu beginnen. Sie würde danach auch noch die Türknäufe polieren müssen. Das hatte sie am Vortag nicht getan, weil sie den zwölften bis siebzehnten Stock von ihrer Schwägerin Nileema hatte übernehmen müssen, deren jüngster Sohn mit hohem Fieber im Bett lag.

Als Anjali am Appartement 2909 vorbeigehen wollte, bemerkte sie die offene Tür. Kopfschüttelnd fragte sie sich, warum die Leute nur so nachlässig waren. London war eine sehr gefährliche Stadt. Sie wusste das – schließlich lebte sie in Islington.

Während sie den Besen in der einen Hand hielt, klopfte sie mit der anderen an die Tür. „Hallo?", rief sie in die Wohnung hinein und wartete.

Kurz darauf ging ein Notruf bei der Polizeizentrale ein.

fünf

Kate saß auf ihrem Bett und schaute zu Luna hinüber, die im Kühlschrank nach etwas Trinkbarem suchte.

„Ich könnte jetzt einen Wodka vertragen", murmelte die Rothaarige den Eiern, dem Joghurt und der Erdbeermarmelade entgegen. „Aber ein paar Baked Beans tun es auch." Sie drehte sich um. In der Hand hielt sie einen Topf mit weißen Bohnen in Tomatensoße, den sie aus dem oberen Fach gezogen hatte. Tief tauchte sie einen Finger in die Soße und steckte ihn in den Mund. „Hm, lecker."

„Wodka habe ich nicht", meinte Kate entschuldigend. „Möchtest du Rotwein?" Ohne die Antwort abzuwarten, stand sie auf und ging zu einem Schrank, um zwei Gläser zu holen.

Als die beiden kurz darauf mit dem Rücken an der Wand auf dem Bett saßen, spürte Kate, wie ihr Gast zitterte. Es schien nicht von der Feuchtigkeit zu kommen, die in den Wänden ihrer Wohnung steckte. Nein, das Zittern musste eine andere Ursache haben. Schweigend schaute Kate ihrer Freundin dabei zu, wie diese die letzten Reste der kalten Bohnen verschlang. Immerhin hatte sie sich einen Löffel genommen.

Plötzlich war ein Rumoren aus der Wand zu hören.

„Ey!", rief Luna erschrocken aus und riss den Kopf hoch. „Was ist das?" Sie blickte sich um.

„Die Abwasserleitungen. Jemand war wohl gerade auf Toilette."

„Klingt ja grauselig." Luna widmete sich wieder dem Topf auf ihrem Schoß. Als auch das letzte bisschen ausgelöffelt war, griff sie zum Weinglas neben dem Bett und nahm einen kräftigen Schluck.

Jetzt sah Kate, dass Lunas Hand zitterte. „Alles okay?"

Die Rothaarige strahlte sie an, wobei ihre Mundwinkel zu zucken schienen. „Klar, was sollte sein?" Mit dem Glas in der Hand sprang sie aus dem Bett, griff sich die Rotweinflasche vom Couchtisch und goss noch einmal großzügig nach. „War nur ein stressiger Tag irgendwie." Sie leerte das Glas in einem Zug. „Sicher, dass du keinen Wodka hast?"

Skeptisch musterte Kate ihre Freundin, die sie noch nie so unruhig gesehen hatte. Okay, hektisch war Luna schon immer gewesen. Ständig hatte man den Eindruck, sie müsse gerade die Welt aus den Angeln heben, etwas ganz Irres tun oder die Menschheit mit einer ihrer verrückten Ideen beglücken. Luna, die Künstlerin, stand nie still, doch bei all dem war sie ein Mensch, dem die anderen nicht egal waren. Ihre Sicht auf die Welt war oft ungewöhnlich, aber immer konnte man darin eine gewisse faszinierende Logik erkennen, die einen Kreis zum Rechteck machte und aus Schwarz Pink. Sie war eine glühende Verehrerin des schlechtesten Footballclubs von ganz Großbritannien und hatte ihre eigene Meinung darüber, warum Verlierer die eigentlichen Gewinner auf der Welt waren. Doch heute stimmte etwas nicht mit ihr.

Als Luna sich ein weiteres Glas Rotwein eingießen wollte, stand Kate auf und nahm ihr die Flasche aus der Hand. „Schluss jetzt! Was ist los?"

Wütend blickte Luna auf. „Ey, gib den Wein her!"

Kate schüttelte den Kopf und versteckte die Flasche hinter ihrem Rücken. „Ich höre." Sie klang, als wäre sie im Dienst.

„Ist sowieso kein guter Wein."

In Luna kämpften Wut und Angst miteinander, das konnte Kate an ihren Augen sehen.

Während es in der Wand blubberte, suchte die Rothaarige nach Worten, fand aber keine. „Wegen der Rohrleitungen – da musst du aber etwas unternehmen. Klingt irgendwie eigenartig", murmelte sie schließlich. Dann begann sie, in dem kleinen Raum hin und her zu laufen. Drei Schritte bis zum Fenster, drei bis zur Küche. Wieder blubberte es in der Wand. Luna hämmerte mit der Faust dagegen. „Kann man das nicht abstellen?", rief sie und beäugte wütend die Tapete, die an einigen Stellen vergilbt war.

Kate schüttelte den Kopf. „Geht nicht. Damit müsse ich leben, hat der Vermieter gesagt. – Also, was ist?"

Luna begann wieder, auf und ab zu gehen. „Das ist nicht so einfach", murmelte sie.

„So schlimm wird es schon nicht sein." Aufmunternd lächelte Kate ihr zu. „Hast doch keinen umgebracht."

Luna fuhr herum. Die Angst in ihren Augen erschreckte Kate.

„Vielleicht lebt er ja noch." Luna ließ sich aufs Bett fallen. „Sah aber irgendwie nicht so aus. Zu viel Blut überall."

Nach dem ersten Schreck holte Kate tief Luft. Langsam stellte sie die Flasche auf den Boden und setzte sich neben Luna auf die Bettkante. Als Krankenschwester war sie Notfälle gewohnt. Das erste Gebot war immer, Ruhe zu bewahren.

Ausgerechnet in diesem Moment meinte die stets schlaflose Mrs Brent im zweiten Stock, duschen zu müssen. Wild strömte das Wasser durch die Leitung in der Wand, hinunter in die Tiefen der Londoner Kanalisation.

Kate begann, ihre Freundin vorsichtig auszufragen: Wer

war tot? Woher wusste sie das? Was hatte es mit ihr zu tun?

Doch leider antwortete Luna nicht auf ihre vernünftigen Fragen, sondern plapperte einfach drauflos: „Ich bin so ein dämliches Huhn! Das ist vollkommen und absolut unglaublich!" Sie schlug auf das Kissen neben sich ein. „Ich habe dem Kerl echt vertraut, und nun?"

Aha, dachte Kate, eine Liebesangelegenheit. Aber was war das für eine Sache mit der angeblichen Leiche, zu der sich Luna bisher nicht weiter geäußert hatte?

„Er hat gesagt, dass es das Weltproblem Nummer eins lösen würde. Energieversorgung, CO2 und so."

Kate runzelte die Stirn. Ein Ökoaktivist also.

„Am Anfang klappte es auch gut. Ich habe ihm alles, was ich hatte, gegeben ..."

Hm, nicht gut, überlegte Kate. Männer, die alles wollen, sind am Ende meistens nicht zufrieden, wenn sie es bekommen. Allerdings musste sie sich eingestehen, dass sie zum Thema Männer nicht wirklich umfangreiche Erfahrungen vorzuweisen hatte. Vielleicht lag es daran, dass sie nicht wusste, wie sie sich zurechtmachen sollte, oder an ihrer Unbeholfenheit, wenn ihr ein Mann gefiel. Sie wusste es nicht, aber sei es drum. Im Moment musste sie erst einmal ihrer Freundin weiter zuhören.

„Zwölf Prozent Zinsen! Das ist heutzutage doch nicht schlecht, oder?" Mit großen, tränenfeuchten Augen sah Luna sie an. „Oder?"

Mrs Erwings Toilettenspülung war zu hören, dann das Gurgeln und Glucksen im Rohr. Kate wartete, bis der Lärm vorbei war.

Verwirrt schüttelte sie den Kopf. Also doch keine Liebe zu einem Ökoaktivisten. Es schien um Geld zu gehen.

„Und dann die Sauerei an der Wand! Dabei war der Ausblick so schön."

Kate gab auf. „Es tut mir leid, Luna, ich verstehe kein Wort."

Ihre Freundin sprang auf. „Ich bin ein Huhn, ein ganz, ganz, ganz dummes und blödes Huhn!" Sie zerrte an ihren Zöpfen. Eine Glitzerschleife löste sich und segelte wie ein Blatt zu Boden.

Beunruhigt stand Kate auf und packte Luna an den Oberarmen. „Was genau ist passiert? Von Anfang an, bitte."

Dann erfuhr sie, dass Luna ihr gesamtes Erbe – und das waren über drei Millionen Pfund, Luna wusste es nicht so genau – einem Mann namens Norman Bradshaw anvertraut hatte, der das Geld in einem internationalen Öko-Unternehmen angelegt hatte.

„SolConPower – Solarstrom aus der Wüste – sei eine todsichere Anlage, hat er gesagt." Luna versteckte ihr Gesicht in den Händen und atmete tief ein. Dann blickte sie wieder hoch. „Ganz Europa könne ohne Öl auskommen. Man müsse nur Leitungen von der Wüste nach Spanien und Italien legen und von da zu uns. Die EU habe schon zugestimmt, hat er gesagt. Mist! Ich habe ihm alles geglaubt!"

„Alles weg?", flüsterte Kate.

Luna nickte und ließ sich wieder aufs Bett fallen. „Alles weg. Am Anfang habe ich diese Dingsda ...", sie wedelte mit der Hand, weil ihr das Wort nicht sofort einfiel, „... diese Rendite bekommen. Das war mächtig viel Geld. Habe alles gespendet: dem Footballclub, dem örtlichen Tierheim, einem Ökobauern, der aus Bambus Fahrräder baut. Aber dann kam nichts mehr. Kein Penny. Bradshaw hat gesagt, es gebe Probleme und er müsse nach Dubai, um Einzelheiten mit den Ingenieuren zu klären. Dann war er ein paar Wochen weg. Nicht erreichbar. Und da habe ich es langsam geschnallt. Bin ja nur ..."

„... ein blödes Huhn, ich weiß", fiel Kate ihr ins Wort. „Habt ihr denn keinen Vertrag gemacht?"

„Doch, aber die Zettel sind nichts wert, hat der Anwalt gesagt. Ich würde vor Gericht nicht gewinnen. Jetzt ist alles futsch. Ich bin pleite. Abgebrannt."

Kate dachte nach. „Na ja, dann musst du eben wieder im Pub arbeiten, so wie damals in Cawsand." Sie legte ihren Arm um Lunas Schultern und spürte, wie sie ihrer Freundin wieder ein wenig näher kam. Jetzt stand nicht mehr das viele Geld zwischen ihnen – Geld, das Luna in eine andere Welt gebeamt und Kate zurückgelassen hatte.

Luna schüttelte den Kopf, dass ihre Zöpfe nur so flogen. „Mir geht es ja gar nicht um das Geld! Wen kümmert das blöde Geld? Der Typ ist tot!"

„Oh." Da war also die Leiche, von der sie vorhin gesprochen hatte.

Luna ging vor Kate auf die Knie. „Bitte, Kate, du musst mir helfen, die Leiche loszuwerden. Er liegt in seinem Appartement, im neuen Heron in der Moor Lane."

„Was muss ich?"

Schon wieder kam ein Schwall Abflusswasser durch die Leitung in der Wand herunter.

„Himmel! Hört das denn überhaupt nicht mehr auf?", schrie Luna, wandte sich dann wieder zu Kate und jammerte: „Bitte, bitte, Kate! Um der alten Zeiten willen."

„Hast du ihn umgebracht?"

„Nein! Bestimmt nicht. Ich habe ihn nur gefunden."

Verärgert sah Kate sie an. „Dann geh gefälligst zur Polizei und melde das!"

Luna blickte zu Boden. „Geht nicht", flüsterte sie.

Kate rollte mit den Augen. „Warum?"

„Ich habe Bradshaw gedroht, dass ich ihm den Hals umdrehe, wenn er mir mein Geld nicht wiedergibt", flüsterte Luna weiter.

„Ist das alles?"

„Na ja, ich war da wohl etwas drastisch – die Kratzer an seinem Auto und die Sache im Restaurant mit dem heißen Kaffee auf seiner weißen Hose, genau zwischen die Beine, vor all den Leuten ... Das lief alles nicht so gut."

Kate verschränkte die Arme vor der Brust. „Was noch?"

Zögernd erzählte Luna von einer etwas größeren Anzeige in der Times.

„Ja, und?"

„Es war eine Todesanzeige, die ich für ihn aufgegeben habe", flüsterte Luna.

Kate riss die Augen weit auf. „Was hast du?"

Luna sah sie erschrocken an. „Aber da hat er noch gelebt. Ich schwöre!" Sie hob die linke Hand zum Eid.

sechs

Die Sache ist fraglos kompliziert, überlegte Kate, als sie sich eine Bluse überstreifte und in ihre Jeans stieg. Luna hatte sich offenbar in eine höchst unangenehme Lage gebracht, aus der sie allein nicht wieder herauskam. Also war sie zu ihr gekommen. Doch waren sie wirklich noch Freundinnen? Warum kam Luna nur dann zu ihr, wenn sie Hilfe brauchte? Sollte Freundschaft nicht etwas anderes sein?

Plötzlich hörte Kate ein heftiges Poltern aus dem Badezimmer – so als würde der Schrank über dem Waschbecken zu Boden gehen.

„Alles okay, Luna?", rief sie durch die geschlossene Badezimmertür.

„Ähm, ja", kam es gedämpft zurück. „Mir ist nur etwas heruntergefallen. Alles im Griff. Ich mache das schon."

Davon war Kate weniger überzeugt. Aber sei es drum. Sie ging in die Küche, um sich noch eine Tasse Tee zu machen. Sie wollte endlich einen klaren Kopf bekommen. Während sie darauf wartete, dass das Wasser kochte, versuchte sie sich an die genauen Worte von Luna zu erinnern: Norman Bradshaw, der Finanzmakler, lag tot in seiner Wohnung – oder auch nicht. Luna schien sich da nicht so sicher zu sein.

Nun hatte Kate ihre Freundin in der Vergangenheit als, gelinde gesagt, recht fantasievoll kennengelernt. Das war für eine Künstlerin auch ganz natürlich. Doch manchmal störte es die pragmatische Kate, wenn bei Luna die Fantasie Purzelbäume schlug. Schnell wurde so aus einer

Mücke ein Elefant. War es da so abwegig, dass aus einer Beule am Kopf eine Leiche werden konnte? So war Luna nun mal.

Darum hatte Kate entschieden, dass sie erst einmal zum neuen Heron fahren sollten, um zu sehen, wie es dem Mann ging. Wahrscheinlich hatte Luna ihm eine deftige Ohrfeige verpasst, er war hingefallen und hatte sich den Kopf aufgeschlagen, der dann geblutet hatte. Luna war in Panik geraten und aus dem Haus gerannt. Und nun befürchtete sie das Schlimmste. Kate vermutete, dass der Mann Anzeige gegen Luna stellen würde – was verständlich wäre. Sie nahm sich vor, vernünftig mit ihm zu reden, sofern das möglich war.

Das Wasser im Kessel fing an zu kochen. Kate goss es auf den Teebeutel in ihrem Becher.

„Hast du zufällig Pfefferminzbonbons im Haus?"

Kate zuckte zusammen, als Luna plötzlich hinter ihr stand. Fast wäre ihr der heiße Kessel entglitten.

„Himmel, hast du mich erschreckt!"

„Sorry, aber hast du?"

Kate wies zu ihrem Lederbeutel an der Garderobe und Luna ging hinüber. Während sie in der Tasche stöberte, fragte sie: „Eine Cola hast du nicht zufällig, oder?"

Doch, Kate hatte, weil die Kinder von Mrs Kenhill in der vorherigen Woche bei ihr zum Fernsehen gewesen waren und außer Cola und salzigem Knabberzeug nichts hatten zu sich nehmen wollen.

„Sie ist aber lauwarm", sagte sie, als sie die Plastikflasche aus dem Schrank holte.

„Macht nichts." Luna nahm sie ihr aus der Hand und ging zurück ins Bad.

Verwirrt blickte Kate ihr nach. „Was willst du damit, Luna?", rief sie ihr hinterher.

„Du hilfst mir, ich helfe dir. So macht man das unter Freunden, weißt du", kam es gedämpft durch die geschlossene Tür.

„Was meinst du damit? Luna?"

Hinter der Tür des Badezimmers blieb es still.

„Luna?"

„Vertrau mir, Kate Cole! Vertrau mir!"

Zweifelnd goss Kate etwas Milch in ihren Tee. Da kam wieder ein Poltern aus dem Bad, und diesmal war es länger und lauter.

„Luna! Was tust du da?"

„Uups!"

„Luna?"

„Nichts passiert. Mir geht es gut."

„Du bist es auch nicht, um die ich mir Sorgen mache."

Plötzlich hörte Kate ein eigenartiges Blubbern aus der Wand. Es war tiefer als sonst und kam vom Badezimmer her. Langsam rollte es in Richtung Spüle. Erschrocken trat Kate einen Schritt zurück. Sie starrte auf das Spülbecken, wo sie jeden Moment ein haariges Monster erwartete, das aus dem Ausguss krabbeln würde. Doch nichts dergleichen passierte. Das Blubbern ging in ein Gurgeln über und klang nun, als leide ein Dinosaurier an schwerer Flatulenz. Es fehlte nur noch der erlösende Furz. Dann ließ das Geräusch langsam nach und schien in den Tiefen des Rohrsystems zu verschwinden. Kate starrte ihr Abwaschbecken an.

Auf einmal stand Luna neben ihr. „Okay, wir können los. Das mit dem Abfluss ist jetzt erledigt."

Erstaunt sah Kate sie an. „Danke", murmelte sie. „Woher kannst du das?"

„Oh, in Tanston Hall waren ständig die Rohre verstopft. Cola und Pfefferminzbonbons waren das Einzige, was da half. Sozusagen eine Darmreinigung für alte Häuser." Sie grinste.

sieben

Kate kurbelte das Fenster des Taxis herunter. Sofort strich die kühle Morgenluft über ihr Gesicht. Für einen Moment wurde sie etwas wacher. Die Straßen Londons waren um diese Zeit ungewohnt leer. Nur wenige Autos kamen ihnen entgegen. Ihre Scheinwerfer reflektierten in den Schaufenstern, die die Straße säumten, was zusammen mit dem Licht der Straßenlampen und dem zuckenden Leuchten einiger Reklamewände ein seltsames Bild ergab.

Das Taxi nahm die Strecke an der Baker Street vorbei Richtung Regent's Park, dessen Gelände Heinrich VIII. im 16. Jahrhundert zu einem seiner Jagdgründe erklärt hatte. Von dort ging es zügig am teuren Portland Crescent entlang, dessen halbrunde schneeweiße Häuserfront samt Doppelsäulen und schwarz lackierten Türen der Architekt John Nash um 1800 als Verbindung zwischen London und dem Park konzipiert hatte. Dann kreuzten sie die Oxford Street, die um diese Zeit vollkommen menschenleer war. Zum ersten Mal bemerkte Kate, wie hässlich einige der Gebäude waren – architektonische Nachkriegssünden.

Als sie den Piccadilly Circus erreichten, lehnte sich Luna zum Fahrer vor: „Hey, sehen wir aus wie Touristen? Warum fahren Sie nicht den direkten Weg in die City? Das geht schneller und kostet uns nicht so viel Geld."

Der dunkelhäutige Mann nickte und lächelte breit in den Rückspiegel. „Yes, Ma'm."

Luna grummelte, dann ließ sie sich auf den Sitz zurückfallen. „Ich bin mir sicher, wenn es ans Bezahlen geht, ist ihm wieder eingefallen, wie unsere Sprache funktioniert."

Der Fahrer grinste und nickte. „Yes, Ma'm."

Sie kamen am Theatre Royal Haymarket vorbei, wo wieder einmal eine dieser Schenkelklopfer-Comedy-Shows lief, die Luna so gern mochte, die jedoch die bei Kate gar nicht ankamen. Kurz darauf erreichten sie die berühmte Nationalgalerie mit ihren Löwen, den beiden Brunnen und dem Trafalgar-Denkmal davor.

„Sag ich doch, der fährt mit uns die Touritour", murmelte Luna, während Kate aus dem Fenster blickte. Sie hatte London noch nie als Touristin entdeckt. Vielleicht wussten die Besucher aus Japan und Australien, Frankreich und der Schweiz mehr über ihre Stadt als sie selbst. Kate seufzte.

Als sie den Strand entlangfuhren, hatten sie die unsichtbare Grenze zur City of London überquert. Aus Sicherheitsgründen gab es dort keine Müllbehälter an den Straßen. Außerdem trug jedes Straßenschild das Wappen der City of London: ein rotes Kreuz auf weißem Grund mit einem kleinen Schwert in der oberen linken Ecke. Die City war eine Stadt in der Stadt, mit eigenem Bezirksparlament, eigener Polizei und eigener Verwaltung, ein historisches Unikum mit über tausendjähriger Geschichte.

Als das Taxi am Waldorf Hilton vorbeifuhr, bemerkte Kate, wie Luna ein wenig tiefer ins Polster rutschte. „Was ist?"

Luna beugte sich zu ihr und flüsterte. „Die da", sie zeigte zum Hilton hinüber, „bekommen noch Geld von mir. Du weißt doch, dass ich pleite bin. Besser, der Portier sieht mich nicht. Das würde bestimmt Ärger geben."

Kate drehte sich um. „Aber da ist kein Portier vor der Tür."

Luna kam hoch und schaute zurück. „Nein? Oh, gut."

Als sie die Farringdon Road kreuzten, konnten Kate

und Luna bereits St Paul's Cathedral sehen. Weiß und schön war sie, beleuchtet von Hunderten versteckter Scheinwerfer. Zwischen all den gigantischen Bürobauten wirkte die Kathedrale wie eine alte Frau inmitten eines Rugbyteams. Kate hatte ein wenig Mitleid mit ihr und mit Queen Victoria, die hinter einem schwarzen Zaun mit Reichsapfel und Zepter in der Hand dastand und den Platz vor der Kathedrale zu bewachen schien. Zwei einsame alte Damen.

Dann bogen sie links in die Queen Victoria Street ein und sahen das höchste Bürogebäude der City, das die Londoner „Essiggurke" nannten. Luna meinte, sie hätte es lieber „Zäpfchen" getauft, fand aber das obere Ende dafür zu spitz.

Seit fast einer halben Stunde waren sie nun unterwegs, und Kate merkte, wie sie immer unruhiger wurde, je näher sie dem neuen Heron in der Moor Lane kamen. Sie hatten die Square Mile, wie die City auch genannt wurde, von Westen her bis zum Zentrum durchfahren. Nun lag das Mansion House vor ihnen. Es wirkte mit seinen korinthischen Säulen ebenso fehl am Platz wie die Bank of England gegenüber oder die Royal Exchange, die inzwischen eine Einkaufspassage war. So schön die Vergangenheit der Stadt auch gewesen sein mochte, es waren die gigantischen Finanztürme, die in der City heute den Ton angaben – in Gelddingen ebenso wie in der Architektur.

Endlich kreuzten sie die London Wall und bogen dann links in die Ropemaker Street ein. Am Ende der von Hochhäusern gesäumten schmalen Straße sahen sie schon die blinkenden Lichter der Polizeiwagen vor dem Heron.

„Halten Sie an!", rief Kate dem Fahrer zu.

Der Mann stoppte. Schweigend sahen die Frauen zu den drei Einsatzwagen hinüber, die vor dem Eingang des Heron standen.

„Glaubst du mir jetzt?", krächzte Luna und versuchte, sich so klein wie möglich zu machen.

Kate nickte. „Okay, wir gehen dorthin." Sie öffnete die Wagentür.

„Warum?" Luna schaute sie ängstlich an. „Ich meine, es ist doch klar, was los ist: Der Typ ist tot. Und ich habe keine Lust, deswegen ins Gefängnis zu gehen."

Kate bemerkte, wie der Taxifahrer in den Rückspiegel schaute und seine beiden Fahrgäste aufmerksam musterte.

„Unsinn, Luna. Du wirst dort deine Aussage machen. Wenn du ihn nur gefunden hast, wird man es dir glauben."

„Nein, mache ich nicht!" Luna, die schon immer ein gestörtes Verhältnis zur Obrigkeit gehabt hatte, schüttelte den Kopf.

„Aber Luna, die Sache ist damit aus der Welt. Glaub mir!"

Die Rothaarige verschränkte die Arme vor der Brust. „Ich will nach Hause."

„Weglaufen kommt nicht in Frage. Die Angelegenheit ist ernst. Wenn du ihn nur gefunden hast, wirst du das der Polizei sagen."

Luna schüttelte den Kopf. „Nein, mache ich nicht."

Kate versuchte ihren strengen Stationsblick, doch der hatte auf Luna keinerlei Wirkung. Mit einem tiefen Seufzer stieg Kate aus.

„Okay, dann gehe ich ohne dich." Dem Fahrer gab sie die Anweisung zu warten, bis sie zurückkam.

„Was hast du vor, Kate?", fragte Luna. „Du willst mich doch nicht etwa ausliefern?"

„Nein, du dummes Huhn, ich will nur herausfinden, was passiert ist. Außerdem will ich wissen, wer die Untersuchung leitet und ob wir ihm trauen können." Sie blickte Luna prüfend an. „Oder willst du selbst ...?"

Ihre Freundin ließ sich ins Polster des Taxis zurückfallen und starrte nach vorn. „Nee. Tu, was du nicht lassen kannst."

Kate schloss die Tür hinter sich und ging auf das Heron zu. Eine endlos scheinende Front aus Glas und Stahl ragte über ihr in den Himmel. Sie musste den Kopf weit in den Nacken legen, um bis nach oben schauen zu können, wo die Wolken langsam eine rosa Färbung annahmen. Sie ging zum Eingang, eine Art Glasvorbau, und suchte sich unter den Polizisten, die dort hin- und herliefen, eine Frau aus. Vielleicht würde sie von ihr Näheres erfahren.

„Guten Morgen, Officer."

Die Frau drehte sich zu Kate um. Sie trug ein Schild mit ihrem Rang und Namen auf der Uniform.

„Was ist denn hier passiert, Constable Kelly?"

„Das kann ich Ihnen leider nicht sagen. Wohnen Sie hier?"

„Ähm, nein."

„Dann muss ich Sie bitten, hinter die Absperrung zu gehen." Sie wies zu einigen Polizisten hinüber, die gerade ein blau-weißes Absperrband auf der Straße spannten. Kate zögerte und schaute an der Front des Heron hoch.

Constable Kelly beobachtete sie. „Alles in Ordnung, Ma'm?"

„Ich weiß nicht recht", murmelte Kate zögerlich.

„Sie kennen jemanden im Heron?", fragte die Polizistin.

Kates Kopf fuhr herum. „Nein, nicht wirklich. Ich wollte eigentlich nur jemanden besuchen."

„Wen wollten Sie besuchen?"

Kate wurde es mulmig. Sie wusste nur von einem Menschen, der dort wohnte: Norman Bradshaw. Unter dem scharfen Blick der jungen Frau stotterte sie seinen Namen.

„Verstehe. Einen Moment, bitte, Mrs ...?"

„Cole, Kate Cole. Und Miss, bitte."

Die Polizistin drückte einen Knopf an dem Funksprechgerät, das an ihrer Schulter hing, und sprach hinein. Klar und deutlich konnte Kate hören, wie jemand sagte, sie solle die Besucherin ins Haus bringen. Während die Beamtin sie in das Gebäude führte, fragte sich Kate, warum sie nicht gleich auf Luna gehört hatte. Vielleicht wäre Weglaufen doch das Richtige gewesen. Andererseits hatte sie es hier mit der Polizei zu tun, die ihr die Informationen geben konnte, die sie brauchte, um die Situation besser einschätzen zu können. Außerdem – warum sollte sie Angst vor der Polizei haben? Sie hatte ja schließlich nichts angestellt. Überhaupt fragte sie sich, warum sie sich plötzlich so schuldig fühlte.

„Bitte warten Sie hier, Miss Cole. Man wird Sie gleich abholen."

Kate setzte sich in einen schwarzen Ledersessel, der vor der Fensterfront stand. Auf einem kleinen Glastisch lagen Hochglanzprospekte mit dem Bild des Heron darauf sowie die aktuelle Ausgabe der Financial Times. Kate sah sich um: Der Empfangsbereich wirkte recht kühl. Es gab eine Rezeption und mehrere Fahrstühle. Mit einem Magengrummeln beobachtete Kate das Kommen und Gehen der Polizisten, als ein Mann in Zivil aus einem der Fahrstühle trat und auf sie zukam.

„Mrs Cole?"

Kate erhob sich aus dem tiefen Ledersessel. „Miss."

Er lächelte. „Detective Sergeant Grant. Man sagte mir, Sie wollten Mr Bradshaw besuchen?"

Kate holte tief Luft. Was sollte sie sagen? Die Wahrheit oder eine Lüge?

„Sie kennen Mr Bradshaw?", fragte DS Grant.

Kate schüttelte den Kopf. „Nein, ich hörte nur, dass er sich mit Finanzen auskennt. Ich habe etwas gespart ... und da wollte ich ihn fragen ... Ist etwas passiert?" Selbst für sie klang das Gestotter dämlich.

Der Polizist legte seinen Kopf schief und lächelte. „Um diese Zeit wollten Sie ihn fragen?"

Erschrocken blickte sie ihn an. Richtig – so früh am Morgen tat man das normalerweise nicht.

Der Mann vor ihr war fast einen Kopf größer als sie, hatte graue Augen und sein Kinn benötigte dringend eine Rasur. Als könne er ihre Gedanken lesen, strich er sich mit der Hand über die Stoppeln. Das Klingeln seines Smartphones ersparte Kate die Antwort. Er griff in seine Jackentasche. Ein kurzer Blick auf das Display, dann hielt er das Telefon an sein Ohr.

„Sir!"

Kate hörte eine Art Bellen aus dem Gerät.

„Nach oben?", fragte DS Grant. Er warf Kate einen kurzen Blick zu. Das Bellen im Telefon wurde lauter. Grant nickte. „Ja, Sir. Sofort." Dann beendete er das Gespräch und sah zu Kate. „DCI Haddock möchte Sie sprechen. Er leitet die Morduntersuchung."

Kate wurde blass. „Mord?"

Grant führte sie zum Fahrstuhl. Während sie warteten, fragte er: „Also, warum wollten Sie Mr Bradshaw um diese Zeit sprechen, Miss Cole?"

Kate starrte auf die Anzeigetafel über der Tür. Der Fahrstuhl war auf dem Weg nach unten: 18 ... 16 ... 14 ... 12 ...

„Miss Cole, wenn ich Ihnen einen Rat geben darf: Haben Sie eine glaubwürdige Antwort parat, sobald wir oben sind."

Das könnte man als Drohung auffassen, schoss es Kate durch den Kopf, als sie in den Fahrstuhl traten. Mist! In was hatte sie sich da nur hineinmanövriert?

Sie schwiegen, während der Fahrstuhl kaum merkbar nach oben sauste. Die Wände und sogar die Decke der Kabine waren aus metallisch glänzenden Spiegelplatten gemacht – ein Hort für exklusive Eitelkeiten. In einem der Spiegel sah Kate den Polizisten unzählige Male vervielfacht neben sich stehen. Sie bemerkte, wie er sie aus den Augenwinkeln betrachtete. Und sie sah den Ehering an seinem Finger.

acht

Geräuschlos öffneten sich die Türen des Fahrstuhls und sie stiegen aus. Menschen in Papieroveralls kamen aus einem der Appartements am Ende des Flures. Einige von ihnen trugen schwere Metallkoffer, andere Plastiktüten mit Gegenständen aus Bradshaws Wohnung darin. Keiner von ihnen sagte ein Wort, weshalb man die donnernde Stimme eines Mannes aus dem Inneren der Wohnung besonders gut hören konnte.

„Warten Sie bitte, Miss Cole! Ich sage DCI Haddock, dass Sie hier sind."

In dem Moment kam ein untersetzter Mann in einem verschlissenen braunen Anzug auf den Flur. Er mochte die sechzig bereits hinter sich haben. Mit kleinen Schritten kam er auf Kate zu, wobei er seine Hände hinter dem Rücken hielt. Tatsächlich war er kaum größer als sie. Seine Nase war leicht geschwollen und man sah deutlich die geplatzten Äderchen darin. Ein Zeichen für zu viele Besuche im Pub, mutmaßte Kate.

Mit zusammengekniffenen Augen fixierte er sie, wobei auf seiner Stirn eine tiefe Doppelfalte entstand. Diesen Blick kannte sie. Hier ging es um Macht. Wer zuerst wegsah, hatte verloren. Kate verlor.

„Mrs Cole."

„Miss."

„Was machen Sie hier, Mrs Cole?", fragte DCI Haddock, ohne sich selbst vorzustellen.

Im Fahrstuhl hatte Kate sich entschieden, bei ihrer Story zu bleiben. Sie war sicherlich nicht intelligent und man würde bald herausfinden, dass es eine Lüge war, aber vielleicht kam sie so aus diesem verdammten Gebäude schnell wieder heraus.

„Ich habe Geld gespart und will es anlegen. Mr Bradshaw ist Anlageberater."

„War, Mrs Cole, war", sagte Haddock und beobachtete sie genau. „Erklären Sie mir, warum Sie Mr Bradshaw um diese Zeit sprechen wollten, Mrs Cole!"

„Ich bin Krankenschwester, hatte spät Dienstschluss. Mr Bradshaw meinte, ich könne vorbeischauen, wann immer ich will."

Haddock sah Grant auffordernd an. Der zog sein Smartphone aus der Tasche, tippte kurz auf dem Display herum und las. Dann nickte er.

„Kate Cole, Single, keine Familie, keine Vorstrafen, seit acht Jahren Krankenschwester im St Johns and St Elizabeth Hospital, wohnhaft 22A Lanhill Road."

Erstaunt blickte Kate ihn an, doch dann erinnerte sie sich, dass sie der Beamtin unten ihren Namen genannt hatte.

„Wann haben Sie zum letzten Mal mit Mr Bradshaw gesprochen, Mrs Cole?", wollte Haddock wissen. Sein Atem roch nach Knoblauch.

Dieses Mal würde sie nicht wegsehen. Trotzig starrte sie ihn an.

„Vor ein paar Tagen."

„Genauer."

Kate schüttelte den Kopf. „Das weiß ich nicht mehr. Ich habe Schichtdienst. Da fehlt einem irgendwann das Zeitgefühl. – Er rief mich im Krankenhaus an", ergänzte sie schnell. Die Krankenhaustelefonate zu überprüfen dürfte etwas länger dauern als ihren Anschluss zu Hause.

Ihr wurde schwindelig. Mit jedem Satz ritt sie sich weiter

in die Lüge hinein. Warum tat sie das nur? Ach ja, wegen Luna.

„Was ist denn mit Mr Bradshaw passiert?"

DCI Haddock antwortete nicht darauf, sondern sagte nur: „Kommen Sie, Miss Cole, sehen Sie selbst!"

„Sir", hörte Kate Grant hinter sich sagen. „Ich denke nicht, dass das ..."

„Überlassen Sie das Denken mir, Sergeant!"

DCI Haddock nahm Kates Arm und zog sie mit sich in Bradshaws Wohnung. Sie stolperte hinter dem Polizisten den kurzen Flur entlang und Grant folgte ihnen. Auf der Schwelle zur offenen Küche blieben sie stehen. Das Wohnzimmer befand sich zu ihrer Linken. Ein Fotograf packte gerade seine Ausrüstung ein und zwei Männer in weißen Overalls sicherten letzte Spuren.

Kate blickte um die Ecke und stellte erleichtert fest, dass sich im Raum kein Toter mehr befand. Zögernd trat sie in das Wohnzimmer. Der Raum war so groß wie ihre gesamte Wohnung. Zwei der Außenwände bestanden nur aus Fenstern. Sie boten einen atemberaubenden Blick über die Dächer der Stadt, die gerade von der aufgehenden Sonne in ein leichtes Rot getaucht wurden. Doch am Horizont sammelten sich bereits hohe Wolkenberge.

Die beiden Wände vor und neben ihr waren aus grobem Beton. Mehrere moderne, großformatige Gemälde hingen daran. Alles war kalt und stylisch und sicherlich sehr, sehr teuer gewesen – auch das Ledersofa und das schwarze Sideboard.

Wie kann man nur so wohnen?, schoss es Kate durch den Kopf. Sie bemerkte die rostroten Sprenkel an der Wand und hielt sie im ersten Moment für eine Bemalung. Die Flecken waren fast kreisförmig angeordnet. Kate fühlte sich an ein Bild von Luna erinnert, das sie einmal gesehen hatte. Sie glaubte, sich an den Namen „Bunt" zu erinnern. Hier war allerdings alles merkwürdig einfarbig. Künstlerisch betrachtet hätten die Punkte und Pünktchen ganz zu Luna passen können, zu den anderen Gemälden im Raum allemal. Nur befanden sich deren Punkte und Striche auf Leinwänden und waren damit als Kunst eindeutig zu identifizieren. Die „Malerei" an der Wand war Blut. Kate schluckte, als sie das erkannte.

Sie sah sich weiter um. Eine Skulptur lag nahe der Wand auf dem Boden. Einem der beiden Köpfe fehlte ein Auge. Neben dem Sofa entdeckte sie einen teuren Lederkoffer, der mit einem kleinen Nummernschild gekennzeichnet worden war.

Bevor sie noch mehr entdecken konnte, kam einer der Männer von der Spurensicherung zu DCI Haddock und zeigte ihm eine Klarsichttüte mit einem schwarzen Knopf darin. Haddock stockte kurz, dann nickte er. Der Mann im Overall ging wieder an seine Arbeit.

„Nun, Mrs Cole", wandte sich Haddock an Kate, „was sagt Ihnen das?" Er wies zu der Wand mit den Flecken. Offenbar hatte er erwartet, Kate würde zusammenbrechen und schluchzend den Mord an Bradshaw gestehen.

Kate war übel, keine Frage, und ihre Knie fühlten sich gefährlich weich an. Sie drehte sich ein wenig zur Seite, hin zu der Fensterfront mit Blick auf die Stadt.

„Ich bin Krankenschwester, Mr Haddock", sagte sie schließlich und war erstaunt, wie sicher ihre Stimme klang. „Sie können mich mit Blut nicht erschrecken." Wenigstens war das keine Lüge.

Haddock grinste. „Was, sagten Sie noch, Mrs Cole, wollten Sie hier?"

Kate holte tief Luft und wiederholte, was sie ihm zuvor schon gesagt hatte. Doch ihre Erklärung hörte sich inzwischen noch weniger plausibel an. Vor ihrem geistigen Auge sah sie sich bereits in einem kalten Verhörraum sitzen und stundenlang die Fragen der Polizei beantworten.

Plötzlich drehte Haddock sich um und ging zu dem schwarz lackierten Sideboard hinüber. „Kennen Sie diese Stimme, Mrs Cole?" Er drückte auf die Taste des Anrufbeantworters.

Ein Piepen ertönte, und noch bevor Kate die Stimme hörte, wusste sie, dass es Lunas war. Während diese Bradshaw mit sehr eindeutigen Worten wütend aufforderte, ihr das Geld zurückzugeben, und dabei mit Flüchen nicht sparte, blickte Kate aus dem Fenster. Die Wolkenberge am Horizont schoben sich unaufhaltsam der Stadt entgegen. Kate schaute auf die Dächer der City hinunter. St Paul's Cathedral, die sie eben noch mit dem Taxi passiert hatten, schien mit ihrer runden Kuppel ganz nah zu sein. Etwas weiter hinten wartete das London Eye geduldig auf die ersten Besucher des Tages.

„Nun?", unterbrach Haddock ihre Gedanken.

Die Aufnahme hatte geendet und Kate wusste, dass Luna wirklich in Schwierigkeiten steckte. „Ich habe keine Ahnung, wer das ist", log sie, und es fiel ihr dieses Mal nicht schwer. Wie schnell man sich ans Lügen gewöhnen kann, dachte sie und sah Haddock kurz in die schmalen Augen.

„Waren Sie schon einmal in dieser Wohnung?", fragte der DCI.

Kate schüttelte den Kopf.

„Nun, Mrs Cole", sagte er, „dann werden Sie sicher

nichts dagegen haben, wenn wir Ihre Fingerabdrücke nehmen." Er gab einem der Männer im weißen Overall ein Zeichen. „Wir werden Ihre Angaben natürlich prüfen, Mrs Cole. Verlassen Sie nicht die Stadt. Verstanden?"

Sie nickte.

neun

Die Rückfahrt im Taxi verlief schweigend. Zwar hatte Luna mehrmals versucht, Näheres über die Vorkommnisse im Heron zu erfahren, aber ab Regent's Park hatte sie aufgegeben.

Zum wohl hundertsten Mal wischte sich Kate ihre Finger an einem Taschentuch ab. Man hatte tatsächlich ihre Abdrücke genommen. Dabei wusste sie, dass sie noch Glück gehabt hatte. Man hätte sie auch aufs nächste Revier bringen können, um sie in einer Zelle schmoren zu lassen und erst am nächsten Tag ihre Abdrücke zu nehmen.

„Verdammt, hör auf, Kate! Die Hände sind sauber!" Luna riss ihr das Taschentuch aus der Hand.

„Wie eine Verbrecherin hat der mich behandelt! Fingerabdrücke nehmen!" Kate starrte aus dem Fenster; gerade fuhren sie über die Brücke des Regent's Canal. „Was denkt sich dieser Haddock eigentlich?"

Sie kämpfte mit den Tränen und wusste nicht warum. Vielleicht, weil sie es bitter bereute, sich in Lunas Angelegeheiten eingemischt zu haben. Man konnte eben nicht alle Dinge im Leben mit Vernunft und guten Worten regeln. Jedenfalls nicht, wenn Luna in der Nähe war. Sie spürte den Blick ihrer Freundin in ihrem Nacken.

Da legte Luna ihre eiskalte Hand auf Kates Arm. „Weißt du, Miss Cole ... Danke. Du wolltest mir helfen. Tut mir leid, dass das alles so blöde ... Ich wusste nicht, wo ich hingehen sollte."

Kate schwieg.

„Wir sind einfach nur zu spät gekommen. Sonst hätten die überhaupt keine Leiche ..."

Kate fuhr herum. „Ich hätte niemals einen Toten verschwinden lassen. Ich dachte doch, du würdest mal wieder übertreiben."

„Übertreiben? Ich?" Luna sah sie verwundert an.

„Ja, du!" Gleich würden sie sich streiten. „Wie kannst du einfach nach all der Zeit zu mir kommen, mitten in der Nacht, und mich in eine solche Sache hineinziehen, Luna?! Du bist so egoistisch!"

Die Rothaarige kniff den Mund zusammen. Sie nahm die Hand von Kates Arm und atmete tief ein.

Gerade als das Taxi in der Lanhill Road hielt und Kate aussteigen wollte, platzte es aus Luna heraus: „Ich bin also egoistisch? Und was bist du? Eine kleine, frustrierte, langweilige Krankenschwester, die in einem Keller haust und da bis ans Ende ihrer erbärmlichen Tage nicht herauskommen wird!"

Sie öffnete die Tür und sprang aus dem Wagen. Kate stieg auf ihrer Seite aus.

Der Fahrer öffnete das Fenster und rief: „Dreißig Pfund fünfzig!", doch die beiden hörten es nicht. Über das Dach des Taxis hinweg zankten sie sich, wie es nur Frauen können.

„Frustriert? Frustriert?", schrie Kate Luna an. „Ich bin überhaupt nicht frustriert! Wer kam denn zu mir, weil ihr das Wasser bis hier steht?" Sie hielt sich die flache Hand an den Hals.

„Na, da habe ich mich wohl vertan. Hab dir wohl mehr zugetraut, als du zu bieten hast. Kein Mumm in den Knochen, die Frau!"

„Dreißig Pfund fünfzig!"

„Ich habe mehr Mumm in den Knochen als du!", schrie Kate zurück, und es kümmerte sie nicht im Geringsten, ob die Nachbarn sie hörten. Sollten sie doch. „Du hast ja nicht einmal den Mumm, jeden Morgen zur Arbeit zu gehen und einen richtigen Job zu machen!"

„Ah! Daher weht der Wind!" Luna lachte trocken. „Du bist neidisch, weil ich Geld habe und du nicht! Weil ich lebe, wie es mir gefällt, und du einen mies bezahlten Job machen musst. Dann lass es dir noch einmal gesagt sein, Miss Cole: Ich bin pleite! So pleite, dass ich nicht einmal meine Hotelrechnung bezahlen kann, um meine Klamotten da rauszuholen! Der Mistkerl Bradshaw hat alles verjubelt! Wahrscheinlich für diese hübsche, bescheidene Bleibe im Heron!" Sie stieß sich vom Dach des Taxis ab und marschierte auf den schwarzen Zaun vor Kates Kellerwohnung zu. „Ich bin sogar so pleite, dass ich nicht einmal das Taxi bezahlen kann!"

„Dreißig Pfund fünfzig!" rief der Fahrer und stieg hastig aus dem Wagen.

Sprachlos sah Kate Luna nach, die gerade die Treppen zu ihrer Kellerwohnung hinunterging.

Der Taxifahrer legte seine schwere Hand auf Kates Schulter. „Dreißig Pfund fünfzig. Besser, Sie zahlen."

Kate vergaß kurz ihre Wut auf Luna, als sie zu dem Mann hochblickte. „Natürlich", murmelte sie und suchte in ihrem Lederbeutel nach ihrem Portemonnaie, während sie sich bemühte, wieder ruhiger zu werden. Mit Wutausbrüchen kam man im Leben niemals weiter, das wusste sie. Sobald sie bezahlt hatte, würde sie zu ihrer Wohnung gehen und ganz ruhig mit Luna reden. Falls das nicht funktionierte, würde sie Luna rauswerfen. Sollte sie doch sehen, wie sie aus dem Schlamassel herauskam!

Gerade als das Taxi losfuhr, sah Kate, wie Luna die Stufen wieder hochkam. Unentschlossen blieb sie stehen, blickte zu Kate herüber und drehte einen ihrer roten Zöpfe zwischen den Fingern. Noch bevor Kate fragen konnte, was passiert war, kam ein Mann in einem blauen Overall die Stufen hoch. Er trug schwarze Gummistiefel und hielt ein Rohr in der Hand. Offenbar war er aus ihrer Wohnung gekommen. Kate lief auf den Mann zu.

„Ihre Wohnung?", fragte er.

Kate fand, dass er eigenartig roch. Sie nickte.

„Das bezahlt Ihnen keine Versicherung." Er ging zu einem kleinen Lieferwagen mit der Aufschrift eines örtlichen Klempnerunternehmens.

Sofort eilte Kate die Stufen hinunter. Durch die offene Wohnungstür kam ihr ein scheußlicher Gestank entgegen, der an eine Kloake erinnerte, vermischt mit einem leichten Minzgeruch. Entsetzt blieb sie in der Tür stehen. Aus dem Badezimmer trat Mr Sherman, ihr Vermieter. Vorsichtig tänzelte er auf seinen Lederslippern durch eine ölig glänzende braune Brühe auf dem Teppichboden.

„Was haben Sie sich dabei gedacht, Miss Cole?", schrie er.

„Ich weiß nicht, was Sie meinen", stotterte Kate wahrheitsgemäß und erfuhr, dass jemand das Hauptfallrohr im Haus mit Pfefferminzbonbons und Cola gesprengt hatte – unter Zuhilfenahme einer Plastikflasche. Mit roher Gewalt war das Rohr an einer Muffe aufgedrückt, aber nicht ordentlich wieder verschlossen worden. Und deshalb schwammen die Abwässer aus dem Haus nun in Kates Wohnung.

Kate fuhr herum. Doch Luna war nicht mehr da.

zehn

Die Sonne war hinter den Wolken hervorgekommen und ließ gelegentlich ein paar Strahlen auf die Stadt fallen, wenn die graue Decke darüber es zuließ. Inzwischen waren auch die Berufstätigen unterwegs, um die Straßen von London mit ihren Autos zu verstopfen. Natürlich hatten sie recht, wenn sie meinten, dass es in der Tube noch schlimmer war: eng, stickig, dreckig. Und so trafen sie sich allmorgendlich vor den Ampeln der Stadt, tranken Kaffee aus Pappbechern und bissen von ihren Bagels ab, die sie in einem Coffeeshop gekauft hatten. Mit gelegentlichem Hupen sorgten sie dafür, dass die anderen im Stau nicht einschliefen. So schob man sich einem neuen Arbeitstag entgegen.

Unterdessen drückten sich die Kinder von Mrs Kenhill ihre Nasen an der Fensterscheibe des Wohnzimmers platt, bevor sie zur Schule mussten, und blickten zu Kate hinunter, die seit einer halben Stunde zusammengesunken auf ihrem Koffer am Straßenrand saß. Sie wusste nicht, wohin sie sollte. Ihre Wohnung war vorerst unbewohnbar und Mr Sherman hatte ihr mit Kündigung gedroht. Ja, er wollte sogar Schadenersatz für die mutwillige Zerstörung seines Eigentums. Dass die maroden Rohre bereits seit Jahren eigenartige Geräusche von sich gaben und früher oder später sowieso ihren Geist aufgegeben hätten, war für ihn irrelevant. Wahrscheinlich freute er sich sogar insgeheim, dass er auf Kates Kosten die Fallrohre im ganzen Haus sanieren lassen konnte.

Und Luna, die Verursacherin des Chaos? Sie war verschwunden. Dass sie schuld war, stand für Kate außer

Frage, seit man ihr eine Plastikflasche gezeigt hatte, die im Rohr gesteckt haben sollte. Es war die Colaflasche, die Luna mit ins Bad genommen hatte. Kate wusste nicht, was die Flasche im Rohr zu suchen gehabt hatte; sie wusste nur, dass Luna schuld war.

Da Kate weder eine Familie in London hatte noch Freunde, bei denen sie wohnen konnte, hockte sie also auf ihrem Koffer und kämpfte mit Wut, Verzweiflung und unendlicher Müdigkeit. Plötzlich hörte sie jemanden den Gehweg entlang kommen.

„Nimm deinen Koffer, Kate Cole!", rief Luna. „Ich habe ein schickes Zuhause für uns gefunden."

Kate riss den Kopf hoch und sah, wie Luna mit großen Schritten auf sie zukam. Ihre Zöpfe hüpften auf und ab, während der Kilt von einer Seite zur anderen schwang. Sie sprang auf.

„Wie kannst du nur ...?!", rief sie und wusste nicht, was sie eigentlich sagen wollte.

Luna blickte zu Boden. „Ich weiß. Aber ich wollte nur helfen. Als ich noch auf Tanston Hall wohnte, funktionierte das super. Pfefferminzbonbons und Cola wirken bei verstopften Rohren außerordentlich gut, weißt du. Dass mir die Flasche reingerutscht ist, war blöd. Das wollte ich nicht. War ein Versehen. Ich wollte wirklich nur helfen."

Fassungslos sah Kate sie an. Luna wirkte ehrlich betroffen. Doch dann hob sie den Kopf und lachte Kate breit an.

„Aber ich habe eine tolle neue Bleibe für uns gefunden. Wir können sofort einziehen."

„Wir?", krächzte Kate. „Wir?" Sie nahm ihren Koffer. „Wie kommst du darauf, dass ich mit dir irgendwo einziehen werde?" Entschlossen marschierte sie an Luna

vorbei, die sie verdutzt ansah. „Ich will dich nie wiedersehen, Luna! Verschwinde dorthin, woher du gekommen
bist!"

„Aber Kate!" Luna eilte neben ihr her.

Mit Schwung wuchtete Kate den schweren Koffer in die
andere Hand, woraufhin Luna zur Seite hüpfen musste.

„Wo willst du denn hin? Ich meine, so ohne Geld und
ohne Wohnung und ohne Freunde oder Familie?"

Kate stapfte weiter. „Mir egal! Und wenn ich zur Bahn-
hofsmission gehen muss! Bevor ich mit dir zusammen-
ziehe, wird die Queen Fan der Sex Pistols."

„Das ist ein Wort."

elf

Der Beamte hinter der Panzerglasscheibe blickte kurz auf, als DS Grant seinen Ausweis hochhielt. Er nickte und drückte den Summer. Grant setzte die Drehtür in Gang, die direkt an der Dacre Street, einer ruhigen Nebenstraße der Victoria Street, lag. Er gelangte in den Innenhof der Zentrale der Metropolitan Police, auch New Scotland Yard genannt.

Haddock hatte ihn erst drei Stunden zuvor nach Hause geschickt, was für einen sehr kurzen Schlaf, eine Dusche, ein paar frische Klamotten sowie einen starken Kaffee im Stehen gereicht hatte. Ein erstes Briefing zum Mord im Heron war für zehn Uhr angesetzt worden. Grant blieben noch acht Minuten, um ins Besprechungszimmer im neunten Stock zu kommen.

Als er in den Raum trat, hatte die Besprechung offenbar bereits begonnen. DCI Haddock stand vor einer Tafel mit Fotos und einer Straßenkarte der City of London. Ein rotes Kreuz markierte das neue Heron-Appartementhaus, das eines der höchsten Bauwerke der City war. Dort, in der neunundzwanzigsten Etage, hatte man vor wenigen Stunden den toten Finanzberater gefunden.

Leise trat Grant ein und setzte sich neben Constable Kelly, die aufmerksam den Worten des leitenden Inspektors folgte. Ein kurzer Blick auf seine Uhr sagte Grant, dass es eine Minute vor zehn war. Die halb leeren Becher seiner Kollegen auf dem langen Tisch wiesen jedoch darauf hin, dass die Sitzung schon vor längerer Zeit begonnen hatte.

Grant beugte sich zu Kelly hinüber. „Ich dachte, der Chef wollte um zehn anfangen", flüsterte er.

47

Kelly kritzelte Notizen auf den Block vor sich, ohne Haddock aus den Augen zu lassen. „Er hat die Sitzung um eine halbe Stunde vorverlegt", flüsterte sie.

Grant legte die Stirn in Falten. „Warum?"

Constable Kelly zuckte die Schultern. „Keine Ahnung. Einfach so. Er ist der Chef." Dann konzentrierte sie sich wieder auf DCI Haddock, der die bisherigen Ermittlungen zusammenfasste und Aufgaben an das Team verteilte.

Grant hob die Hand. „Hat jemand den Schuss gehört, Sir?"

Haddock blickte auf und musterte ihn. „Ich werde nicht gern unterbrochen, Detective Sergeant. Aber bitte, Constable Kelly?"

Kelly erklärte, dass die oberen Stockwerke des Heron noch nicht bezugsfertig waren. Bradshaw sei der einzige Bewohner in der neunundzwanzigsten Etage gewesen.

„Warum?", wollte Grant wissen.

Haddocks Gesicht verdüsterte sich und unter seiner roten Nase wurde sein Mund zu einem Strich.

Kelly drehte sich zu Grant. „Er hat auf Schnickschnack verzichtet, bevorzugte rohe Betonwände, einen einfachen Bodenbelag, keine importierten Badewannenarmaturen. Alles sollte möglichst schnell fertig sein. Der Makler schwärmte in höchsten Tönen von Bradshaw. Der hat wohl die Anzahlung für die Wohnung bar bezahlt und sogar noch etwas draufgelegt, um früher einziehen zu können."

DCI Haddock fuhr fort: „Auf Bradshaw ist keine Waffe angemeldet. Wir schließen daraus, dass der Täter sie mitgebracht haben muss. Sie wurde noch nicht gefunden."

„Warum untersuchen wir eigentlich den Mord, Sir? Zuständig wären doch die Kollegen der City", unterbrach Grant ihn erneut.

Der Blick, den Haddock ihm über den Tisch zuwarf, ließ so manchen am Tisch zusammenzucken. Grant hielt ihm stand.

„Zwei Selbstmorde an der Tower Bridge und eine Entführung in nur vier Tagen. Die Kollegen baten uns um Amtshilfe", erklärte Kelly.

„Wären Sie rechtzeitig hier gewesen, Detective Sergeant Grant, hätten Sie das gehört und sich Ihre Fragen sparen können", zischte Haddock.

„Verstehe." Grant war erst seit Kurzem im Team von DCI Haddock und es sah nicht so aus, als wären sie in dieser Zeit Freunde geworden. Er goss sich einen Becher Kaffee ein und blickte zu Detective Sergeant Jenkins hinüber, der ihn mit einem hämischen Grinsen betrachtete.

„Der Fall ist, wie es scheint, recht übersichtlich", fuhr Haddock fort. „Wir suchen diese Stalkerin, die behauptet, Bradshaw habe ihr Geld unterschlagen. Es fanden sich Fingerabdrücke dieser ..." Er wies auf ein Foto an der Wand, das eine gepiercte Punkerin mit knallroten Haaren zeigte.

„Luna Loveway, Sir. Eigentlich Ruby Dench", rief Kelly eifrig und etwas zu laut und einige alte Kollegen grinsten.

Haddock nickte. „In der Wohnung fanden sich ihre Fingerabdrücke. Ihr Motiv hat sie auf dem Anrufbeantworter für uns hinterlassen. – Was wissen wir noch über sie?" Er sah zu Kelly hinüber.

Kurz schien es, als wolle die junge Beamtin aufspringen. „Geboren in Cawsand, Sir, vierundzwanzig Jahre alt, arbeitete als Bedienung im örtlichen Pub, bis sie unerwartet ein größeres Erbe antrat. Dies geschah im Zuge einer Mordermittlung der Kollegen in Plymouth. Man konnte ihr aber nichts nachweisen."

„Sie stand unter Verdacht?", mischte sich Grant ein.

„Nein, nicht wirklich. Aber ihre Rolle in dem Fall ist, gelinde gesagt, undurchsichtig. Der Earl of Tremore war ..."

„Irrelevant, Kelly. Kommen Sie zum Punkt!", fiel Haddock ihr ins Wort.

Constable Kelly, der sehr wohl bewusst war, dass es nicht alltäglich war, eine einfache Uniformierte bei den Teamsitzungen dabeizuhaben, wurde rot. „Ja, Sir. Natürlich. Entschuldigen Sie bitte!" Sie blickte auf ihre Notizen. „Ruby Dench alias Luna Loveway wurde vor einigen Jahren wegen Drogenbesitzes mehrfach von den Kollegen befragt, aber nie vor Gericht gestellt. Seit der Liberalisierung des Drogenbesitzes ist sie nicht mehr aufgefallen, bis auf den besagten Mord. Aber wie schon erwähnt, konnte ihr damals nichts nachgewiesen werden."

DCI Haddock nickte.

„Cleveres Luder", murmelte Jenkins.

Für einen Moment geriet Kelly aus der Fassung, wohl weil sie nicht wusste, ob Jenkins sie meinte oder diese Luna. „Vor achtzehn Monaten", fuhr sie dann fort, „erbte sie eine Menge Geld und das Herrenhaus Tanston Hall in Cornwall. Das Haus übereignete sie vor sieben Monaten dem National Trust, das Geld legte sie, wie es scheint, bei diesem Bradshaw an."

„Was wissen wir über Norman Bradshaw?"

Kelly blätterte in ihren Notizen. „Norman Bradshaw, achtunddreißig Jahre alt, Investmentbanker."

Ein Stöhnen ging durch den Raum. Jemand sagte, dass es dann ja wohl den Richtigen erwischt habe. Die meisten nickten. Fast jeder hatte die Katastrophe, die die Investmentbanker vor einigen Jahren ausgelöst hatten, zu spüren bekommen. Ob es die Hypothek war, die so mancher nicht mehr hatte bezahlen können, die Anlagen, in die sie ihr Erspartes investiert hatten und die plötzlich nichts mehr wert waren, oder die Steuererhöhungen, die den Leuten aufgebürdet wurden, damit der Staat die Verluste dieser Raubritter in Maßanzügen decken konnte – immer war es der kleine Mann, der die Rechnung zu zahlen hatte. Kaum einer im Raum hatte nicht mindestens einen in der Familie, der seinen Job verloren hatte, weil die Wirtschaft in eine Rezession gerutscht war. Und das alles nur, weil ein paar arrogante, weltfremde Yuppies glaubten, der internationale Finanzmarkt sei eine Art riesige Spielwiese und Verantwortung nur etwas für Spießer.

„Bradshaw hat Mathematik und Informatik studiert. Gleich nach seinem Abschluss kam er in die City und wurde Trader bei Pradwell & Partner. Unter den Golden Boys war er die Nummer eins. Dann kam die Finanzkrise und er verlor seinen Job. Sein Arbeitgeber zeigte ihn wegen Insidergeschäften, Urkundenfälschung und Unterschlagung an. Im Jahr darauf kam noch eine Anklage wegen Steuerhinterziehung hinzu. Der Mann war danach pleite. Er lebte in Harlesden zur Untermiete. Dann schien es plötzlich wieder bergauf zu gehen. Zusammen mit einer gewissen Priscilla Langley gründete er das Finanzberatungsbüro Triple A. Vor zwei Wochen zog er ins Heron. Preis der 175-Quadratmeter-Wohnung: 4,5 Millionen Pfund."

Einige im Raum pfiffen.

Grant blickte auf. „Wie viel hat diese Luna Loveway angeblich verloren?"

Kelly sah auf ihre Notizen. „Rund 3,8 Millionen Pfund."

„Das dürfte für eine Anzahlung der Wohnung mehr als

gereicht haben. Hatte er noch mehr Kunden?", wollte Grant wissen.

„Das", unterbrach ihn Haddock, „wird Constable Kelly für uns prüfen. Jenkins: Fahndung nach Ruby Dench raus. Smithers: Jagen Sie alles, was wir haben, durch HOLMES. Pinki ..." Er blickte zu einem dicklichen Kollegen hinüber, der gerade in einen Donut hineinbiss, wobei die Krümel sich auf seinem beachtlichen Bauch sammelten. „Holen Sie mir ein ordentliches Frühstück und bringen Sie mir diese Priscilla Langley her!"

Stühle wurden gerückt und halb leere Becher vom Tisch genommen, nur Grant blieb sitzen. „Sir, warum sind wir uns so sicher, dass diese Luna die Mörderin ist? Gibt es keine Freundin oder andere Personen, die ebenso in Frage kommen könnten? Alte Feinde aus seiner Zeit bei Pradwell?"

Haddock reagierte nicht, sondern verließ den Raum, ohne Grant auch nur anzusehen.

Kelly versuchte ein Lächeln, was gründlich misslang. „Ist nicht einfach mit ihm. Der Chief Inspector hat so seine Eigenarten. Er gilt als, na ja, sagen wir, schwierig. Aber wer in seinem Team ist, gehört zu den Besten. Darauf legt er Wert. Außerdem geht er in vier Wochen in Pension. Vielleicht möchte er keine ungelösten Fälle hinterlassen. Er wird Sie schon noch zu schätzen wissen."

Grant erhob sich und nahm seinen Becher, um ihn in die kleine Küche am Ende des Flurs zu bringen. „Ich bin nicht zu Scotland Yard gekommen, um zu kuscheln, Constable."

„Ja, Sir. Natürlich, entschuldigen Sie bitte." Kellys Lächeln war verschwunden.

Nun tat es Grant leid, dass er so unfreundlich gewesen war. „Verzeihen Sie, Kelly. "

„Schon in Ordnung, Sir."

Sie gingen als Letzte aus dem Besprechungsraum.

„Hat der Chef gesagt, warum er so sicher ist, dass diese Luna die Mörderin ist?", wollte Grant wissen. Er ärgerte sich, dass er den größten Teil der Teamsitzung verpasst hatte, was sicherlich auch Haddocks Absicht gewesen war, als er ihm gesagt hatte, die Sitzung würde erst um zehn anfangen.

„Sie ist auf mehreren Bildern des CCTV zu sehen, jetzt aber verschwunden. In ihr Hotel, das Waldorf Hilton, ist sie auch nicht mehr zurückgekehrt."

Grant nickte, doch er ahnte, dass Bradshaws Tod nicht ganz so einfach aufzuklären sein würde, wie Haddock es sich kurz vor seiner Rente wünschte.

Als sie zur Teeküche kamen, stockte Constable Kelly für einen Moment. Die Kollegen hatten ihre Becher einfach abgestellt, um dann eilig in ihre Büros zu verschwinden – irgendjemand würde schon abwaschen. Grant konnte sich denken, was die junge Frau beschäftigte. Sie war die Rangniedrigste im Team und würde den Abwasch übernehmen müssen. Doch er hatte natürlich bemerkt, dass sie nach Höherem strebte und lieber an dem Fall mitarbeitete – was er gut verstehen konnte.

Kelly seufzte und nahm ihm den Becher ab. Sie drehte den Wasserhahn auf und wusch ihren, Haddocks und Grants Becher unter laufendem Wasser ab. Den Rest ließ sie stehen.

„Also, diese Luna ist im Waldorf Hilton abgestiegen, dort aber seit gestern nicht mehr aufgetaucht. Um kurz nach elf verließ sie das Hotel und ging zu Fuß zum Heron. Das CCTV hat sie am Ausgang der Moorgate Station, Ecke Barclays Bank aufgezeichnet, wie sie in die Ropemaker

Street ging, und dann noch einmal nahe dem Heron. Eine Viertelstunde später verließ sie das Heron fluchtartig über den Vordereingang."

„Kameras im Gebäude?" Grant griff zu einem Tuch, um die Becher abzutrocknen.

„Leider keine. Die Überwachungsanlage ist dort noch nicht in Betrieb."

„Was? Die lassen all diese Millionäre und Möchtegern-VIPs ins Heron, ohne sie schützen zu können? Was sagen die denn dazu?"

Kelly grinste. „Ich glaube, das hat der Makler vergessen zu erwähnen. Die oberen Etagen sind ja auch noch nicht bewohnt." Sie grinste. „Zwar sind überall Kameras, auch in den Fahrstühlen, aber man hat das System eben noch nicht in Betrieb genommen."

Grant überlegte. „Sie muss viel Glück gehabt haben, denn auch der Portier war an dem Abend nicht im Haus. Kurzfristig krankgemeldet, sagte sein Arbeitgeber. Trotzdem kann man da nicht einfach reinmarschieren. Wer immer ins Haus kam, muss zuvor geklingelt haben. Ergo: Bradshaw machte ihm auf. Er kannte seinen Mörder also. Außerdem frage ich mich, wo die Tatwaffe geblieben ist. Sie kann ja nicht einfach so verschwinden."

In dem Moment trat Jenkins in den kleinen Raum. „Sergeant Grant, der Chef will Sie sehen."

Erstaunt blickte Grant ihn an.

Jenkins wurde deutlicher: „Jetzt, Grant."

Detective Sergeant Grant drückte ihm das Tuch und den halb abgetrockneten Becher in die Hand und machte sich auf den Weg zum Büro seines Vorgesetzten.

zwölf

„Ich bleibe hier nur eine Nacht – dass das klar ist!" Argwöhnisch betrachtete Kate die Freedom Maker, ein langes, schmales Hausboot, von denen es viele auf den Londoner Kanälen gab.

Das Boot lag in einer Reihe mit anderen am Regent's Canal zwischen Regent's Park und Little Venice, nicht weit entfernt vom Londoner Zoo. Allerdings waren die Boote vor und hinter der Freedom Maker in besserem Zustand. Während die anderen Blumentöpfe, Gardinen vor den Fenstern und bunte Gartenstühle samt Tisch auf dem Dach hatten, blätterte bei der Freedom Maker die rote Farbe von den Wänden und der schwarze Rumpf wirkte schäbig. Das Hausboot gehörte einem Künstlerfreund von Luna, Miles M. Munster. Er stellte den beiden obdachlosen Frauen seine Behausung vorläufig zur Verfügung, da er selbst das Land kurzfristig verlassen musste, wie er zu Luna gesagt hatte.

Vorsichtig trat Kate an Deck, wobei sie sich an einer gebogenen Stange festhielt, die am Ende des Bootes ins Wasser führte.

„Was ist das?", wollte sie wissen.

Luna, die den Schlüssel für die kleine Eingangstür suchte, drehte sich um. „Ich glaube, das heißt Pinne. Mit dem Ding steuert man das Boot." Sie suchte weiter, wobei sie noch mehr leere Farbdosen mit dem Fuß zur Seite schob. Dann fuhr sie mit den Fingern am Türrahmen entlang. „Aua!", rief sie plötzlich und steckte ihren Zeigefinger in den Mund. „Da ist ein Nagel", sagte sie vorwurfsvoll und blickte die Tür böse an.

Kate ließ ihren Koffer fallen. „Nehme an, der ist für den

Schlüssel gedacht." Sie hielt sich weiter an der Pinne fest. Auf der kleinen Plattform, wo normalerweise der Skipper stand, über das Boot hinweg sah und es durch die Kanäle steuerte, war kaum Platz für zwei. Auf dem flachen Dach des Hausbootes konnte Kate eine Menge rostiges Werkzeug erkennen. Zwischen Staffeleien, von denen einige nur noch zwei Beine hatten, und halb offenen Farbtöpfen, an deren Rand Pinsel klebten, bemerkte sie drei klapprige Holzstühle und einen kleinen Plastiktisch. „Wo, sagtest du, ist dieser Miles Soundso?"

Luna, die ihre Suche wieder aufgenommen hatte, zuckte mit den Schultern. „Miles M. Munster. Keine Ahnung. Er musste für ein paar Tage verschwinden." Dann suchte sie den Schlüssel in dem erbärmlich aussehenden Blumentopf, der mal eine Farbdose gewesen war.

Kate schaute ihr zu und hoffte, im Inneren der Freedom Maker würde es ein Bett geben, wo sie sich endlich schlafen legen könnte. „Und warum musste er weg?"

„Och ..." Luna kletterte auf das Dach, um dort oben weiterzusuchen. „Er hatte eine Nacktdemo vor dem Aldwych Hotel organisiert."

Kate horchte auf.

„Na ja, eigentlich war es eher eine Lebendinstallation aus fünfzig Körpern, die ineinandergeschlungen ein Dollarzeichen ergeben sollten. Hat aber nicht geklappt. Sie hätten vorher üben sollen."

„Und darum ist er weg?"

„Hab ihn!" Stolz hielt Luna einen einzelnen Schlüssel in der Hand, den sie aus einer leeren Farbdose herausgeholt hatte. Sie sprang vom Dach herunter und erklärte, dass weder die Polizei noch die Gäste des Hotels etwas von Kunst verstünden. „Alles Banausen."

Und obwohl Kate nicht fragen wollte, tat sie es trotzdem: „Warum gerade vor dem Hotel, so eine ... Kunstsache?"

Der Schlüssel passte nicht.

„Mist!" Verärgert warf Luna ihn auf den Boden.

Da schob Kate sie beiseite und drückte die Klinke der Tür herunter, die sich problemlos öffnen ließ.

„Ey, die war ja auf!", sagte Luna und drängelte sich an Kate vorbei, hinein ins muffige Dunkel des Bootes.

„Also, warum das Aldwych?", rief Kate ihr nach, während sie ihren Koffer hochstemmte. Noch bevor sie die kleine Treppe hinunter ins Boot erreicht hatte, schlug ihr eine Welle abgestandener Luft entgegen. Es stank nach kaltem Zigarettenrauch. Kate seufzte. Dann schleppte sie ihre Habseligkeiten die drei Holzstufen hinunter ins Innere des Bootes.

Die Stufen führten in eine Art Schlafraum. An der rechten Wand stand ein breites Bett. Kate überlegte: Wie nannte man in Fahrtrichtung rechts noch in der Schifffahrt? Steuerbord? Egal, erst einmal musste dringend gelüftet werden. Sie hievte ihren Koffer auf das ungemachte Bett und widerstand dem Wunsch, sich daneben zu legen. Stattdessen reckte sie sich, schob den Riegel des Fensters zur Seite und öffnete es.

„In dem Hotel waren ein paar Gangster untergebracht", hörte sie Luna von weit entfernt rufen.

Kate folgte der Stimme. Ein schmaler Gang führte an einer Art Schrank vorbei, doch als sie hineinsah, bemerkte sie, dass es ein klitzekleines Bad mit Dusche und Toilette war. In ihrem Kopf machte sie eine Liste mit Dingen, die sie dringend benötigte: Desinfektionsmittel, Bürste, Haushaltshandschuhe, Reiniger und unbedingt saubere Bettwäsche. Schnell schloss sie die Tür und lief weiter durch den engen Gang ins nächste Schlafzimmer. Bei genauer Betrachtung war es eher ein kleines Räumchen mit einem Feldbett und Regalen voll staubiger Bücher darin.

Nun, dachte Kate, wenigstens liest der Mann.

Ein kurzer Blick auf die Buchrücken jedoch verriet ihr, dass die Fähigkeit des Lesens als solche noch keinen Menschen ausmachte, dem sie gern begegnen würde. Ein Konglomerat aus kommunistischen Kampfschriften, erotischer Bildlektüre und Computerhandbüchern stand dort. Kate schüttelte den Kopf.

Der letzte Raum im Boot, dort, wo Luna gerade mit dem Fuß einen mittelgroßen Haufen Müll auf dem Boden zur Seite schob, beherbergte eine kleine Pantry, ein schäbiges Sofa samt Couchtisch davor und einen durchgesessenen Korbstuhl.

„Gangster?", fragte Kate und ergänzte im Kopf ihre Liste um Glasreiniger, Mottenkugeln, Staubsauger und Geschirrspülmittel.

Luna nickte, während sie mit zwei Fingern etwas Grünliches aus dem kleinen Kühlschrank zog. „Ja, aber die hatten sich als Investoren verkleidet." Ihre Sicht der Welt war in all ihrer kindlichen Einfachheit manchmal etwas kompliziert.

Kate zog ihre Hand in den Ärmel ihrer Jacke und schob ein paar schmutzige Kleidungsstücke von dem Korbstuhl auf den Boden. Waschmittel gehörte auch noch auf die Liste.

„Also doch keine Gangster. Gibt es hier eigentlich eine Waschmaschine?"

„Doch!", rief Luna. „Russische Mafia, chinesische Mafia, afghanische Mafia und Amis. Alle im Aldwych."

„Und dein Freund stand mit ein paar anderen als Nackedeis vor der Tür?"

„Jepp!" Luna hatte das grüne Etwas auf einen Eimer fallen lassen, der neben der Kochnische stand und vor Müll überquoll.

Kate überlegte, dass sie als Gast eines exklusiven Hotels wenig von einem solchen Anblick vor der Tür begeistert gewesen wäre. Wenn man dann auch noch aus einer, nun ja, konservativen Kultur kam, musste das ein Schock gewesen sein.

Während sie noch unschlüssig vor dem Sofa stand, drehte sich Luna zu ihr um. „Hunger?"

Kate schüttelte den Kopf und betrachtete den vorderen Teil des Bootes. Eine kleine Glastür führte hinaus zu einem schmalen Sitzplatz im Freien. Hieß das nun Heck oder Bug? Bug, doch – es musste der Bug sein. Hatte Leo DiCaprio nicht vom Bug gesprochen, als er mit Kate Winslet ganz vorn auf der Titanic ...?

„Klar hast du Hunger. Wir haben seit heute Nacht nichts mehr gegessen. Also, ich habe Hunger. Haben wir noch Geld?"

„Wieso wir? Ernähre ich ab heute etwa uns beide?"

Luna nickte. „Jepp. Ich habe dir doch gesagt, dass ich pleite bin." Lächelnd kam sie auf Kate zu und hielt ihr die offene Hand hin.

Kate, die zu müde zum Streiten war, kramte zehn Pfund aus ihrem Lederbeutel. Luna nahm sie, grinste und ging.

Als ihre Schritte nicht mehr zu hören waren, überlegte Kate, ob sie sich setzen sollte. Sie entschied sich dagegen. Was war nur in den letzten Stunden passiert? Noch gestern war ihr Leben in Ordnung gewesen. Nicht schön, aber sicher. Sie begann, ihre Kellerwohnung zu vermissen.

Kate horchte auf die unbekannten Geräusche um sich herum. Überall schien es zu knarzen und zu quietschen, irgendwo schlug etwas leise gegen Holz. Den Lärm der Straße hörte man dagegen nicht. Deutlich spürte sie, wie sich das Boot auf und ab bewegte. Ihr Magen meldete sich und ihr wurde übel. Der kalte Zigarettengestank, der Dreck, der leicht schwankende Boden unter ihren Füßen, ihr ruiniertes Leben, der Hunger und diese unendliche Müdigkeit – das war einfach zu viel. Sie wollte nach Hause, in ihr eigenes Bett, einschlafen und erst wieder aufwachen, wenn alles vorbei war. Aber in ihre Wohnung konnte sie ja dank Lunas Klempnerversuch nicht mehr.

Erschöpft ließ sie sich auf den Sessel sinken und stützte ihren Kopf in die Hände. Als sie wieder aufsah, bemerkte sie ein altes Transistorradio auf einem Regal über dem Sofa. Sie erhob sich, schwankte hinüber und drehte an einem Knopf, von dem sie annahm, dass man damit das Radio einschaltete. Mit brutaler Lautstärke erklärte der Nachrichtensprecher von BBC Radio 1, man habe eine Leiche im Heron gefunden. Schnell drehte Kate die Lautstärke herunter und lauschte.

„Der Investmentbanker Norman Bradshaw wurde heute Nacht in seiner Wohnung erschossen aufgefunden. Die Polizei sucht in diesem Zusammenhang eine junge Frau, die als dringend tatverdächtig gilt. Ruby Dench, Millionenerbin aus Cornwall, auch bekannt unter ihrem Künstlernamen Luna Loveway, wurde am Tatort gesehen. Hinweise über den Verbleib der Gesuchten nimmt jedes örtliche Polizeirevier entgegen."

Entsetzt starrte Kate den schwarzen Kasten an. Dann stolperte sie zurück, bis ihr Rücken die gegenüberliegende Wand des Schiffes berührte. Das war nicht gut, gar nicht gut. Luna musste sich verstecken. Sicherlich hatte die Polizei auch ein Bild von ihr und verteilte es bereits in der ganzen Stadt.

Kate stieß sich ab und eilte zu einem der kleinen Fenster. Mit ihrem Ärmel wischte sie über die schmierige Scheibe und lugte hinaus – in der Hoffnung, Luna noch zu sehen. Nichts. Sie rannte durch das Boot, zurück zu der Tür, die hinausführte. Als sie die Stufen hinauf hetzte, stieß sie sich den Kopf. Schließlich stand sie auf der kleinen Plattform mit der Pinne. Sie blickte den Anleger rauf und runter und bemerkte eine kleine Treppe in der hohen Mauer. Darüber befand sich ein hässliches Industriegebäude. Ohne nachzudenken rannte sie zu der Treppe und die Stufen hinauf. Oben angelangt sah sie vor sich eine schmale Straße. Links von ihr war eine Brücke, die über den Kanal führte, und rechts entdeckte sie ein Schild, das das kastenartige Gebäude neben ihr als Umspannwerk auswies. Doch von Luna fehlte jede Spur.

Kate schluckte und begriff, dass sie vorsichtiger sein mussten. Viel, viel vorsichtiger.

dreizehn

DCI Haddock schaute kurz von dem Bericht vor sich auf, als Grant eintrat. Die Farbe seines Gesichtes ließ darauf schließen, dass er noch immer wütend war.

„Welcher Teufel hat Sie geritten, mir während der Besprechung zu widersprechen, Detective Sergeant?"

„Mit Verlaub, Sir, ich habe nicht widersprochen, sondern Fragen gestellt."

Haddock fuhr hoch. „Sie tun es schon wieder!"

Grant legte die Hände auf den Rücken und blickte starr auf die Wand hinter Haddock, wo mehrere gerahmte Auszeichnungen hingen. „Verzeihen Sie, Sir."

Der DCI lehnte sich weit in seinem Stuhl zurück und blickte den Neuen an. „Um ehrlich zu sein: Ich war nicht begeistert, als es hieß, Sie würden in mein Team kommen."

„Verstehe, Sir."

„Nein, tun Sie nicht." Haddock beugte sich vor und schlug eine graue Mappe auf. „In Ihrer Personalakte steht, dass Sie bereits als Detective Constable Ihren ersten Mordfall gelöst haben. Und beim CID in Hampshire haben Sie ein eigenes Team geleitet." Er schwieg und musterte Grant mit zusammengekniffenen Augen. „Vielleicht kommen daher Ihre Probleme mit Vorgesetzten. In Ihrer Akte steht nämlich auch, dass Sie nie tun, was man Ihnen sagt."

Grant schwieg, während sein Unterkiefer mahlte.

„Ich will Ihnen etwas sagen, Grant: Das mag auf dem Land funktionieren, hier aber nicht. Hier sind Sie nur ein kleines Licht, ein Rädchen im Getriebe, verstanden?"

„Ja, Sir. Allerdings möchte ich zu bedenken geben ..."

Haddock schüttelte den Kopf. „Sie haben es nicht begriffen, Grant. Die Ermittlungen leite ich und ich entscheide, wie vorgegangen wird. Ihre Erfolgsstatistik in Hampshire ist mir egal. Hier sind Sie nur ein Detective Sergeant in meinem Team." Lange betrachtete er Grant. „Warum wollten Sie eigentlich zum Yard?"

„Neue Herausforderungen, Sir."

DCI Haddock legte den Kopf schief. „Ist das so?", fragte er säuerlich. „Wissen Sie, Grant, man sagt mir nach, eine gute Nase für Lügen zu haben. Also? Warum sind Sie hier?"

„Wie ich schon sagte: neue Herausforderungen, Sir." Grant starrte die Wand über Haddocks Kopf an.

Sein Vorgesetzter schwieg, während er Grant beobachtete. „Sie können gehen, Sergeant", sagte er schließlich.

Grant nickte und öffnete die Bürotür, um den Raum zu verlassen. Doch statt hinauszugehen, blieb er, mit der Klinke in der Hand, stehen. Er atmete tief ein, weil er nun etwas tun würde, was er nicht tun sollte.

„Was ist, Sergeant?", zischte Haddock hinter seinem Rücken.

Grant drehte sich zu seinem Vorgesetzten. „Darf ich etwas vorschlagen, Sir?"

Haddock antwortete nicht.

„Soweit mir bekannt ist, suchen wir nur diese Luna Loveway."

„Sie ist unsere Mörderin."

„Ich weiß, Sir, aber sollten wir nicht auch andere Möglichkeiten in Betracht ziehen? Zum Beispiel weitere geprellte Kunden oder einen privaten Hintergrund oder etwas, das mit seiner Zeit als Trader bei Pradwell & Partner zusammenhängt?"

Haddock fuhr hoch. „Lassen Sie Pradwell & Partner aus dem Spiel, Grant! Verstanden?"

Grant stockte. Dieser heftige Ton erstaunte ihn. Er wollte schon den Raum verlassen, als er Haddocks Stimme hinter sich hörte.

„Und noch etwas, Grant: Sie müssen lernen, Wichtiges von Unwichtigem zu unterscheiden. Wenn Sie überall zu graben anfangen, obwohl die Lösung schon vor Ihrer Nase liegt, vergeuden Sie nur das Geld der Steuerzahler."

„Verstehe, Sir." Grant schloss die Tür hinter sich und atmete tief ein.

vierzehn

Die Aluschale auf dem Couchtisch vor Luna war leer. Sie schaute hoch.

„Bist du schon satt?", fragte sie Kate und blickte auf deren halb vollen Teller.

Kate schob den Rest ihres Chop Suey zu Luna hinüber. „Mir ist der Appetit vergangen." Schweigend sah sie zu, wie ihre Freundin auch diese Portion verschlang. „Weißt du eigentlich, dass die Polizei dich sucht?"

Luna nahm sich noch etwas Reis. „Habe ich doch gleich gesagt."

„Und das stört dich nicht?"

Luna zuckte die Schultern. „Man gewöhnt sich dran." Sie trank einen Schluck Rotwein aus ihrem Wasserglas. „Ich muss nur den wahren Mörder finden, und schon lassen die mich in Ruhe."

„Du musst was?"

„Den richtigen ..."

„Ja, ja, das habe ich verstanden!"

Luna blickte hoch. „Warum fragst du dann?"

Kate fand, sie klangen wie ein altes Ehepaar. „Du musst dich verstecken, bis sie den Mörder haben."

Luna schüttelte den Kopf. „Falsch. Ich muss ihn suchen." Sie sah zu Kate. „Also, wir, meine ich."

„Wir?"

„Klar. Ich schätze, die suchen dich auch. Bist ja meine beste Freundin. Und da du nicht mehr in deiner Wohnung wohnst und vorher einer gesuchten Mörderin Unterschlupf gewährt hast, die jeder Dummkopf sofort erkennt ..." Sie zog an ihren roten Zöpfen, die tatsächlich immer und überall auffielen. „Das sieht doch nach

Flucht aus, oder? Außerdem haben wir das schon einmal gemacht." Sie beugte sich wieder über ihr Essen.

Energisch schüttelte Kate den Kopf. „Das war etwas anderes."

Luna widersprach: „Nee, war es nicht. Da war ein Mörder, und den haben wir geschnappt." Sie schnippte mit den Fingern, als sei die Sache in Cornwall damals so einfach gewesen.

Doch Kate konnte sich noch gut daran erinnern, wie viel Glück sie gehabt hatten und wie sie nur knapp dem Tod entkommen waren. So etwas wollte sie nicht noch einmal erleben.

„Das kommt gar nicht in Frage! Du wirst dich stellen!" Kate stand auf, um ihr Mobiltelefon aus ihrem Lederbeutel zu holen. „Wir rufen jetzt gleich bei der Polizei an."

Luna blickte nicht auf, sondern schaufelte weiter Chop Suey in sich hinein. „Nee, machen wir nicht."

„Doch!"

„Nein!"

Kate sah sich um. „Wo ist meine Tasche?"

„Keine Ahnung." Luna beugte sich ein wenig tiefer über den Teller, während Kate begann, ihre Tasche zu suchen. Sie hatte die Kochecke und den Sitzbereich in Lunas Abwesenheit so weit hergerichtet, dass man sich darin gefahrlos bewegen konnte. Eigentlich war nun alles recht übersichtlich. Doch die Tasche blieb verschwunden.

„Ich hatte sie doch hierher gestellt", murmelte Kate und schaute unter ein Kissen mit Kamasutra-Motiv. „Die kann doch nicht ..."

Endlich war Luna mit dem Essen fertig. Sie drehte sich zu Kate, wobei sie versuchte, das leere Glas auf ihrem Kopf zu balancieren.

„Wenn du mir versprichst, nicht bei der Polizei anzurufen, sage ich dir, wo deine Tasche ist."

Kate, die gerade auf dem Boden kniete, um unter dem verschlissenen Sofa zu suchen, sprang hoch. „Wusste ich's doch!" Sie kam auf Luna zu. „Wo ist sie?"

„Erst versprechen."

„Wo ist sie?", rief Kate noch einmal, doch Luna schüttelte nur vorsichtig den Kopf, damit das Glas nicht herunterfiel. Wütend riss Kate ihr das Glas vom Haar und knallte es auf den Tisch. „Wo?"

Luna verschränkte die Arme vor der Brust und schmollte. „Erst versprechen."

„Das ist doch lächerlich! Luna, hör auf, dich wie ein Kind zu benehmen! Wo ist meine Tasche?"

Luna hielt ihr die ausgestreckte Hand hin. „Versprochen?"

Kate reagierte nicht. Da schaute Luna sie flehend an. „Ich müsste sonst abhauen, Kate. Und ich weiß doch gar nicht, wohin ich gehen soll. Allein, ohne Geld und ohne dich. Geht doch nicht. Das verstehst du, oder?"

Kate starrte die weiße Hand mit den Sommersprossen vor sich an, dann schlug sie ein. „Du bist irre, Luna, weißt du das?" Sie ließ sich auf den Korbsessel fallen.

„Jepp." Luna legte die Stirn in Falten. „Aber ich bin auch fair. Kompromiss, okay? Wir müssen ja nicht gleich den Mörder finden. Es reicht schon, wenn wir versuchen, die Polizei auf eine andere Fährte zu locken." Sie blickte Kate aus ihren grünen Augen an. „Ich meine, irgendetwas, das jemand anderen als Mörder ins Spiel bringt: eine Ex-Geliebte oder jemand, dem er noch mehr Geld abgenommen hat als mir, seine Mutter, die Queen ... Hauptsache nicht ich!"

Kate überlegte. Sie kannte Luna und war sich sicher, dass ihre Freundin keine Mörderin war. Musste sie ihr dann nicht helfen? Sie nickte.

„In Ordnung. Aber du musst untertauchen."

Luna schüttelte den Kopf, dass ihre Zöpfe nur so hin und her flogen. „Nein! Ich werde irre, wenn ich hier unten warten soll, bis du etwas herausgefunden hast."

„Du wirst irre? Mädel, du bist es schon."

„Danke für das Kompliment!" Luna grinste freudig.

Auch Kate konnte sich ein Lächeln nicht verkneifen. Es war gut, jemanden wie Luna zu haben, auch wenn diese wegen Mordes gesucht wurde, Wohnungen unbewohnbar machte und mehrere Millionen Pfund einfach so verlor. Aber was machte das schon?

Sie schenkte noch ein Glas Rotwein für sie beide ein. „Cheers, du verrücktes Huhn!"

„Cheers!" Luna trank einen Schluck. „Deine Tasche ist übrigens im Kühlschrank."

fünfzehn

Am Nachmittag meinte Luna, die Sonne am Himmel entdeckt zu haben. Also entschloss sie sich, die Dachterrasse ihres neuen Heims zu nutzen. Sie saß auf einem der drei klapprigen Gartenstühle, das Gesicht dem wolkenverhangenen Himmel entgegengestreckt. Ihre unzähligen kleinen Zöpfe hatte sie in geduldiger Fummelarbeit geöffnet, sodass ihre Haare nun wie ein roter Heiligenschein um ihren Kopf herum leuchteten.

Kate kam die kleine Leiter hochgekrabbelt und warf ihr einen Schlapphut zu, den sie unter Deck gefunden hatte. „Setz bitte dieses Ding auf! Man muss deine Haare ja nicht gleich bis Westminster sehen." Dann schnappte sie sich einen der anderen Gartenstühle.

„Noch ein Gläschen?", fragte Luna unter dem breitkrempigen Hut, den sie sich schräg auf den Kopf gesetzt hatte. Sie hielt Flasche und Glas bereits in den Händen.

Kate schüttelte den Kopf.

Luna schenkte sich selbst großzügig ein. „Es tut mir wirklich schrecklich leid, dass wir in so einem Schlamassel stecken."

„Hm." Kate blickte zu den anderen Hausbooten hinüber. Waren sie bewohnt? Wussten die Leute dort von der gesuchten Mörderin mit den auffallend roten Haaren?

Auf dem Boot neben der Freedom Maker bewegte sich die Gardine hinter einem der Fenster. Kate kniff die Augen zusammen, um mehr sehen zu können.

„Halloho!", trällerte es plötzlich vom Anleger her.

Kate fuhr herum. Eine ältere Dame in hautengem Shirt und Blumenbermudas stand am Anleger und winkte

69

zu ihnen hoch. Auf dem Kopf trug sie einen ledernen Cowboyhut, der aussah, als sei er versehentlich in der Waschmaschine gelandet.

„Darf ich an Bord kommen?"

Noch bevor Kate oder Luna antworten konnten, kam die Frau behände zu ihnen nach oben.

„Ich bin Mrs Beanley und das da ist Mr Bean." Sie zeigte auf einen Hund undefinierbarer Rasse hinunter, der soeben sein Revier am Poller vor der Freedom Maker markierte. Dann lächelte sie breit und zwei Zahnlücken wurden sichtbar. „Er ist immer so lustig."

„Der Mr Bean aus dem Fernsehen?", fragte Kate vorsichtig.

Luna lachte. „Nein! Der da!" Sie deutete auf den Hund, dann stand sie auf und gab Mrs Beanley die Hand. „Sind wir Nachbarn?"

„Oh ja!", rief Mrs Beanley mit hoher Stimme. „Ich wohne nebenan." Sie zeigte auf ein Boot mit dem Namen „Jealous Goose".

Kate lächelte unverbindlich zu der Nachbarin hinüber. Sie kannte solche Leute: neugierig und geschwätzig. Entsetzlich – und in ihrer aktuellen Situation höchst unerfreulich, wahrscheinlich sogar gefährlich.

„Wie heißen Sie denn, Liebes?", fragte Mrs Beanley Luna, die ihr den dritten klapprigen Stuhl an Deck anbot.

Kate meinte, einen gewissen Nachdruck in der Stimme der Frau gehört zu haben.

„Teresa", log Luna lächelnd.

„Schottisch?" Mrs Beanley zeigte auf Lunas Haare.

„Halb walisisch, halb schottisch. Vater Dirigent, Mutter Drehbuchautorin. Sind nur für ein paar Tage hier. Mein Onkel in Neuseeland ..."

Barsch unterbrach Kate die Lügenbaronin: „Wohnen Sie schon lange hier, Mrs Beanley?"

Die Frau strich unnötigerweise ihr T-Shirt glatt und ließ dabei ihre groben Hände über jede Rolle in der Mitte ihres Rumpfes gleiten. „Oh ja. Wussten Sie, dass die Queen und ich ein Jahrgang sind?"

Kate und Luna sahen sich irritiert an. Mrs Beanley wirkte kaum älter als sechzig.

Die Frau lachte. „Als Elisabeth Königin wurde, also anno 1953, wurde ich geboren. Hier, auf dem Kanal." Mit ausgebreiteten Armen wies sie auf ihr Reich. „Wo, sagten Sie, ist Miles, meine Liebe?", fragte sie Luna plötzlich.

Die zuckte kurz zusammen. Dann erklärte sie, der Besitzer der Freedom Maker sei für ein paar Tage im Urlaub. „Frankreich, glaube ich."

Die Frau lächelte schief. „Urlaub? So, so." Sie musterte Kate und Luna mit zusammengekniffenen Augen. „Letztes Mal, als er verschwand, hatte er auf einer Hühnerfarm die Tiere freigelassen. Zwanzigtausend Stück. Die meisten sind tot umgefallen, sobald sie draußen waren. Muss ja auch ein Schock für die Armen gewesen sein. Aus ihren Federn hat er dann so ein Ding gebaut und in der Nacht vor den Palast gestellt. Hab' es in der Zeitung gelesen. Politische Kunst nennt er das." Sie schüttelte den Kopf. „Aber verstanden habe ich es nicht."

„Ich bin ja Vegetarierin", sagte Luna und lächelte sie an.

„Seit wann denn das?", fragte Kate überrascht.

Mrs Beanley ignorierte sie und sah Luna besorgt an. „Kindchen! Das ist aber ungesund. So ein gutes Stück Brust dann und wann ... Wir sind ja keine Kühe, verstehen Sie?"

Die beiden schienen sich prächtig zu verstehen, aber

Kate war nicht wohl dabei, dass die Frau sie entdeckt hatte. Je weniger Leute wussten, wer an Bord der Freedom Maker war, desto länger würde es dauern, bis die Polizei es auch wusste.

„Es wird kühl. Wir sollten jetzt hinuntergehen." Kate erhob sich.

Luna und die Nachbarin sahen sie verwundert an.

Kate warf Luna einen ihrer strengen Blicke zu, die bei den Patienten im Krankenhaus immer Wunder wirkten, doch ihre Freundin blieb völlig unbeeindruckt.

„Teresa, denk daran, dein Onkel will noch anrufen! Es wäre doch schade, wenn du seinen Anruf aus Neuseeland verpassen würdest."

Mrs Beanley erhob sich. „Sie hat recht, Liebes. Solch wichtige Anrufe darf man nicht verpassen." Sie kletterte von der Dachterrasse des Bootes und macht sich winkend auf den Weg, um ihren Hund zu suchen, wobei sie in kratzigem Sopran seinen Namen rief: „Mister Beeheeean!"

Wieder unter Deck hielt Kate ihrer Freundin eine deftige Standpauke: „Bist du völlig verrückt?", rief sie der verdutzten Luna zu, die auf dem Sofa Platz genommen hatte. „Wie kannst du nur mit dieser Frau reden? Vielleicht hat sie dich erkannt und wird dich bei der Polizei melden!"

Luna sackte in sich zusammen. „Die Haare, oder?"

„Ja, Himmel noch mal. Da hilft offenbar auch kein Hut." Kate begann umherzugehen, soweit die Enge des Bootes es erlaubte. „Es wird langsam Zeit, dass wir überlegen, wie wir vorgehen wollen."

Luna nickte. „Genau! Als Erstes durchsuchen wir Bradshaws Wohnung und dann ..."

„Und was glaubst du, dort zu finden, Luna? Vor allem, nachdem die Polizei schon da war."

Luna biss sich auf die Unterlippe. „Stimmt", gab sie zu.

Kate sah aus dem Fenster. Draußen lief gerade ein Jogger vorbei, der einen Kinderwagen vor sich herschob. Eine Gruppe schnatternder Mädchen schlenderte in dieselbe Richtung. Kate blickte ihnen nach und war sich alles andere als sicher, ob die Freedom Maker der richtige Ort war, um sich zu verstecken. Der Weg am Kanal entlang schien ein beliebter Spazierweg zu sein. Zu beliebt, wie Kate fand. Leider wusste sie aber auch keine Alternative.

„Wir sollten herausfinden, ob dieser Bradshaw noch andere Leute betrogen hat. Die hätten dann auch ein Motiv."

sechzehn

Die Überprüfung aller Zeugenaussagen im Heron hatte ihn mehrere Stunden gekostet und erwartungsgemäß nichts ergeben. Bisher waren nur die unteren Stockwerke bewohnt sowie drei Wohnungen im zwanzigsten Stock. Die oberen Etagen waren allesamt noch leer – bis auf Bradshaws Appartement. Dass Haddock ihn auf einen Job angesetzt hatte, der eigentlich von Uniformierten hätte erledigt werden können, wurmte Grant mehr, als er vor sich selbst zugeben wollte.

Als er nun im Yard aus dem Fahrstuhl trat, stand Jenkins vor ihm und grinste. Wie immer roch der Kollege nach einem teuren Aftershave von Harrods, sein Gesicht war perfekt rasiert und der Anzug saß makellos. Beim CID in Hampshire hätte Jenkins schnell einen Spitznamen weggehabt, hier aber nannten ihn alle nur Sergeant oder Mr Jenkins. Das war Grant bei seinem Dienstbeginn als Erstes aufgefallen: Der Umgangston in Haddocks Team, zu dem immerhin fast dreißig Leute gehörten, war auffallend förmlich, ja, fast schon ängstlich.

Grant lächelte und zählte bis zehn. Dann fragte er: „Was kann ich für Sie tun, Detective Sergeant?" Als Jenkins nichts sagte, schob Grant ihn zur Seite. „Wenn Sie es wissen, Jenkins, sagen Sie mir Bescheid."

Er wollte in sein Büro gehen, das er sich mit drei anderen Kollegen teilte. Als er den Raum betrat, stand dort, wo bisher sein Schreibtisch gewesen war, ein Kopierer. An den anderen Schreibtischen saß je ein Kollege, scheinbar intensiv in die eigene Arbeit vertieft. Mit fragendem Blick drehte Grant sich zu Jenkins um, der direkt hinter ihm stand.

„Anweisung von oben. Mehr als drei Leute in einem Büro sind ab heute verboten. Brandschutzbestimmungen oder so."

„Aha. Und das bedeutet?"

Jenkins drehte sich um und bedeutete Grant mit einer Hand, ihm auf den Flur zu folgen. Als sie eine kleine Tür am Ende des Ganges erreicht hatten, blieb Jenkins stehen. Hinter der Tür befand sich ein fensterloses Archiv, das vom Putzpersonal auch als Abstellmöglichkeit für Besen und Eimer, Papierhandtücher und Reinigungsmittel benutzt wurde.

Mit einer theatralischen Geste öffnete Jenkins die Tür. „Ihr neues Reich, Detective Sergeant Grant."

Bevor Grant hineinsah, bemerkte er, wie der Rest des Teams die Köpfe zu den Bürotüren heraussteckte, um seine Demütigung zu beobachten.

Er blickte kurz in die Kammer. „Hübsch! Sehr hübsch. Ich nehme an, Jenkins, die geschmackvolle Inneneinrichtung geht auf Ihr Konto?"

Dann drehte er sich um und machte sich auf den Weg in die Teeküche, die am anderen Ende des Ganges lag. So hatte er Gelegenheit, in jedes einzelne der Gesichter zu schauen, die aus den Büros lugten. Lächelnd wünschte er jedem einen guten Tag. Der eine oder andere zuckte beschämt zusammen und verschwand wieder in seinem Raum, doch es gab eine Handvoll Leute, die die Show genüsslich verfolgten.

Plötzlich hörte Grant Jenkins Stimme hinter sich. „Der Detective Chief Inspector hat erfahren, dass die Suche nach der Mordwaffe nicht sorgfältig genug durchgeführt wurde."

Grant drehte sich um.

„Er bittet Sie, das persönlich zu übernehmen."

Grant legte den Kopf schief. „Das bedeutet?"

„Sie werden persönlich alle Müllcontainer und Abfall-behälter der Gegend durchsuchen. DCI Haddock wünscht Ihren Bericht heute Abend. Nehmen Sie sich einen Freiwilligen mit."

Die Kollegen lachten. Keiner würde sich für so einen miesen Job freiwillig melden.

„Ich komme mit!" Constable Kelly trat in den Gang hinaus und stellte sich neben Grant. „Tut mir leid", flüsterte sie ihm zu. „Der Chief wollte wissen, worüber wir in der Küche gesprochen haben."

Grant nickte. „Verstehe. Entschuldigung angenommen."

Gemeinsam gingen sie in die Garage hinunter, um mit dem Wagen in die City zu fahren.

„Sie hätten sich nicht melden müssen, Kelly. Ich befürchte, Ihr Anstand wird einer Beförderung nicht förderlich sein."

„Ich habe Mist gebaut, Sir. Da ist es nur gerecht, dass ich Sie jetzt begleite." Constable Kelly lenkte den Wagen aus der Tiefgarage von New Scotland Yard. Sie bog in die Dacre Street ein und fuhr in Richtung Heron. „Darf ich Sie etwas fragen, Sir?"

„Ungern."

Kelly schwieg.

„Okay, fragen Sie!", murmelte Grant nach einer Weile.

„Was hat DCI Haddock gegen Sie?" Sie wechselte die Spur. „Ich meine, er ist dafür bekannt, ruppig zu sein, aber so etwas? Nein, Sir." Sie schüttelte den Kopf. „Sie könnten sich beschweren. Ich meine ..."

„Nein, Constable Kelly, das kann und werde ich nicht tun. Er wird seine Gründe haben." Und Grant nahm sich vor herauszufinden, welche das waren.

siebzehn

Das Mansion House lag zwischen dem City of London Magistrates' Court und der British Arab Commercial Bank neben einer Kirche und in unmittelbarer Nachbarschaft zur Bank of England und der Royal Exchange. Inmitten des unaufhörlich fließenden Straßenverkehrs wirkte das durch die Abgase grau gewordene Gebäude an der Bank Station weit weniger pompös, als man es vom Herzen des internationalen Finanzlebens erwartet hätte. Zwar hatte es sechs hohe korinthische Säulen an seinem Vordereingang, die ihm ein ehrwürdiges, fast griechisches Aussehen verliehen, aber so etwas hatten andere Gebäude in der City of London auch. Abgesehen von den Säulen fehlte dem Mansion House jeglicher Schmuck. Und dennoch war es unbestreitbar das Zentrum der Macht hinter allem und jedem, der in der internationalen Finanzwelt etwas zu sagen hatte oder das gern wollte.

Wenn die Bank of England die Eingangshalle zur Welt des Geldes war, dann war das Mansion House das Hinterzimmer, in dem die wirklichen Geschäfte abgewickelt wurden. Offiziell war es der Amtssitz des Bürgermeisters der City of London, des Lord Mayor. Und dieser hielt es mit britischer Bescheidenheit, was sich immer gut machte. Doch die Gerüchteküche besagte, dass im Mansion House die Fäden zusammenliefen, die die gesamte Finanzwelt kontrollierten.

Als DCI Haddock über die Straße eilte, konnte ein Taxi gerade noch ausweichen. Sein Hupen mischte sich mit den Motorengeräuschen von roten Bussen, Motorrollern, Lieferwagen und noch mehr Taxis. Zwei Uniformierte in grellgelben Warnwesten, die nahe dem Gebäude Streife liefen, blickten prüfend herüber, während Haddock zum Mansion House eilte.

„Wie kann ich Ihnen helfen, Sir?", fragte der Sicherheitsmann hinter der Glasscheibe im Souterrain des Gebäudes.

Haddock zeigte seinen Dienstausweis. „Der Chamberlain erwartet mich."

Der Sicherheitsmann blickte auf eine Liste, die vor ihm lag. Dann deutete er mit einer kurzen Handbewegung auf einen Fahrstuhl. „Fahren Sie bitte nach oben in die Halle! Man wird Sie zu Sir George bringen."

Haddock nickte, steckte seinen Ausweis wieder in die Innentasche seines Jacketts und nahm den Fahrstuhl nach oben. Dort wurde er bereits von einem schlaksigen jungen Mann in Livree erwartet.

„Wenn Sie mir bitte folgen wollen, Sir", sagte dieser.

Er führte Haddock über dicke Teppiche, die die Schritte des Besuchers dämpften, vorbei an Sesseln mit dunkelrotem Samtbezug, mannshohen Kaminen und goldenen Verzierungen. Alles zeugte von Macht und Geld. Aber Haddock beachtete weder die Säulen und Gemälde noch die Kassettendecken oder den üppigen Stuck an den Wänden. Er ging durch zweihundertsechzig Jahre Geschichte, ohne seine Umgebung auch nur eines Blickes zu würdigen.

Erst als sie eine Halle betraten, sah er kurz auf. Links und rechts von ihm standen hohe Säulen mit goldenen Kapitellen, die eine weiße Empore hielten. Die halbrunde Kassettendecke schwebte mindestens zehn Meter über seinem Kopf. Alles wirkte wie ein ägyptischer Tempel. Auf der Empore am Kopfende der Halle, direkt unter einem bunten Bleiglasfenster, stand ein Mann im dunklen Anzug und schaute zu dem Gast herunter. Ihre Blicke trafen sich.

Haddock folgte seinem Begleiter eine Treppe hinauf, die auf die Empore führte. Sir George Allenby, der Chamberlain der City of London, kam auf ihn zu. Er lächelte unverbindlich, und seine Augen blieben kalt. Mit seiner hohen Stirn und den zwei steilen Falten darauf hätte er auch ein Vorstadtlehrer in Mittelengland sein können.

„Mein lieber Chief Inspector! Wir haben uns lange nicht gesehen. Ich freue mich, dass der Commissioner Sie mit dem Fall beauftragt hat." Der Chamberlain legte seine Hand auf Haddocks Schulter und schob ihn zur Balustrade der Empore hinüber. „Sie waren einmal Detective in der City. Sozusagen einer von uns, Haddock."

„Das ist schon lange her, Sir."

Der Chamberlain lächelte ihn an. „Aber das ist der Grund, warum ich den Commissioner bat, Sie mit dem Fall Bradshaw zu betrauen. Sie wissen, worauf es ankommt. Sie kennen die Gegebenheiten bei uns." Er blickte Haddock zufrieden an.

Der DCI schwieg.

„Sie, mein lieber Haddock, sind einer der wenigen, die die Brisanz des Toten im Heron verstehen können. Ich bin mir sicher, Sie wissen, was von Ihnen erwartet wird", sagte Sir George und betrachtete Haddock, der in die Halle hinunterblickte.

Dort unten traf sich die Elite des internationalen Big Business, um der Queen die Hand zu schütteln oder sich selbst zu feiern. Gerade stellte ein livrierter Diener ein großes Bouquet weißer Lilien neben eine der Säulen.

„Ihre Ermittlungen, mein Lieber, schützen eine traditionsreiche Finanzinstitution. Ich nehme an, das ist Ihnen klar", fuhr der Chamberlain fort.

„Etwas in der Art sagte der Commissioner kürzlich", murmelte Haddock.

„Jede Irritation hier führt zu schweren Turbulenzen an den Börsen weltweit." Sir George begann, die Empore entlangzugehen, wobei er die Hände auf den Rücken legte und seine polierten Schuhe betrachtete. „Wie ich hörte, Detective Chief Inspector, haben Sie einen neuen Sergeant in Ihrem Team."

Haddock nickte.

„Wie ich ebenfalls hörte, ist dieser Grant ein neugieriger Kerl. Will er im Yard Karriere machen? Haben wir mit Problemen zu rechnen?"

„Nein, Sir. Ich halte ihn im Fall Bradshaw auf Abstand."

„Gut. Sehr gut. Es ist wichtig, dass Sie die Zügel in der Hand behalten, Chief Inspector."

„Ja, Sir, ich verstehe."

Schweigend gingen sie über den Teppich, der alle Geräusche zu verschlucken schien. Als sie das Ende der Halle erreicht hatten, drehte Sir George sich um und ging zurück.

„Sie haben also diese Luna im Visier?"

„Das ist richtig, Sir. Wir haben die Fahndung nach Ruby Dench alias Luna Loveway rausgegeben. Sie wird landesweit gesucht, ebenso von Interpol."

Sir George nickte. „Ich nehme an, es ist nur eine Frage der Zeit, bis Sie diese Person finden."

Haddock antwortete nicht.

„Gut, gut. Wir bleiben bei einem privaten Mordmotiv. Es wäre für den Ruf der City nicht gut, wenn es andere Gerüchte geben würde." Sir George drehte sich zu Haddock und reichte ihm die Hand. „Ich möchte Sie unserer größtmöglichen Unterstützung versichern, Detective Chief Inspector. Sie wissen ja, dass wir Ihre Leistungen nicht unbeachtet lassen." Er lächelte, wie es nur Politiker können.

„Danke, Sir."

achtzehn

Als Grant zum dritten Mal an diesem Tag aus dem Fahrstuhl im Yard stieg, begegnete ihm Jenkins auf dem Flur. Dieser hielt sich die Nase zu, als Grant auf ihn zuging, woraufhin der sich lächelnd dicht neben Jenkins stellte.

„Sie stinken." Angewidert drehte sich Jenkins zur Seite und trat einen Schritt zurück. „Und, waren wir erfolgreich?"

Grant rückte nach. „Das möchte ich dem Chef persönlich sagen." Er wedelte mit einem fleckigen Aktenordner herum, um Jenkins noch mehr am Abfallgeruch teilhaben zu lassen. „Ist er noch da?"

„Finden Sie es selbst heraus!", murmelte Jenkins und verschwand eilig in seinem Büro.

Lächelnd sah Grant ihm nach. Er brauchte dringend eine Dusche, das war ihm klar. Constable Kelly hatte er nach Hause geschickt mit der Anweisung, am nächsten Morgen ausgeruht und gut riechend im Yard zu erscheinen.

Wie erwartet hatte das Durchwühlen des Mülls rund um das Heron nichts ergeben. Das hatte zweierlei Gründe: Erstens hatten bereits in der Mordnacht uniformierte Kollegen den gleichen Job gemacht und zweitens waren seither die meisten Müllcontainer und Abfalleimer geleert worden.

Grant ging in das Büro von Haddocks Sekretärin. Die stämmige Frau mit den hübschen Augen zog gerade ihren Mantel über und griff nach ihrer Handtasche. Sie öffnete sie, um etwas darin zu suchen.

„Guten Abend, Mrs Hay."

„Sergeant Grant", murmelte sie abwesend, während sie in den Fächern ihrer Handtasche herumwühlte.

„Ich muss dem Chef noch die Ergebnisse geben."

Die Sekretärin blickte Grant kurz an, um dann gleich wieder ihre Hand in der Tasche verschwinden zu lassen. Mit einem erleichterten Seufzer zog sie schließlich einen Schlüsselbund heraus.

„Gott sei Dank!", sagte sie zu sich selbst. An Grant gewandt fragte sie: „Der Mülljob?"

Er nickte.

„Legen Sie die Unterlagen auf seinen Tisch. Der Chief Inspector kommt erst morgen früh wieder rein." Dann drehte sie sich um, wünschte einen schönen Abend und verließ das Zimmer.

Grant trat in Haddocks Büro. Durch die offene Tür fiel das Licht vom Vorzimmer auf einen einfachen Schreibtisch samt Stuhl vor dem Fenster. Grant ging hinüber. Er knipste die Lampe an. Alles hatte hier seinen Platz: der Füller mit Goldmiene, das Foto der Familie, der fast leere Ablagekorb, die lederne Schreibunterlage mit dem Wappen der Stadt darauf, die Haddock zum fünfundzwanzigsten Dienstjubiläum bekommen hatte.

Grant legte die fleckige Mappe auf die Lederunterlage. Er fragte sich, wie weit Haddock noch gehen würde, um ihn loszuwerden. Denn dass er das vorhatte, schien überdeutlich. Doch warum? Er spürte, wie die Neugier in ihm wuchs. Vor allem wollte er wissen, was es mit dem Fall Bradshaw auf sich hatte, dass Haddock nur die Spur zu dieser Luna akzeptierte. Warum interessierten seinen Vorgesetzten das Privatleben des Toten oder dessen Geschäfte nicht? Dadurch wurden Ermittlungsfehler begangen, die ein guter Anwalt dem Yard um die Ohren hauen würde, sollte es irgendwann einmal zu einem Prozess gegen diese Luna kommen. Das musste Haddock doch wissen. Warum also riskierte ein so erfahrener und fähiger Ermittler wie er seinen Ruf? Und das kurz vor der Rente?

Misstrauisch begann Grant, sich am Schreibtisch seines Vorgesetzten genauer umzusehen. Die Ergebnisse der Spurensicherung lagen dort. Eine Kopie hing im großen Besprechungsraum an der Wand. Man hatte zuhauf Spuren von dieser Luna in der Wohnung gefunden, ebenso DNA-Spuren und Fingerabdrücke von Bradshaws Geschäftsführerin Priscilla Langley. Die war allerdings zur Tatzeit auf einer Hochzeit in Highgate gewesen, was über dreißig Zeugen bestätigen konnten. Jedoch gab es noch zwei weitere DNA-Spuren, die sich bisher nicht hatten zuordnen lassen. Leider versuchte niemand herauszufinden, zu wem sie gehörten. Der Abschlussbericht des Gerichtsmediziners fehlte auch noch.

Grant horchte in den Flur hinaus. Es war schon ziemlich spät und nur noch wenige Kollegen waren im Yard. Vorsichtig zog er mit seinem Kugelschreiber die obere Schublade von Haddocks Schreibtisch auf und blickte hinein: Büroklammern, ein Locher, Kaugummi, ein paar Zettel – sonst nichts. Auch in der nächsten Schublade fand er nichts Interessantes. Er schloss sie und beugte sich zum Papierkorb hinunter.

„Was machen Sie da?", herrschte eine Stimme ihn an. Grant fuhr hoch. Jenkins stand in der Tür.

„Ich habe etwas verloren."

„Ach." Sein Kollege trat in das Büro. „Dann werde ich Ihnen helfen, Detective Sergeant. Was ist es?"

„Mein Kugelschreiber."

Jenkins knipste die Deckenbeleuchtung an, die den Raum grell erleuchtete, und kam auf Grant zu. „Der?", fragte er und zeigte zu dem Stift hinunter, der neben dem Papierkorb lag.

„Ah, da ist er ja!" Grant bückte sich und hob seinen Kugelschreiber auf, den er bei Jenkins' Erscheinen neben den Abfalleimer hatte fallen lassen. „Weihnachtsgeschenk, wissen Sie."

Mit zusammengekniffenen Augen blickte Jenkins ihn an und zischte: „Gehen Sie duschen, Mann!"

„Bin schon weg!" Grant eilte hinaus auf den Flur. Was er im Papierkorb seines Vorgesetzten entdeckt hatte, reichte ihm völlig aus, um seinen Verdacht bestätigt zu wissen.

neunzehn

In ihrer ersten Nacht auf dem Hausboot schlief Kate nur wenig. Die Gedanken wollten sie einfach nicht loslassen, hielten sie im Schwitzkasten der Angst. Sie fragte sich, wie in so kurzer Zeit nur alles hatte aus dem Lot geraten können – und was sie tun musste, um wieder sicheren Boden unter den Füßen zu haben. Warum lief sie vor der Polizei weg? Hatte man ihr als Kind nicht immer beigebracht, dass gerade die Männer und Frauen in Uniform es waren, die dafür sorgten, dass die Menschen ruhig schlafen konnten? Jetzt waren sie es, die Kate eine halb durchwachte Nacht bescherten.

Wie konnte man diesen Haddock davon überzeugen, dass Luna keine Mörderin war? Vielleicht sollten sie einen Anwalt aufsuchen. Doch Kate war sich sicher, dass Luna das nicht wollte. Sie traute Anwälten noch weniger als der Polizei. Abgesehen davon konnten sie sich beide keinen leisten.

Unsicher, was als Nächstes zu tun war, rollte Kate sich schließlich von dem Feldbett, während Luna im hinteren Teil des Bootes leise schnarchte. Kate fragte sich, wie ein Mensch mit dem Wissen, dass er landesweit gesucht wurde, nur so tief schlafen konnte. Nachdenklich streifte sie ihren Pulli über. Sie würde noch einmal mit Luna sprechen müssen. Vielleicht nahm sie Vernunft an und stellte sich doch noch der Polizei. Natürlich nur als Zeugin.

Kate faltete die Bettdecke und legte sie samt Kissen in eine Kiste, die sie für diesen Zweck leergeräumt hatte. Dann schlurfte sie in die kleine Küche, um sich ein Frühstück zu bereiten: Tee, Toast, Butter und Marmelade. Da sie keine Pfanne fand, verzichtete sie auf den Speck und die Eier.

Während sie Wasser für den Tee aufsetzte, lief das Radio. Der Nachrichtensprecher von BBC Radio 1 verlas die aktuellen Meldungen: „Heute Morgen kam es zu einer zeitweisen Unterbrechung der Stromversorgung in der City. Wie ein Sprecher des Stromversorgers EDF mitteilte, gab es in einer Verteilerstation Überlastungen, die zu einer kurzzeitigen Abschaltung führten. Techniker untersuchen derzeit die Ursache für den Ausfall. Die Auswirkungen auf die Firmen in der City seien jedoch marginal gewesen, bestätigte Sir George Allenby, der Chamberlain der City of London. Die Börse sowie alle großen Banken konnten ihre Arbeit am Morgen planmäßig wieder aufnehmen."

Das Wasser im Kessel begann zu brodeln und Kate goss es in einen Becher mit abgestoßenem Rand. Sie setzte sich auf den Korbstuhl und schaute auf den gedeckten Tisch vor sich. Dann schob sie ihren Teller mit dem Marmeladentoast fort und blickte durch das kleine Fenster. Draußen würden im Laufe des Tages viele Londoner vorbeischlendern, sofern es trocken blieb.

„Im Zusammenhang mit dem Mordfall des Finanzmaklers Norman Bradshaw wurde bekannt, dass die verdächtige Millionenerbin Ruby Dench alias Luna Loveway noch immer in London sein soll."

Kates Kopf fuhr herum. Sie starrte das Radio an.

„Ein Taxifahrer aus Finchley soll der Polizei mitgeteilt haben, dass die Gesuchte nach der Tat nochmals mit einer bisher unbekannten Person zum Tatort zurückgekehrt sei. Scotland Yard bittet diese Zeugin, Kontakt mit der nächsten Polizeidienststelle aufzunehmen."

Mit einem Satz war Kate beim Radio. Sie riss den

Stecker aus der Wand und starrte den nun schweigenden Kasten an. Ihr Herz schlug bis zum Hals und ihre Hände begannen zu zittern.

„Alles okay?", fragte eine Stimme hinter ihr.

Kate fuhr herum. Vor ihr stand Luna, die sich durch ihre rote Mähne wuschelte und sich die Augen rieb.

„Ah, Frühstück ist fertig. Toll!" Luna schlurfte zum Tisch und ließ sich auf das Sofa fallen.

Kate blickte von ihr zum Radio und wieder zurück. Dann hörte sie ihre eigene Stimme krächzen: „Die suchen mich jetzt auch."

Luna, die gerade einen ordentlichen Bissen von dem Toast genommen hatte, schaute sie träge an. „Wer sucht dich?"

Kate riss den Arm hoch und zeigte nach draußen. „Die Polizei! Die suchen mich!"

Luna trank einen Schluck aus Kates Becher und nickte. „Das war nur eine Frage der Zeit, nehme ich an." Sie stellte den Becher ab und blickte zu Kate hoch. „Willst du gar nichts essen?"

Stumm schüttelte Kate den Kopf.

„Okay." Luna nahm sich eine weitere Scheibe Brot. „Eier mit Speck und Würstchen wären jetzt nett", murmelte sie.

„Ist das alles, was du zu sagen hast, Ruby Dench?"

Völlig ruhig schmierte Luna Butter auf ihren Toast. „Oh je, wenn du mich Ruby Dench nennst, bist du sauer." Sie nahm wieder einen ordentlichen Bissen.

Kate ließ sich ihr gegenüber auf den Stuhl fallen. „Und ob ich wütend bin. Du hast mich in eine unmögliche Lage gebracht. Deinetwegen werde ich wegen Mordes gesucht!"

Luna blickte auf. „Na, na, na", sagte sie mit vollem

Mund und hielt den Finger hoch wie eine mahnende Lehrerin. „Noch ist es mein Mord! Ich bin hier die gesuchte Mörderin. Teilen kommt gar nicht in Frage."

Kate ergriff Lunas Handgelenk. „Hör zu, du Freak! Ich will aus der Sache wieder raus. Und zwar so schnell wie möglich."

Luna lächelte sie an, ohne ihre Hand fortzuziehen. „Sag ich doch. Wir bringen die Polizei auf die richtige Fährte, und schon sind wir sie los."

Kate wurde schwindelig. „Das ist irre, Luna." Sie ließ das Handgelenk los.

„Jepp", sagte Luna und stand auf. Sie machte sich einen Becher frischen Tee und toastete noch eine Scheibe Brot. „Weißt du, was ein großer Fehler wäre, Kate?"

„Mit dir befreundet zu sein?", murmelte diese matt.

Luna lachte auf. „Nee! Es wäre ein Fehler, jetzt gedankenlos zu handeln. Denken wir wie Sherlock Holmes ..."

„Den gab es überhaupt nicht."

„Ich weiß, aber denken wir trotzdem wie er. Er verließ sich nur auf seinen Kopf und die kleinen grauen Zellen darin. Keine Gefühle, die ihn ablenkten, nur das da." Sie tippte sich mit dem Finger an die Stirn. „Wir müssen eiskalt denken, wie eine Maschine. Überlegen, wer ein Motiv hatte, Bradshaw zu töten ..."

„Du!"

Luna schüttelte den Kopf. „Wer die Gelegenheit dazu hatte."

„Du!"

„Und wer die Fähigkeit dazu ..."

„Du, Luna! Du!" Kates Faust knallte auf den Tisch.

Mit einem tiefen Seufzer, als habe sie es mit einem bockigen Kind zu tun, stellte Luna den Becher Tee vor

Kate ab und legte die Scheibe Toast auf den Teller, den sie ihrer Freundin hinschob. Dann setzte sie sich wieder.

„Denken, Watson, denken!" Sie stützte ihr Kinn auf die angezogenen Knie und blickte Kate lächelnd an. „Da ich es nicht war – und hierüber besteht ja wohl nicht der geringste Zweifel –, muss es jemand anderes gewesen sein. Stimmt's?"

Widerwillig nickte Kate.

„Gut. Doch um den Mörder zu finden, müssen wir mehr über Bradshaw wissen. Also sollten wir mit den Machenschaften dieses miesen, kleinen Betrügers anfangen. Ergo: mit seiner Firma Triple A. Er hatte immer eine Frau dabei, Priscilla Langley. Vielleicht kann sie uns ein wenig mehr über seine Kunden sagen."

Kate überlegte. „Warum sollte sie das tun? Mal ganz abgesehen davon, dass die Polizei sie bestimmt schon befragt hat, dürfte sie keinen Grund haben, einer gesuchten Mordverdächtigen Fragen zu beantworten."

Bedächtig nickte Luna. „Das stimmt. Hast du eine bessere Idee?"

Kate überlegte. Dann nahm sie vorsichtig den Becher vom Tisch und pustete in den heißen Tee.

„Milch fehlt", murmelte sie.

Als sie bald darauf die Freedom Maker verließen, um zur Triple A zu fahren, saß Mrs Beanley vor ihrem Boot, eine Zeitung in den Händen, die sie aufmerksam las. Unterdessen beschnüffelte ihr Hund höchst interessiert einen überquellenden Abfallbehälter, der neben der Treppe stand, die hoch zur Straße führte. Zu spät bemerkte Kate die Nachbarin.

„Guten Morgen, Mrs Beanley!", rief Luna fröhlich.

Die Frau schaute auf und stockte. „Oh! Sie sehen ja ..."

Sie suchte nach einem passenden Wort. „… so anders aus."

Mrs Beanley, die selbst mit einem geblümten Kittel, Gummistiefeln und einem kleinen roten Hut bekleidet war, betrachtete Kate und Luna aufmerksam von oben bis unten. Luna hatte ihre Haare unter einem Turban versteckt und trug dazu ein langes Kleid, das auffallende Ähnlichkeit mit dem Betttuch vom Hausboot hatte. Kate dagegen hatte sich Lunas Basecap mit dem Logo ihres Lieblingsfootballclubs, des Madron FC, tief in die Stirn gezogen.

„Ach, Sie wissen doch, wie das ist, Mrs Beanley", flötete Luna. „Man muss manchmal den Mut haben, etwas in seinem Leben zu ändern. Und mit den Klamotten fängt man an."

Ihre Nachbarin nickte. „Oh ja, wem sagen Sie das, meine Liebe? In den Siebzigern gehörte ich zu den ganz Wilden hier in der Gegend. Und ich bereue es nicht im Geringsten. Heute bin ich ja eher der gesetztere Typ." Sie lächelte. Offenbar dachte sie zurück an die guten alten Zeiten von Led Zeppelin, Joints und freier Liebe.

Kate und Luna gingen an ihr vorüber. Als sie schon fast die Stufen erreicht hatten, die nach oben zur Straße führten, hörten sie, wie Mrs Beanley ihnen nachrief: „Sie wollen doch wohl nicht etwa den Bus nehmen – oder gar die Tube?"

„Warum nicht?", fragte Kate vorsichtig.

„Nun, alles ist voll, stickig und kostet Geld." Mrs Beanley eilte zu ihnen herüber. „Hier!" Sie reichte ihnen einen Autoschlüssel mit einem alten Peace-Zeichen daran, den sie aus ihrer Kitteltasche gezogen hatte.

zwanzig

Der alte Morris Minor klapperte verdächtig, als Kate ihn langsam Richtung Hyde Park fuhr. Immer wieder hatte sie mit der Gangschaltung zu kämpfen, wenn sie anfuhr. Am besten ging es im zweiten Gang, was zwar schrecklichen Lärm verursachte, der aber im Londoner Verkehr nicht besonders auffiel.

Mrs Beanley hatte sie noch kurz in die Geheimnisse des grasgrünen Gefährts eingewiesen, das fast so alt war wie sie selbst und nach ihrer Lieblings-LP von den Beatles benannt war: Sergeant Pepper. Die Beifahrertür sei leider nicht mehr zu benutzen und im dritten Gang würde der Wagen eigenartige Geräusche machen, aber wenigstens noch funktionieren. Beim vierten Gang sei sie sich nicht mehr so sicher. Den nächsten MOT-Test würde er wohl nicht mehr bestehen, hatte sie bedauernd gemeint und eine Träne hatte sich in ihr linkes Auge gestohlen.

„Ein Radio gibt es auch nicht", bemerkte Luna, die sich mit forschendem Blick umschaute, während Kate sich auf den Straßenverkehr der Edgware Road in Richtung Marble Arch konzentrieren musste. „Ist doch nett von Mrs Beanly, uns ihren Wagen zu leihen", meinte sie dann und versuchte, das Fenster auf der Beifahrerseite herunterzukurbeln. Plötzlich hielt sie die Kurbel in der Hand. Mit einem Schulterzucken verstaute sie das Ding im Handschuhfach. „So müssen wir nicht durch die Straßen laufen, volle Busse nehmen oder auf Bahnsteigen warten."

„Wichtiger ist, dass uns das CCTV erspart bleibt", erklärte Kate.

„Was?"

Kate knallte den nächsten Gang rein. Holpernd nahm der Wagen Fahrt auf.

„Closed Circuit Television. Sag bloß, du hast noch nichts davon gehört!"

Luna schüttelte den Kopf, den sie etwas schief halten musste, weil ihr Turban immer wieder an die Decke des Autos stieß.

Kate seufzte. „Interessierst du dich eigentlich für gar nichts, außer für dich selbst."

Luna lächelte vielsagend.

„Okay, CCTV ist eine besondere Art der Videoüberwachung. In London gibt es die meisten Überwachungskameras pro Einwohner weltweit, wusstest du das?"

Luna schüttelte schweigend den Kopf.

„Weißt du überhaupt, was das bedeutet?"

Wieder ein Kopfschütteln.

„Das bedeutet, dass die Polizei jederzeit herausfinden kann, wo wir waren oder sind."

„Na, dann ist unsere Verkleidung doch goldrichtig", meinte Luna. „So erkennt uns niemand. Und in Sergeant Pepper erst recht nicht." Anerkennend tätschelte sie das Gefährt.

Kate war sich da nicht so sicher. Sie schwiegen, als sie am Hyde Park entlang fuhren, und auch dann noch, als sie den Buckingham Palace mit dem Victoria Memorial passierten.

„Warum fährst du eigentlich mitten durch die Stadt?", meckerte Luna plötzlich. „Gibt es keinen anderen Weg?"

Soeben hatten sie The Mall verlassen und fuhren an Charing Cross vorbei. Auf einmal bremste Kate scharf, weil eine Horde japanischer Touristen über die Straße lief. Luna wurde nach vorn geschleudert und konnte sich gerade noch am Armaturenbrett abstützen.

„Der Sicherheitsgurt funktioniert auch nicht."

Die Japaner entschuldigten sich gestenreich und verschwanden im Touristenmeer. Luna schob ihren Turban zurecht, der bei der Aktion heruntergerutscht war.

„Halt einfach den Mund, Luna! Bitte!", murmelte Kate und brachte Sergeant Pepper wieder zum Rollen. Es war Jahre her, dass sie in London Auto gefahren war. Mit Tube und Bus war man auch so schnell überall – wahrscheinlich noch schneller als mit dem Wagen.

Geduldig fuhr sie die Themse entlang Richtung Osten, immer den Bussen nach, die mal am Blackfriars Pier, mal an der London Bridge hielten, um die Touristen aussteigen zu lassen. Sie passierten den Tower und die dazugehörige Brücke. Dann ging es etwas flotter voran. Sie mussten nur noch den Limehouse Link durchfahren, und schon war auf der rechten Seite der alte West India Quay zu sehen. Dort wies inzwischen nichts mehr auf die glorreichen alten Zeiten der britischen Herrschaft auf den Meeren hin. Wo vor fast zweihundert Jahren noch Fregatten und Klipper Mast an Mast nebeneinander gestanden hatten, um ihre Waren einzuladen, fand man heute stylische Hochhäuser, die Unternehmensberatungen und Banken beherbergten.

Dann war es nicht mehr weit bis zur Bradfield Road, einem der wenigen verbliebenen Orte, wo die Leute sich beim Arbeiten noch schmutzig machten. Kate bog in die Straße ein und fuhr vorbei an Lagerhäusern und Hallen, Abstellplätzen für in die Jahre gekommene Laster und Baumaterial.

Luna blickte von dem Stadtplan auf ihrem Schoß auf. „Geradeaus, dann links."

„Welches ‚links'?"

„Das da." Sie zeigte nach rechts.

Tuckernd rollte der Wagen weiter. Niemand kam ihnen entgegen, und je weiter sie in das alte Hafengelände eindrangen, umso einsamer wurde es um sie herum.

„Bist du dir sicher, dass die Firma hier ist?", wollte Kate wissen.

„Nein, ich war doch noch nie bei Triple A. Aber das ist die Adresse auf den Unterlagen, die ich von Bradshaw habe."

Kate rollte mit den Augen. Dann blickte sie skeptisch zu einem Backsteingebäude hinüber, das früher einmal einer Firma namens Kenley & Co Getreidehandel gehört haben sollte, wenn man der verblassten Schrift über den Fenstern des ersten Stockwerks trauen durfte. Inzwischen stand das Gebäude leer. Neben einem schwarzen Loch, das früher vermutlich der Eingang gewesen war, hing ein neuer silberfarbener Briefkasten, wie man ihn überall für wenig Geld bekommen konnte. Ein handgeschriebenes Schild klebte darauf und wies ihn als Eigentum von Triple A aus. Nur der Aufkleber der Polizei, der die Frontklappe des Kastens versiegelte, ließ ahnen, dass kürzlich jemand da gewesen war.

Luna beugte sich vor. „Sieht nicht gut aus, oder?"

Die beiden Frauen suchten die Vorderseite des Gebäudes ab, konnten aber keinen weiteren Eingang entdecken.

„Wolltest du denn nie die Büroräume von diesem Bradshaw sehen?", fragte Kate.

„Nein, die interessierten mich nicht. Ist doch alles nur Show, diese Glastürme mit den Empfangsdamen und so. Er hat mich immer in coole Clubs eingeladen oder zum Essen. Dort haben wir alles Wesentliche besprochen. Er war eben anders als die anderen Anzugnieten."

„Ganz offensichtlich", murmelte Kate.

Umständlich begann Luna, den Stadtplan auf ihrem Schoß zusammenzufalten. „Er machte einen guten Eindruck auf mich. Der Vertrag klang auch okay. Er hat mir viel von Dubai erzählt. Wusstest du eigentlich, wie heiß es da ist? Und reich sind die da! Das glaubst du nicht!"

Kate schwieg.

„Na ja, jedenfalls hat er mir Fotos von der Sonnenanlage gezeigt. Bis zum Horizont stehen diese Spiegeldinger und machen Strom. Echt Wahnsinn."

„Hast du dir nie überlegt, dass man mit den paar Millionen von dir so eine Anlage gar nicht bauen könnte?"

„Klar, aber ich war ja auch nur eine von vielen Anlegern. Es sei ein Fonds, hat er gesagt. Ein geschlossener Fonds. Er hat mir auch erklärt, wie das geht. Da kommt nicht jeder rein."

Kate legte den Kopf auf ihre Arme, die sie auf dem Lenkrad abgestützt hatte, und stöhnte. Draußen glaubte sie, ein paar Möwen schreien zu hören. Weit entfernt lärmte die Stadt, sonst war alles still.

Plötzlich packte Luna ihre Freundin am Arm. „Hey! Da ist sie!" Der Turban rutschte ihr ins Gesicht. Schnell schob sie ihn wieder hoch.

Kate hob den Kopf. „Wer?"

„Diese Priscilla Langley." Mit ausgestrecktem Finger wies Luna einem roten Aston Martin hinterher, der um die nächste Ecke bog. „Die Partnerin von dem Mistkerl!"

Kate startete den Wagen, der sofort wieder ausging. Sie versuchte es noch einmal, doch ohne Erfolg. Sergeant Pepper wollte nicht so, wie er sollte. Sie schlug mit der Hand gegen das Lenkrad.

„Ich schmeiß dich auf den Müll, du bockiges Ding!", schrie sie.

Beim nächsten Versuch gab der Wagen einen mächtigen Knall von sich und fuhr dann endlich stockend an. Kate nahm die Verfolgung auf. Nun ja, zumindest tuckerte sie im zweiten Gang um die Ecke, hinter der der rote Wagen vor einigen Minuten verschwunden war. Vor ihnen lag eine verlassene Hafenstraße mit leeren Gebäuden und rostigen Zäunen zu beiden Seiten.

„Bist du dir sicher, dass es diese Langley war?", fragte Kate und blickte besorgt auf die Tankanzeige.

„Absolut. Ich erkenne diesen Angebersportwagen sofort, und die Frau darin auch. Sie ist mit Bradshaw und mir ganz oft essen gewesen. Eine von der kostümtragenden Fraktion, mit Ohrringen, High Heels und so", meinte Luna und glaubte, damit alles erklärt zu haben.

Aufmerksam spähten die beiden in jede Einfahrt und jede Seitenstraße. Nichts.

„Wir haben sie verloren", murmelte Luna nach einer Weile enttäuscht. „Sollten wir der Polizei einen anonymen Tipp wegen der Frau geben?"

Kate schüttelte den Kopf. „Die wissen bestimmt schon von ihr. Aber was hat sie hier gemacht? Zum Briefkasten wollte sie offenbar nicht."

Plötzlich schrie Luna auf: „Da!" Wild gestikulierend zeigte sie in eine Einfahrt hinein. „Fahr zurück! Fahr zurück! Da war die Tussenschaukel!"

„Die was?" Kate bremste und blieb am Straßenrand stehen. Luna sagte nichts, sondern wollte die Beifahrertür öffnen.

„Nicht aussteigen!", rief Kate und blickte die Straße auf und ab.

„Warum?" Luna rüttelte an der Tür. Offenbar hatte sie vergessen, dass die Beifahrertür sich nicht öffnen ließ.

„Ich will wissen, ob hier Kameras sind", erklärte Kate. Erst als sie keine CCTV-Überwachungskameras entdecken konnte, stieg sie aus.

Nach ihr krabbelte Luna über den Fahrersitz hinaus, wobei sie immer wieder mit ihrem Betttuchkleid zu kämpfen hatte. Sie gingen durch einen breiten Gang in den Hof, der von allen Seiten von einem hohen Gebäude umschlossen war. Anders als in der Bradford Road waren darin Büros untergebracht. Und tatsächlich stand der rote Sportwagen mitten auf dem Hof.

„Ist er das?", fragte Kate, die weiter Ausschau nach Kameras hielt.

Luna nickte. „Jepp."

Sie liefen zum Eingang, neben dessen Tür eine Menge Firmenschilder an der Wand hingen. Offenbar hatten mehrere Werbeagenturen, eine Tischlerei, ein Weiterbildungsinstitut, eine Eventagentur sowie ein Im- & Exportunternehmen ihren Sitz in dem Gebäude.

„Und? Welche nehmen wir?", wollte Luna wissen.

Kate zögerte. „Keine Ahnung. Fang oben an! Was macht die Frau hier überhaupt?"

Luna zuckte mit den Schultern. „Mir egal. Wahrscheinlich noch eine Scheinfirma, mit der sie und Bradshaw den Leuten Geld aus der Tasche gezogen haben." Sie blickte auf die Firmenschilder. „Die?" Gerade wollte sie den Klingelknopf der Im- & Exportfirma im obersten Stockwerk drücken, als Kate sie zurückhielt.

„Wir sollten sie lieber nicht warnen. Ich möchte nicht, dass sie die Polizei ruft. Außerdem ist die Tür nur angelehnt."

„Oh, ja, stimmt."

Die beiden Frauen öffneten die Tür und traten vorsichtig in das dunkle Treppenhaus. Ein muffiger Geruch stieg ihnen in die Nase. Durch ein schmutziges Fenster fiel mattes Licht auf die Türen eines alten Fahrstuhls.

einundzwanzig

Als sich die Tür des Fahrstuhls öffnete und sie in den dritten Stock hinaustraten, hörten sie einen dumpfen Knall.

Kate hielt ihre Freundin am Arm fest und horchte. Da riss jemand eine Tür am Ende des Flures auf.

Kate drängte Luna in eine Nische nahe dem Fahrstuhl und drückte ihr die Hand auf den Mund, als sie gerade protestieren wollte. Angespannt hielten die beiden den Atem an. Sie hörten Schritte – es waren mindestens drei Personen. Vielleicht waren es Polizisten, die gerade die Im- & Exportfirma verließen. Solange die Beamten nicht den Lift nahmen, hatten Kate und Luna eine reelle Chance, unentdeckt zu bleiben. Das Sonnenlicht, das durch das Treppenhausfenster in den Flur fiel, ließ drei Schatten an der Wand erscheinen. Für einen Moment setzte Kates Herz aus, als sie in der Hand des einen Schattens deutlich eine Waffe erkennen konnte.

Die drei nahmen die Treppe nach unten. Lange lauschten Kate und Luna dem verhallenden Klacken im Treppenhaus nach, bis sie schließlich die Haustür im Erdgeschoß mit einem lauten Knall zufallen hörten. Erleichtert atmete Kate aus.

„Polizei?", flüsterte Luna.

„Ich glaube nicht. Unten stand kein Polizeifahrzeug."

Allerdings auch kein anderer Wagen. Wo hatten die Männer ihr Fahrzeug geparkt? Vorsichtig traten Kate und Luna aus der Nische und blickten zur Tür am Ende des Flures.

„Sie müsste noch drinnen sein, wenn es die richtige Firma ist", meinte Kate leise und Luna nickte.

Noch bevor Kate reagieren konnte, preschte Luna vor und stieß die angelehnte Tür mit einem Tritt auf. Die Frau in der Mitte des Raumes, die eben noch auf dem Boden neben einem umgekippten Stuhl gehockt hatte, sprang mit einem Schrei auf. Sie trug ein blaues Designerkostüm mit dazu passenden Pumps, von denen aber einer keine Hacke mehr hatte. Einige Strähnen ihrer hochgesteckten Frisur fielen in ihr entsetzt dreinblickendes Gesicht. Mit weit aufgerissenen Augen stolperte sie zwei Schritte zurück. Ihr Lippenstift war verschmiert und ihr linkes Auge geschwollen.

„Was wollen Sie hier?", schrie sie und griff nach einem Locher, der auf dem Schreibtisch stand. Sie umklammerte ihn mit ihrer zerschrammten Hand, offensichtlich in der Absicht, ihn als Schlagwerkzeug einzusetzen.

„Hallo Mrs Langley!" Luna trat vor, wobei sie den lächerlichen Turban von ihrem Kopf nahm.

„Sie?" Eilig trat die Frau hinter den Schreibtisch, der unter einem Wust von Papieren und aufgeklappten Aktenordnern fast nicht mehr zu sehen war. Sie schwankte. „Waren Sie das? Haben Sie mir die Männer auf den Hals geschickt? Ich habe sie nicht, okay?!" Ihre Stimme überschlug sich.

Luna trat näher und beugte sich über den Tisch. „Wollten die Typen auch ihr Geld zurückhaben – so wie ich?", zischte sie.

Zitternd strich sich die Frau eine Strähne aus dem Gesicht. „Ich weiß nicht, wovon Sie reden."

Kate, die die blutende Wunde an ihrem Kopf bemerkt hatte, ging um den Schreibtisch herum. Da sie nun auf der einen und Luna auf der anderen Seite war, konnte Priscilla Langley nicht flüchten. Erschrocken blickte sie von einer zur anderen.

„Setzen Sie sich!" Kate schob die Frau auf ein Sofa,

dessen Rückenlehne und Sitzfläche aufgeschlitzt worden waren. „Sie stehen unter Schock, Mrs Langley. Legen Sie die Beine hoch!" Die Frau wollte aufspringen, doch Kate drückte sie hinunter. „Beine hoch! Sie kippen gleich um. Luna, die Kissen!" In diesem Moment war sie ganz die Krankenschwester. Sie deutete auf einige auf dem Boden verstreute Kissen.

Luna zögerte.

„Luna! Mach schon! Ein Schock kann tödlich sei. Und tot nützt sie dir nichts."

Schnell nahm Luna die Kissen vom Boden und schob sie der Frau unter die Waden, während Kate ein Taschentuch auf die blutende Wunde presste. Es dauerte ein paar Minuten, bis Priscilla Langleys Zittern nachließ und ihre Pupillen wieder eine normale Größe hatten.

„Der Mistkerl hat alle Konten abgeräumt", flüsterte die Frau. „Nichts mehr da. Ich bin ruiniert."

„Willkommen im Club!", meinte Luna trocken und blickte sie argwöhnisch an.

Kate, die als Krankenschwester schon öfter Frauen mit solchen Verletzungen gesehen hatte – interessanterweise waren die Verursacher immer Treppenabsätze oder unerwartet auftauchende Schranktüren –, schätzte Priscilla Langley inzwischen als stabil ein.

„Haben Sie weitere Verletzungen? Gebrochene Rippen zum Beispiel? Was ist mit Ihren Armen?" Sie blickte auf die Handgelenke der Frau, die sich blau zu färben begannen.

Luna beugte sich vor und zischte: „Geschieht Ihnen recht! Arme Millionärinnen so auszunehmen! Wie konnten Sie nur!»

Priscilla Langley drehte ihr Gesicht zur Seite und schwieg.

„Ich bringe Sie und Ihren feinen Freund hinter Gitter", schimpfte Luna und fuchtelte drohend mit dem Finger herum. Dann stockte sie. „Okay, das mit Bradshaw geht nicht mehr. Aber Sie, Sie werden schmoren, meine Liebe, versprochen!"

Kate schüttelte den Kopf und schob Luna zur Seite. „Sie wissen, dass Mr Bradshaw tot ist, Mrs Langley?"

Priscilla Langley schwieg. Dann setzte sie sich langsam auf. Vorsichtig befühlte sie ihr linkes Auge, dessen Schwellung schnell zunahm.

„Ja, die Polizei hat es mir gesagt."

Luna beugte sich wieder vor. „Sie waren es, oder? Ich meine, das Motiv ist doch klar: Er hat die Geschäftskonten leer geräumt." Sie lachte trocken. „Ha! Eine Betrügerin wird betrogen."

Wütend starrte die Frau Luna mit ihrem gesunden Auge an. „Ich soll ihn umgebracht haben? Sind Sie übergeschnappt?! Sie waren es doch! Bis vor einer halben Stunde wusste ich nicht einmal, dass die Konten leer sind."

Kate hielt Luna mit einer Hand fest. Ruhig stellte sie sich zwischen die Kontrahentinnen.

„Miss Dench ist keine Mörderin. Darum sind wir ja hier. Wir, ähm, unterstützen die Polizei bei ihrer Arbeit."

Luna nickte eifrig.

„Wer waren die Leute, die Sie eben verprügelt haben, Mrs Langley?", fragte Kate und reichte der Frau ein Taschentuch. „Was ist das hier überhaupt für eine Firma?" Ihr gelang sogar ein aufmunterndes Lächeln.

„Meine Firma – Im- & Export. Ordentlich eingetragen. Ich zahle auch Steuern. Fragen Sie meinen Steuerberater!" Priscilla Langley begann, ihre Frisur zu richten und das Kostüm glattzustreichen.

„Warum haben Sie sich auf Bradshaw eingelassen? Sie machen doch einen ganz vernünftigen Eindruck", wollte Kate in fast mütterlich besorgtem Ton wissen.

„Die Gesamtwirtschaftslage ist derzeit aufgrund der Zinspolitik der Regierung ..."

„Bullshit!", unterbrach Luna sie.

Kate ließ die Frau auf dem Sofa nicht aus den Augen. „Sie wollen sagen, dass Ihre Firma kein Geld abwirft. Richtig?"

Die Frau nickte. „Ich hätte Konkurs anmelden müssen. Norman bot mir einen Deal an. Wir gründeten eine Firma – die Triple A."

„Warum hat er die nicht allein gegründet?"

„Für einen Eintrag hätte man ihm keine Genehmigung erteilt. Er hatte wohl Ärger mit dem Gericht, und als Finanzberater war sein Name, na ja, sagen wir mal, verbrannt. Außerdem war ich bei meiner Bank noch als kreditwürdig eingestuft. Ich nahm Geld auf, damit wir anfangen konnten."

„Was genau macht die Triple A?"

„Vermittlung von Investmentzertifikaten, vornehmlich im arabischen Raum", flüsterte Priscilla Langley und starrte auf ihr Handgelenk. „Er machte die Arbeit und ich gab das Kapital."

„Wie viele Kunden haben Sie?"

Die Frau schwieg, dann stotterte sie kaum hörbar: „Ich bin ein Opfer, so wie Sie, Miss Dench."

„Pah! Erwarten Sie ja kein Mitleid von mir!" Luna schob die Papiere vom Schreibtisch und setzte sich auf den frei gewordenen Platz, wobei sie ihre Beine nervös baumeln ließ. „Sie wussten also, dass dieser Mistkerl vorhatte, mich nur auszunehmen?"

Priscilla Langley nickte.

„Und diese Solarfirma in der Wüste?"

„Gibt es nicht. Es gab vor Jahren mal einen Versuch, so ein Projekt zu realisieren. Daher auch die Prospekte und die Fotos. Aber die Sache rentierte sich nicht."

Luna war sprachlos.

„Dieser Überfall eben", mischte sich Kate ein, „wollen Sie, dass wir die Polizei rufen?"

„Bist du irre, Kate?!", schrie Luna und sprang vom Tisch. „Die nehmen mich hops! Buchten mich ein! Schmeißen den Schlüssel weg!"

Doch Kate reagierte nicht. Sie beobachtete die Frau vor sich, die mit allergrößter Anstrengung Stärke zeigen wollte.

„Sie wussten also, dass Bradshaw ein Betrüger war. Richtig?"

Priscilla Langley versuchte ein Lächeln, doch ihr geschundenes Gesicht verschob sich nur zu einer Grimasse. „Wer ist heutzutage denn kein Betrüger? Jeder beschummelt das Finanzamt, jeder schweigt, wenn er zu viel Wechselgeld an der Kasse bekommen hat, jeder versucht, erst einmal sein eigenes Portemonnaie zu füllen, bevor er an den Nachbarn denkt. Ein Betrüger ist heutzutage nur derjenige, der erwischt wird. Alle anderen sind ehrbare Leute."

„Ah, verstehe." Luna stemmte die Hände in die Hüften. „Und weil der Mistkerl noch nicht im Gefängnis saß, war er also einer von den Ehrlichen! Wow! Was für eine Logik!"

Priscilla Langley massierte ihren Arm. „Die Menschen sind einfältig. Sie hängen so sehr vom Eindruck des Augenblickes ab, dass einer, der sie täuschen will, stets jemanden findet, der sich täuschen lässt."

„Ey, was soll das denn heißen?", fuhr Luna sie an.

„Das hat Machiavelli gesagt, ein italienischer Staats-

105

mann aus dem 16. Jahrhundert. Norman hat ihn ständig zitiert."

Kate lächelte ihre Freundin an. „Irgendwie hat sie recht, Luna. Es ist schwer, dem Blenden dieser Leute nicht zu verfallen. Du bist auf ihn hereingefallen, weil du an das Gute im Menschen glaubst."

Luna schnaufte verärgert. „Wir sehen ja, wohin mich das bringt: wahrscheinlich ins Gefängnis." Dann fragte sie Priscilla Langley: „Was hat er Ihnen versprochen, wenn alles klappt?"

„Eine Million, damit ich meine Firma wieder in den Griff bekomme." Die Frau verzog das Gesicht. „Das wird wohl jetzt nichts mehr."

„Ich zeige Sie an", rief Luna.

Doch Priscilla Langley zuckte nur mit den Schultern. „Ist mir egal."

„Es gab also keine anderen Kunden der Triple A?", fragte Kate noch einmal, um sich zu vergewissern.

Priscilla Langley schüttelte den Kopf. „Das dumme Hippiemädchen ..."

Luna schoss auf sie zu. Kate konnte sie gerade noch am Ärmel halten.

„Er nannte sie immer so. Sie war die Einzige. Er meinte, für den Anfang würde sie reichen."

Schade, damit fallen andere Betrogene als potenzielle Mörder des Mannes aus, überlegte Kate. „Was wollte er als Nächstes tun? Ich meine, Lunas Geld hatte er ja schon. Hatte er ein neues Opfer im Visier?"

Priscilla Langley stemmte sich vom Sofa hoch, wobei sie kurz aufstöhnte und sich die linke Schulter hielt. „Das weiß ich nicht."

„Lügnerin!", schrie Luna aufgebracht.

Kate wollte die Frau, die gefährlich schwankte, stützen, doch Priscilla Langley wehrte ab.

„Er hatte einen dicken Fisch an der Angel, das meinte er zumindest noch vor zwei Wochen. Und er würde ihn nicht wieder loslassen. Ich hatte ihn danach nicht mehr gesehen."

„Wo wohnte er, bevor er ins Heron zog?"

Priscilla Langley strich ihren Rock glatt und sagte: „Das weiß ich nicht. Ich weiß nur, dass er eine Zeit lang ein Zimmer in Harlesden hatte." Mit einem Stöhnen hob sie vorsichtig ihre auf dem Boden liegende Handtasche auf, während sie die andere Hand an ihre Rippen presste. „Ich habe das alles schon der Polizei gesagt. Mehr weiß ich nicht." Sie stolperte zur Tür. „Ich bin genauso ein Opfer wie Sie, Miss Dench", wiederholte sie und es schien, als versuchte sie, es zu glauben.

„Die haut ab, Kate!", schrie Luna und lief der Frau hinterher, die bereits im Flur verschwunden war. „Ey, warten Sie! Sie sind genauso verdächtig wie ich!"

Kate hörte Priscilla Langley lachen. „Aber mich wollen sie nicht. Die Polizei will nur Sie! Wenn Sie mir nicht glauben, rufen Sie sie an. Wenn ich nicht so in Eile wäre, würde ich diesem Haddock noch schnell sagen, wo er Sie abholen kann."

Als Kate in den Flur hinaustrat, interessierte sie nur noch eine Sache. Sie beugte sich über das Eisengeländer der Treppe und rief der Frau hinterher: „Was wollten die Männer von eben?"

„Eine CD."

„Was ist da drauf?"

„Interessiert mich nicht."

Dann fiel die Haustür ins Schloss.

zweiundzwanzig

„Das ist ja so megasackgassig! Sack-
gassiger geht es überhaupt nicht mehr!"
Luna schlug mit der Faust auf das Handschuhfach von Sergeant Pepper.

„Lass das Auto in Ruhe, Luna! Weder hat es dir etwas
getan noch will ich mit der Tube nach Hause fahren."

Nach Hause – welche Ironie! Sie fuhren durch den
stinkenden Londoner Berufsverkehr zu ihrem Unterschlupf, einer Räuberhöhle, die einem Möchtegern-Künst-
ler gehörte. Einem Loch auf dem Wasser. Es war nur eine
Frage der Zeit, bis jemand der Polizei einen Hinweis geben
würde oder die Kameras in der Stadt sie erwischten. Mrs
Beanley hatte sie vielleicht schon längst beim nächsten
Revier gemeldet. Diese aufdringlich nette Dame mit den
Gummistiefeln und dem Hund, den Kate überhaupt nicht
witzig fand!

„Wir müssen vorsichtiger sein, Luna. Ausflüge dieser
Art sind zu gefährlich. Man könnte uns erkennen."

Sie fuhren am Tower of London vorbei und bogen dann
in die Lower Thames Street ein. Kate hielt an einem Zebra-
streifen, um eine Gruppe Jugendlicher hinüber zu lassen,
die gerade vom Tower gekommen waren. Ihnen folgten
zwei Uniformierte.

„Shit!" Eilig schob Luna ihren Turban tiefer ins Gesicht.

Kate stockte der Atem, doch die Polizisten gingen
über die Straße, ohne einen Blick auf den grünen Morris
Minor zu werfen. Vorsichtig fuhr Kate an und betete, der
Wagen möge nicht röhren oder scheppern oder sonstige
verdächtige Geräusche von sich geben, die die Polizisten
veranlassen könnten, zurückzukommen. Glücklicherweise

108

ließ Sergeant Pepper seine beiden Insassen nicht im Stich und so fuhren sie langsam weiter.

„Geht das nicht ein wenig schneller?", brummte Luna.

„Warum, was ist?" Kate beobachtete sie, wie sie ihre Beine im Schneidersitz auf dem Sitz unterbrachte.

„Von unten zieht es. Da muss ein Loch sein."

Mit einem missmutig klingenden Knattern reagierte Sergeant Pepper auf diese Kritik. Doch er fuhr weiter mit dem schleppend dahinfließenden Strom stinkender Autos aller Preisklassen. Immer wieder stoppte der Wagen vor ihnen und zwang auch Sergeant Pepper zu einem Halt.

„Warum geht das nicht schneller?", nörgelte Luna wieder.

„Ich nehme an, die Ampeln sind der Grund", erwiderte Kate.

Erneut standen sie. Jemand hinter ihnen verlor die Geduld und hupte. Kate sah, wie ein Fahrer drei Wagen vor ihnen ausstieg, einen Blick in Fahrtrichtung warf und kopfschüttelnd wieder einstieg. Dann ging es endlich ein Stück weiter. Und während Sergeant Pepper an der kleinen Kirche St Magnus the Martyr vorbeituckerte, erkannte Kate die Ursache für den schleppenden Verkehr: Die Ampel flackerte von Grün auf Rot und zurück. Doch selbst als sie diese Ampel passiert hatten, ging es kaum voran. Überall spielten die Ampeln verrückt. Vorsichtig schoben sich die Wagen über Kreuzungen, während Fußgänger zwischen den Autos über die Straße rannten und Fahrradfahrer fluchten.

Nach fast einer Stunde nervenzehrender Stop-and-Go-Fahrt funktionierten die Ampeln ab Middle Temple Gardens plötzlich wieder. Die beiden Frauen, die die ganze Zeit über nervös geschwiegen hatten, atmeten auf.

„Ich würde mich gern offiziell über dieses Chaos beschweren", überlegte Luna, „aber irgendwie habe ich das Gefühl, ich sollte damit noch warten, bis meine Unschuld bewiesen ist."

Kate nickte. „Sehe ich auch so."

Sie fuhren weiter am Ufer der Themse entlang. Als sie auf Höhe der Station Embankment waren, drehte Luna sich zu Kate.

„Danke!"

„Wofür?"

„Dass du nicht am Hilton vorbeigefahren bist."

Kate lächelte. „Schon gut."

Luna lümmelte sich bequem in ihren Beifahrersitz. „Okay, was haben wir bis jetzt? Wir wissen, dass Bradshaw es ausschließlich auf mich abgesehen hatte, also, auf mein Geld, meine ich."

„Damit fallen andere Geschädigte als Verdächtige aus", ergänzte Kate.

„Was ist mit Priscilla Langley?"

Kate wiegte den Kopf hin und her. „Ich glaube ihr die Sache mit dem verschwundenen Geld."

„Jawohl!" Luna kaute auf ihrer Unterlippe herum. „Da liegt ihr Mordmotiv. Warum sieht dieser Haddock das nicht?"

„Vielleicht hat sie ein wasserdichtes Alibi", gab Kate zu bedenken.

„Mist! Wir hätten sie fragen sollen. Und was hat es überhaupt mit dieser CD auf sich?"

„Das ist eine gute Frage. Wer will sie und warum? Hat Miss Langley der Polizei davon erzählt?"

„Keine Ahnung. Haben wir auch nicht gefragt. Also, ich hätte es nicht getan. Ich mag den Typen nicht. Ist eine

Frage des Prinzips." Luna verschränkte die Arme vor der Brust und blickte aus dem Fenster. „Meinst du, diese CD könnte uns helfen?"

„Nun, sie scheint wichtig genug zu sein, um jemanden dafür zu verprügeln."

„Und zu ermorden!" Luna setzte sich auf. „Ich meine, vielleicht waren diese Typen ja auch bei Bradshaw und wollten die CD. Er hat sie nicht rausgerückt, und darum: Peng!" Sie knallte ihre Hände auf das Armaturenbrett.

Kate zuckte zusammen. „Möglich", sagte sie nach einigem Überlegen.

Nun war Luna wieder bester Laune. Sie strahlte Kate von der Seite an und erklärte: „Na, dann brauchen wir nur diese CD, und schon wissen wir, wer die Mörder sind."

Kate fand einen Parkplatz ganz in der Nähe der Treppe, die zur Freedom Maker hinunterführte. Sie drehte den Zündschlüssel und der Motor verstummte.

„Kann sein, Luna. Nur wüsste ich gern, mit wem wir uns da anlegen. Wenn du recht hast, morden die nämlich."

„Ups, stimmt."

dreiundzwanzig

Constable Kelly stand in der Teeküche und wusch ab, als Grant hereinkam. Er nahm sich einen Becher aus dem Schrank und stellte ihn unter den Kaffeeautomaten. Gerade wollte er den Knopf für Macchiato drücken.

„Würde ich nicht tun, Sir", sagte Kelly, ohne dabei aufzublicken.

„Was?"

„Na, den Kaffee mit der Milch ruinieren."

Grant sah den Behälter mit der Milch neben der Maschine an. Ein Schlauch führte vom Inneren der Milchtüte zum Automaten hinüber.

„Was ist damit?"

„Die Milch ist sauer. Schon seit zwei Tagen."

Grant hielt die Nase etwas dichter an die Öffnung der Tüte. „Oh, verstehe. Danke."

„Keine Ursache, Sir." Kelly stellte einen Becher auf das Abtropfgitter. „Es wäre sinnvoller gewesen, eine Geschirrspülmaschine anzuschaffen statt eines Kaffeeautomaten", murmelte sie.

Grant nickte zum Handtuch hinüber. „Soll ich ...?"

„Nein danke, Sir."

Grant sah ihr zu, wie sie noch mehr Spülmittel ins Wasser gab. „Sagen Sie mal, Kelly, Sie waren doch in der Nacht dabei, als Bradshaw gefunden wurde."

Sie nickte.

„Waren Sie auch oben im Appartement?"

Wieder nickte sie.

„Ist Ihnen in der Nacht etwas aufgefallen? Irgendetwas, das so nicht hätte sein sollen."

Kelly blickte auf. „Was sollte das zum Beispiel sein, Sir?"

„Ich weiß nicht." Er nahm nun doch das Geschirrtuch und begann abzutrocknen. „Irgendetwas. Ich habe die ganze Zeit über das Gefühl, wir haben etwas übersehen."

Kelly überlegte.

„Wann kamen Sie am Heron an?"

„Gemeinsam mit DCI Haddock, Sir. Ich bin gefahren. Hatte Nachtschicht."

Grant stellte den trockenen Becher in den Schrank. „Wissen Sie, Kelly, ich habe gelernt, dass selbst die kleinsten Dinge manchmal eine große Bedeutung haben können."

Sie nickte, während sie im Schaumwasser nach dem Stöpsel tastete. „Mir fiel nur eine Sache auf, Sir."

Grant horchte auf.

„Ich bin mir aber nicht sicher, ob es wichtig ist. Ich meine, es könnte auch eine ganz natürliche Erklärung dafür geben." Sie trocknete ihre Hände ab und zögerte.

„Was ist es?", fragte Grant und merkte, dass er flüsterte.

„Nachdem wir am Tatort angekommen waren, warteten wir noch auf die Leute von der Spurensicherung. Ich bin mir ganz sicher, dass ich unter dem Couchtisch einen schwarzen Knopf gesehen habe. Der Knopf passte nicht zum Anzug des Toten. Die Spurensicherung müsste ihn eingepackt haben."

Grant erinnerte sich an den Kollegen, der Haddock in der Nacht eine kleine Plastiktüte mit einem Knopf darin gezeigt hatte. „Stimmt. Da war ein Knopf. Und?"

Sie knetete ihre Hände. „In keiner unserer Besprechungen wurde der Knopf je erwähnt. Ich fragte den Chef danach, aber er sagte nur, er würde sich mal erkundigen, ob einer gefunden worden war."

„Haben Sie im System nachgesehen?"

„Ja, aber ich konnte nichts finden. In der Liste taucht kein Knopf auf." Sie sah ihn lange an. „Sir, ich habe mich nicht geirrt. Bestimmt nicht. Da war ein schwarzer Knopf unter dem Tisch."

Grant dachte an die durchsichtige Tüte, die er in Haddocks Papierkorb gesehen hatte. Nun wusste er, was sie enthalten hatte.

„Verdammt! Was wird hier gespielt?"

vierundzwanzig

Laut Kates Handy war es kurz vor neun. Luna war noch immer nicht zurück. Sie wolle nur etwas zu essen kaufen, hatte sie gesagt. Das war nun schon zwei Stunden her.

Kate ging am leeren Kai auf und ab und schaute zu der Treppe hinüber, die die Welt am Kanal von der restlichen Stadt trennte. Langsam wurde es dunkel und die Befürchtung, Luna könne verhaftet worden sein, drohte zur Gewissheit zu werden. Erneut wählte Kate Lunas Nummer und wieder hörte sie nur die Computerstimme, die ihr sagte, die Angerufene sei derzeit leider nicht erreichbar, sie solle es später noch einmal versuchen.

Kate atmete tief ein und überlegte, was sie tun sollte. Vorsichtig ging sie die Stufen zur Straße hinauf. Oben angekommen, blickte sie nach rechts und links, wobei sie darauf achtete, nicht in den Fokus irgendwelcher Kameras zu geraten.

„Guten Abend, Miss Cole."

Kate fuhr herum. Vor ihr stand der Beamte, der sie im Heron befragt hatte. Sie starrte ihn an. Jetzt würde man sie festnehmen. Ihr erster Gedanke war zu verschwinden, aber beim Blick auf seinen sportlichen Körper wusste sie, dass sie es nicht einmal bis zur nächsten Ecke schaffen würde.

„Oh", murmelte sie. „So ein Zufall."

Er lächelte sie an. „Haben Sie schon etwas gegessen?"

Sie stockte, dann schüttelte sie den Kopf.

„Dann kommen Sie, Miss Cole! Ich kenne in der Nähe einen netten Pub. Da gibt es sicherlich eine Kleinigkeit für uns." Er nahm ihren Arm und geleitete sie die Straße hinunter.

115

Noch immer konnte Kate keine Worte finden. Für eine Verhaftung schien sein Vorgehen ungewöhnlich. Sie räusperte sich. „Warum wollen Sie mit mir in den Pub? Warum nicht ins Präsidium oder auf ein Revier?"

Wieder lächelte er und sie bemerkte, dass er frisch rasiert war und angenehm roch. „Zu ungemütlich. Außerdem gibt es dort kein Bier. Und nach den letzten beiden Tagen kann ich ein Bier wirklich vertragen."

Sie fragte nicht, was er damit meinte, denn sie hatte das Gefühl, sie würde es noch früh genug erfahren. Charmant öffnete er ihr die Tür des Dirty Old Town und sie traten ein. Der Klang lachender Stimmen, gemischt mit etwas Hintergrundmusik, dem Klirren von Gläsern und dem dumpfen Rücken von Stühlen, kam ihnen entgegen. Es roch nach Fish & Chips, Bier, Putzmittel und After Shave. Sie hatten Glück: Gerade wurde in einer Ecke ein kleiner Tisch frei, also nahmen sie Platz.

„Ein Glas Rotwein?", fragte Grant.

Sie schüttelte den Kopf. „Lieber einen Tee."

Wieder lächelte er sie an und ihr fiel auf, dass seine Augen grau waren.

„Wenn Sie hier nicht auffallen wollen, Miss Cole, dann sollten Sie vielleicht etwas anderes nehmen. Und setzen Sie sich bitte mit dem Rücken zur Kamera!" Er wies unauffällig auf eine einzelne Kamera, die über dem Barmann am Tresen hing.

Schnell setzte Kate sich um. „Okay, dann eben einen Rotwein", murmelte sie.

Als Grant kurz darauf mit den Getränken zurückkam, hatte sie beschlossen, dass er sie weder verhören noch verhaften wollte. Sie fühlte sich ein wenig besser.

„War es wirklich nur Zufall, dass Sie plötzlich hinter

mir standen?", wollte sie wissen und nippte an ihrem Wein.

Er griff nach ihrem Handy, das sie auf den Tisch gelegt hatte, und schaltete es aus. „Es war kein Problem, Sie zu finden. Und wenn ich das kann, dann kann es auch DCI Haddock. Handyortung – Sie verstehen? Heutzutage kann das ja jeder via Internet von Zuhause aus machen. Frustrierend, wenn Sie mich fragen, Miss Cole."

„Oh!" Entsetzt blickte Kate ihr Handy an. Das mit der Ortung hätte ihr eigentlich selbst einfallen müssen. Schließlich hatte sie schon genügend Krimis im Fernsehen gesehen. Dann schaute sie den Polizisten neben sich scharf an. „Sie haben mich gesucht?"

Er nickte. „Ja."

„Sie waren in meiner Wohnung?"

Wieder nickte er. „Mächtige Sauerei. Kein Wunder, dass Sie ausgezogen sind. Ich hätte mich aber gefreut, wenn Sie mir Bescheid gegeben hätten."

„Ihr Vorgesetzter hat nur gesagt, ich solle die Stadt nicht verlassen. Von meiner Wohnung war keine Rede."

„Nun, ich meinte ja auch nur, dass ich mich sehr gefreut hätte."

Sie tranken und schwiegen eine Weile.

„Haben Sie schon etwas herausgefunden?", fragte Kate nach einiger Zeit.

Grant atmete tief durch. „Das darf ich Ihnen nicht sagen. Eigentlich dürfte ich nicht einmal hier sein."

„Bin ich verdächtig? Sucht man mich?"

„Nein. Noch nicht."

„Aber ich war im Heron. Sie haben mich doch gesehen. Haben meine Daten aufgenommen. Und der Taxifahrer hat mich doch ... Oh."

117

Er legte seine Hand auf ihren Arm. Sein Ehering glänzte im Lichtschein.

„Wissen Sie, Miss Cole, die Aussage des Mannes war nicht gut zu verstehen. Sein Englisch – grauenhaft. Zurzeit wird nach einer afroamerikanischen Person gefahndet, die mit Ruby Dench alias Luna Loveway im Taxi gesehen wurde. Sie sind noch kein Thema für DCI Haddock."

„Afroamerikanisch?"

Er zuckte mit den Schultern. „Entsetzliche Aussprache, der gute Mann." Dann zwinkerte er ihr zu.

„Danke", flüsterte Kate. „Aber warum?"

Er blickte sie lange an. „Sie haben nichts damit zu tun."

„Woher wollen Sie das wissen?"

Grant schwieg und blickte in sein Glas. Dann sagte er: „Ich befürchte, dass Ihre Freundin für jemand anderen den Kopf hinhalten soll. Man braucht einen Mörder und Miss Dench war zur rechten Zeit am falschen Ort."

„Ja, das weiß ich, aber es ergibt doch keinen Sinn, Luna als Mörderin zu suchen, wenn sie es nicht war."

Grant lächelte matt. „Doch."

„Das verstehe ich nicht." Sie nahm einen Schluck Rotwein.

„Wo ist sie?", fragte Grant plötzlich.

Kate blickte hoch. Nun wusste sie, warum er sie eingeladen hatte. Er wollte sie wegen Luna aushorchen, ihr Vertrauen gewinnen. Sie schob den Wein fort.

„Schade", sagte sie und erhob sich. „Ich hatte schon begonnen, Sie nett zu finden." Dann lief sie zum Ausgang.

„Miss Cole!", rief Grant ihr nach. Doch Kate verließ den Pub, so schnell es ging.

Draußen war es mittlerweile dunkel geworden. Kate fröstelte, während sich ihre Gedanken im Kreis drehten.

Mehrmals schaute sie sich um, als sie die Straße entlang-lief, doch niemand folgte ihr. Sie fragte sich, warum sie immer so ein Pech mit Männern hatte. Wenn ihr mal einer gefiel, war er entweder verheiratet, schwul oder versuchte, sie auszunutzen. Am liebsten hätte sie in den Londoner Nachthimmel geschrien: Warum hast du keinen richtigen Mann für mich?

Aber das war natürlich unsinnig und dumm. Sie wusste, dass sie schnellstmöglich zum Hausboot zurückkehren musste, um herauszufinden, ob Luna schon dort war, statt höhere Instanzen für ihr Singledasein verantwort-lich zu machen. Das Zusammentreffen mit Grant war eine Warnung gewesen. Gleich am nächsten Morgen würden sie das Versteck wechseln müssen. Zwar wusste Kate noch nicht, wohin sie gehen sollten, aber es erschien ihr am sichersten, aus der Stadt zu verschwinden. Vielleicht sollten sie zurück nach Cornwall gehen, wo sie Luna kennengelernt hatte? Nein, dort würde man sie zuerst suchen.

Kate lief weiter durch die Straßen. Meist blickte sie nach unten, um ihr Gesicht nicht eventuellen Kameras preiszu-geben. Über viele Umwege erreichte sie eine Stunde später die Blomfield Road, die oberhalb des Regent's Canal lag. Sie nahm einen der Durchgänge zum Wasser hinunter und marschierte am Kanal entlang, bis sie endlich die Brücke nahe der Freedom Maker erreicht hatte. Ein letztes Mal drehte sie sich um, doch niemand schien ihr zu folgen. Dann eilte sie unter der stockfinsteren Brücke hindurch. Wenig später kam sie zu Mrs Beanleys Boot, der Jealous Goose, wo hinter zugezogenen Vorhängen ein Fernseher flackerte. Plötzlich ertönte der Schrei einer Frau, gefolgt von einem Schuss. Kates Herz stockte und sie hielt die Luft an, doch dann begriff sie, dass Mrs Beanley einen Krimi schaute.

Leise fluchend schlich Kate an dem Boot vorbei, hin zur Freedom Maker, die dunkel und verlassen im Wasser lag. Vorsichtig öffnete sie die Tür des Bootes.

„Luna?", flüsterte sie ins Dunkel hinein und lauschte. Nichts war zu hören außer dem leisen Plätschern des Kanalwassers. Kate traute sich nicht, Licht zu machen, als sie eintrat. Sie wollte niemanden – vor allem nicht DS Grant – wissen lassen, dass sich jemand an Bord befand. Im Dunkeln tastete sie sich vor und flüsterte immer wieder: „Luna?" Als sie in der Küche angekommen war, wusste sie, dass ihre Freundin noch immer nicht zurückgekehrt war. Mit einem verdammt mulmigen Gefühl im Magen setzte sie sich auf den Korbstuhl und überdachte die neue Situation.

fünfundzwanzig

Sie musste eingeschlafen sein, denn ein Geräusch an Bord ließ sie hochschrecken. Im selben Moment ging das Licht an. Kate blinzelte.

„Noch auf?", fragte Luna und ließ sich auf die Couch fallen.

Kate sprang auf. „Wo warst du?", schrie sie ihre Freundin an. „Ich habe mir Sorgen gemacht!"

„Ey! Du klingst wie meine Mutter."

„Also, wo warst du?", wiederholte Kate, diesmal leiser. „Ich dachte, die haben dich verhaftet."

„Na ja, ich hatte den Eindruck, ich werde verfolgt." Luna zog ihre Jacke aus.

„Verfolgt? Von wem?" Kate ließ sich wieder auf den Stuhl sinken. Ihr Nacken schmerzte und sie massierte ihn.

„Da war ständig ein weißer Lieferwagen hinter mir. Jedenfalls dachte ich das. Ich bin dann in einen Bus gesprungen. Aber der Wagen war immer noch da. An der Victoria Station bin ich raus und zum nächsten Zug gelaufen, der gerade abfuhr." Sie rieb ihre müden Augen. „Und jetzt bin ich groggy."

„Und warum hast du dein Handy nicht angehabt?", fauchte Kate sie an. „Ich habe hundertmal versucht, dich zu erreichen."

Luna legte den Kopf schief. „Nun, ich dachte mir, ich sollte es der Polizei nicht so leicht machen, mich zu finden. Ortung, weißt du?"

Kate sackte in sich zusammen. „Ja, ja", sagte sie genervt.

Da hörten die beiden Frauen, wie jemand an Bord kam. Sie starrten sich an. Jemand öffnete die Tür und ging die drei Stufen herunter. Dann kamen die Schritte langsam näher. Schließlich stand Sergeant Grant im Gang und blickte zu ihnen herüber.

„Ich nehme an, Sie sind Miss Dench?"

„Luna, lauf!", rief Kate und wusste doch, dass es Unsinn war. Denn weder hätte Luna sich an dem Polizisten vorbeidrängeln noch es rechtzeitig schaffen können, die kleine Tür zum Bug zu öffnen, um dann über Bord zu springen.

Grant blickte Luna fest in die Augen. Sie schluckte.

Dann drehte sie sich zu Kate und flüsterte so laut, dass auch der ungebetene Besuch es hören musste: „Ist das der gutaussehende Typ vom Heron? Nicht schlecht, meine Liebe, nicht schlecht!"

Kates Wangen wurden heiß. „Unsinn. Hör auf! Der Mann will dich verhaften."

Luna schüttelte den Kopf. „Glaube ich nicht." Sie drehte sich wieder zu Grant. „Er hat keine Waffe in der Hand und Handschellen auch nicht." Dann beugte sie sich zum Fenster hinüber. „Kein Blaulicht auf der Brücke, keine Uniformierten am Kai. Nee, der will etwas anderes." Sie deutete auf einen Hocker in der Ecke.

DS Grant zog ihn heran und setzte sich. „Warum sind Sie noch hier, Miss Dench?", wollte er von ihr wissen.

„Sagen Sie Luna zu mir. Das machen alle." Sie lächelte ihn breit an. „Wir werden den wahren Mörder finden, Mister."

Grant sagte nichts. Sie musterten, nein, sie maßen sich. Keiner senkte den Blick. Verwirrt sah Kate von einem zum anderen.

„Möchte jemand einen Tee?", fragte sie dann in die Stille hinein. Als sie keine Antwort erhielt, stand sie auf und setzte den Kessel auf. Während sie darauf wartete, dass das Wasser kochte, beobachtete sie die beiden genau.

„Also, was ist passiert, Miss Dench?"

„Im Heron?"

Grant antwortete nicht.

„Na ja, also, ich wollte zu dem Mistkerl. Er rief mich gegen elf an und sagte, wir könnten eine Lösung finden. Ich solle vorbeikommen."

„Sie haben den Anruf noch auf Ihrem Handy, nehme ich an?"

Luna schüttelte den Kopf. „Habe ich gelöscht, nachdem ich ihn gefunden hatte. Dachte, es wäre eine gute Idee, wenn keiner weiß, dass ich etwas mit ihm zu tun hatte." Sie lächelte gequält. „Keine gute Idee, oder?"

„Weiter!"

„Ich stand unten am Haupteingang. Der war zu und einen Wachmann konnte ich nicht sehen. Auf mein Klingeln wurde die Tür von oben geöffnet. Ich bin rein – dachte ja, es wäre Bradshaw, der mich erwartete. Mit dem Fahrstuhl fuhr ich in den neunundzwanzigsten Stock. Bradshaws Appartementtür war offen. Na ja, und dann lag er da im Wohnzimmer." Sie schüttelte sich, als müsse sie das Bild in ihrem Kopf loswerden.

„Haben Sie auf dem Weg nach oben etwas gehört? Einen Schuss vielleicht?"

Luna schüttelte den Kopf und begann, an ihrem Fingernagel zu kauen, während sie überlegte. „Ich nehme an, es war der Mörder, der mir die Tür aufgemacht hat, oder?"

„Vermutlich."

„Aber warum machte er mir die Tür auf? Wollte er mich auch ...?" Als sie keine Antwort bekam, fuhr sie eilig fort: „Ich bin dann rausgelaufen, zurück in die Halle und weg."

„Wann war das genau?"

„Kurz nach Mitternacht. Ich bin durch die Straßen gerannt, habe mir irgendwann ein Taxi genommen und bin zu Kate gefahren. Erschien mir eine gute Idee."

„Na ja, da kann man geteilter Meinung sein", murmelte Kate so laut, dass Luna es hören konnte.

Die warf ihrer Freundin einen grimmigen Blick zu. An Grant gewandt erklärte sie: „Kate und ich suchen jetzt den richtigen Mörder. Wir haben auch schon eine Spur."

Der Mann auf dem Hocker blickte sie zweifelnd an.

„Doch!" Luna beugte sich vor. „Seine Partnerin, Priscilla Langley."

Grant schüttelte den Kopf. „Tut mir leid. Mrs Langley war auf einer Hochzeit, bis morgens um sechs. Es gibt Zeugen."

Luna sprang auf. „Die hat sie bezahlt! Oder die waren alle besoffen, haben nicht gemerkt, dass sie weggefahren ist!"

Er schüttelte noch einmal den Kopf. „Ich habe es persönlich überprüft. Sie war in Highgate und ihr Auto auch."

Luna ließ sich wieder auf das Sofa fallen. „Glaube ich nicht", maulte sie.

Kate brachte Grant einen Becher Tee, dann setzte sie sich mit ihrem Becher in der Hand auf das Sofa. „Nehmen Sie es ihr nicht übel. Es war unsere einzige Spur."

Lange schaute Grant Luna an. Und Kate merkte, dass es sie ärgerte.

„Okay, Miss Dench ..."

„Sagen Sie Luna. Das machen alle."

„Okay, Luna, ich glaube Ihnen."

„Warum?", fragte Kate verwundert.

„Ich habe meine Gründe, Miss Cole. Auch wenn es mich den Job kosten könnte, gebe ich Ihnen zwei Tage Zeit. Dann müssen Sie eine konkrete Spur im Fall Bradshaw haben, die Sie entlastet. Ansonsten informiere ich meinen Vorgesetzten."

Kate musterte ihn. „Dann wird aus einer Afroamerikanerin eine Londoner Krankenschwester, nehme ich an."

„Afroamerikanerin?" Erstaunt blickte Luna zwischen Kate und Grant hin und her.

Der Polizist erwiderte nichts, sondern griff in seine Jackentasche und holte zwei Handys heraus. Er schob jeder der Frauen eines hin.

„Rufen Sie mich unter der Nummer an, die ich für Sie eingespeichert habe. Es sind Prepaid-Karten. Wenn Sie sich kurz fassen, reicht das Guthaben für ein paar Tage."

„Warum tun Sie das?", fragte Kate. Aber wie schon mehrmals an diesem Abend erhielt sie auch dieses Mal keine Antwort. Außerdem sah Grant noch immer Luna an. Wütend knallte Kate ihren Becher vor sich auf den Tisch. „Wenn wir die Arbeit der Polizei machen sollen, dann müssen Sie uns schon ein wenig mehr sagen, Detective Sergeant", zischte sie in einem etwas zu heftigen Ton.

Grant drehte sich zu ihr. „Es geht um die Square Mile."

„Die was?", fragte Luna.

Kate verdrehte die Augen. Wie konnte man nur so ignorant sein?

„Die City of London wird auch Square Mile genannt", erklärte Grant geduldig. „Dieser Teil Londons, der innerhalb der alten Stadtmauern liegt, erstreckt sich von der Chancery Lane im Westen bis fast zum Tower of London im Osten. Vom Barbican Centre im Norden reicht er bis hinunter zur Themse."

125

„Ja, und? Was hat das alles mit Bradshaw zu tun?", fragte Luna ungeduldig.

Grant seufzte. „Dazu komme ich gleich. Jedenfalls ist die City eine Stadt in der Stadt – mit eigener Polizei, eigener Verwaltung und sehr eigenen Regeln."

Lunas Gesicht hellte sich auf. „Ah, wie der Vatikan."

„So ähnlich. Übrigens muss sogar die Queen, wenn sie die City betreten will, im Mansion House – also dem Verwaltungshauptsitz – um Erlaubnis fragen. So wie jedes andere Staatsoberhaupt auch."

Luna schaute Grant interessiert an. „Und, tut sie es?"

„Das ist doch jetzt egal", fauchte Kate sie an.

Grant fuhr fort: „Die City of London hat eine ganz eigene Vorstellung davon, wie die Welt zu funktionieren hat. Sie ist nur sich selbst verpflichtet und natürlich den Leuten, deren Geld sie verwaltet – sonst niemandem." Vorsichtig nahm er einen Schluck Tee. „In der City geht es seit den Zeiten der Römer ausschließlich um Geld. Heute um noch viel mehr Geld, als man sich vorstellen kann. Die City ist die Wall Street Großbritanniens, wenn Sie so wollen, und sie macht sich ihre Gesetze selbst."

„Wie praktisch", kommentierte Luna.

Grant stellte seinen Becher ab. „Bradshaw war das, was man hier einen Golden Boy nennt. Er studierte Mathematik und Informatik und schloss mit Auszeichnung ab. Gleich danach holte Pradwell & Partner ihn in die City. Für seinen Arbeitgeber scheffelte Bradshaw bis vor einigen Jahren eine Menge Geld und war dabei immer besser als alle anderen. Dann war das alles vorbei, von einem Tag auf den anderen. Die Finanzkrise kam, die Banken gingen pleite, die Golden Boys wurden arbeitslos."

Kate überlegte. „Bradshaw könnte sich in seiner Zeit bei

Pradwell & Partner Feinde gemacht haben. Damals haben viele Menschen ihr Geld wegen dieser Investmentbanker verloren."

Grant nickte. „Daran habe ich auch schon gedacht. Ich denke aber nicht, dass das relevant ist, weil all das schon mehrere Jahre her ist und die Geschädigten sich längst hätten rächen können. Dennoch ist es interessant, weil Bradshaw damals wegen Urkundenfälschung, Insiderhandel und Betrug vor Gericht stand."

„Oh." Lunas Augen wurden groß. „Das hatte er mir gar nicht gesagt."

Ein mildes Lächeln huschte über Kates Gesicht.

„Sehen Sie sich im Privatleben von Bradshaw um! Befragen Sie seine alten Nachbarn!", meinte Grant. „Vielleicht ist er mit dubiosen Personen in Kontakt gekommen."

„Warum tut die Polizei das nicht?"

Grants Kiefer mahlte. Dann schob er Kate einen kleinen Zettel hin, auf dem eine Adresse stand.

„Dort hat er bis vor vier Monaten gewohnt. Dann haben wir seine Spur verloren bis zu dem Zeitpunkt, als er tot in seinem Appartement gefunden wurde." Er blickte zu Luna. „Ich nehme an, das Geld für die Wohnung hatte er von Ihnen, oder?"

Luna verzog das Gesicht. „Ist nicht nötig, an der alten Wunde zu rühren. Ich weiß, dass ich ein dummes Huhn bin."

Kate schob den Zettel zurück. „Warum tun Sie das nicht selbst? Ich meine, es ist doch nicht schwierig, einen Beamten zu der Adresse zu schicken und mal nachzufragen."

Er legte seine Hand auf ihre. Sie war warm und weich.

„Wenn Sie es nicht machen, macht es keiner." Dann stand er auf und ging.

Nach einer Weile fragte Luna: „Warum tut er das?"

Ihre Freundin zuckte mit den Schultern.

„Vertrauen wir ihm?"

Kate antwortete nicht gleich. Sie stand auf und ging zum Kühlschrank. „Er hätte dich verhaften können, Luna, aber er hat es nicht getan", sagte sie schließlich. Dann öffnete sie die Kühlschranktür und blickte lange hinein. „Er hätte dafür sorgen können, dass ich zur Fahndung ausgeschrieben werde, aber auch das hat er nicht getan." Sie schloss die Tür und kam zurück zum Tisch. „Ich glaube, er ist auf unserer Seite."

Luna nickte. „Okay, aber trauen werde ich ihm trotzdem nicht."

sechsundzwanzig

Als Kate und Luna am nächsten Morgen in die Goodhall Street in Harlesden einbogen, glänzte der regennasse Asphalt vor ihnen. Schnurgerade lag die Straße da, ohne einen Baum oder einen hübschen Vorgarten. Stattdessen reihten sich Autos links und rechts, Stoßstange an Stoßstange, und überall lagen Müllsäcke herum. Dreckige Gardinen hingen an den Fenstern, hinter denen kein Leben zu sein schien. Jedes Haus hatte mindestens eine Satellitenschüssel und es gab viele aufgebrochene Briefkästen.

„Wow, vom Star-Trader der City bis hierher! Was für ein Abstieg!", rief Luna. „Es muss Bradshaw mächtig gewurmt haben, hier zu hausen." Sie schien darüber recht erfreut zu sein.

Kate fand eine Lücke zwischen den parkenden Autos und lenkte den Wagen hinein. „Von ganz oben nach ganz unten zu fallen ist hart. Daran ist schon so mancher zerbrochen."

Luna lachte auf. „Nur kein falsches Mitleid, Kate! Der Typ ist nicht zerbrochen. Als ich ihn das erste Mal auf einer Vernissage sah, war er das blühende Leben. Schicker Anzug, teure Schuhe, hat mit Geld nur so um sich geworfen. Wusste angeblich nicht, wer ich war."

Kate öffnete die Wagentür und stieg aus.

„Dabei stand es in jeder dämlichen Zeitung", rief Luna ihr durch die offene Tür hinterher, dann krabbelte sie auf die Fahrerseite und stieg ebenfalls aus. „Damals hätte ich schon was merken müssen, Kate. Aber ich war halt zu blöde."

Sie überquerten die Straße.

„Nein, Luna, du bist nur ein guter Mensch."

„Lass diese Witze!", murmelte Luna.

Sie gingen die Straße entlang und suchten die Adresse, die Grant ihnen aufgeschrieben hatte. Leider hatten sie den Zettel auf dem Boot vergessen.

„War es jetzt 34 oder 74?", fragte Luna.

„34", sagte Kate und lief auf eine giftgrüne Haustür zu. Noch bevor sie den rostigen Klopfer berührt hatte, ertönte ein kehliges Kläffen hinter der Tür. Kate wich zurück.

„Bullterrier, mindestens", rief Luna ihr lachend zu. „Ich glaube, 34 ist falsch. Es war doch 74." Sie ging weiter die Straße entlang und Kate folgte ihr eilig. Dabei sah sie sich um, als vermute sie, der Hund könne ihr folgen. Auf Höhe des Hauses mit der Nummer 50, vor dem zwei rostige Fahrradskelette lagen und das Unkraut im aufgeplatzten Asphalt des Vorgartens bereits die Fenster erreicht hatte, kam ihnen ein Postbote entgegen.

„Guten Morgen", grüßte Kate ihn lächelnd.

Der Mann blickte erschrocken von den Briefen in seiner Hand hoch.

„Wir suchen eine Mrs Crown. Sie soll hier irgendwo wohnen, wir haben aber die Hausnummer vergessen."

Der Mann nickte unmerklich. Als er eilig an Kate und Luna vorbeiging, murmelte er: „68."

„Danke", riefen die beiden ihm hinterher.

„Hatte der Angst vor uns?", fragte Luna vorsichtig.

Kate dachte an den Bullterrier von vorhin. „Der will nur unverletzt nach Hause kommen."

Sie eilten weiter, bis sie das Haus mit der Nummer 68 fanden. An der knallroten Tür hing ein einfacher Messingklopfer.

„Was genau wollen wir eigentlich von dieser Mrs Crown?"

„Wissen, wie ihr Untermieter so war", sagte Kate und klopfte. „Und warum er so plötzlich ausgezogen ist."

Die beiden horchten, doch nichts geschah. Luna klopfte noch einmal.

„Vielleicht ist sie taub", vermutete sie und hämmerte mit der Faust gegen die Tür. „Mrs Crown! Ey, Mrs Crown! Machen Sie mal auf!"

Kate, der Lunas Auftritt peinlich war, schüttelte den Kopf. „Lass gut sein! Da ist niemand."

Sie wollten gerade gehen, als eine Frau um die vierzig auf das Haus zukam. In den Händen trug sie mehrere schwere Plastiktüten von Tesco. Sie drängelte sich zwischen Kate und Luna durch und stellte die Tüten vor die Tür.

„Was wollen Sie?" Abweisend musterte sie die beiden, während sie in ihrem Kunstledertäschchen, das sie über der Schulter trug, nach dem Hausschlüssel fummelte.

Kate versuchte es mit einem Lächeln. „Guten Tag! Sind Sie Mrs Crown?"

Die Frau antwortete nicht, sondern musterte Kate und Luna von der Seite.

„Wir wollten Sie etwas wegen Ihres Untermieters Norman Bradshaw fragen."

Nun hatten sie die volle Aufmerksamkeit der Frau mit den zu stark gefärbten Haaren. „Der! Der soll sich hier gar nicht mehr blicken lassen!" Sie riss den Schlüsselbund aus der Tasche und fuchtelte mit einem der Schlüssel direkt vor Kates Nase herum. „Sagen Sie ihm, ich will meine zweitausend Pfund wiederhaben, oder er lernt mich kennen!"

Erschrocken wich Kate einen Schritt zurück.

Luna drängelte sich zwischen die aufgebrachte Frau und ihre Freundin. „Da stellen Sie sich mal schön hinten an, meine Liebe! Mir schuldet er ein paar Millionen!"

Der Kiefer der Frau klappte nach unten, doch dann grinste sie Luna breit an. „Das kann jede sagen. Richten Sie ihm aus, dass ich Leute kenne, die er bestimmt nicht kennenlernen will." Sie beugte sich dicht an Lunas Gesicht heran. „Und sollte ich je herausfinden, wo er steckt, schicke ich sie ihm vorbei. Die holen dann den ganzen Kram ab, den er auf meinen Namen bestellt hat. Aber erst machen sie ihn fertig." Dann drehte sie sich zur Tür, um sie aufzuschließen.

Luna trat neben sie und stemmte die Hände in die Hüften. „Wissen wir denn, wo wir unseren Freund Bradshaw finden können?", säuselte sie Mrs Crown ins Ohr.

Langsam hob diese den Kopf. „Nehme an, bei seiner Neuen." Sie drehte sich zu Luna. Grinsend ließ sie ihren Blick über deren schlanke Figur gleiten. „Sie können das ja wohl nicht sein. Zu dünn. Norman mag es eher etwas handfester."

Kate, die bemerkt hatte, wie Luna die Hände zu Fäusten geballt hatte, trat vor. „Wann ist Mr Bradshaw denn bei Ihnen ausgezogen, Mrs Crown?"

Ohne den Blick von Luna abzuwenden, antwortete die Frau: „Vor acht Monaten."

Kate und Luna sahen sich kurz an.

„Und wo hat er in der Zwischenzeit gewohnt?"

„Hab ich doch gesagt. Der ist zu seiner Ische gezogen. Dieses dämliche Luder hat mir den Kerl ausgespannt!" Mrs Crown schlug mit der Faust gegen die Haustür, die daraufhin aufsprang und gegen irgendetwas im Inneren des Hauses donnerte. Dann nahm die Frau ihre Tüten und stapfte hinein.

Doch bevor sie die Tür zuknallen konnte, wollte Luna noch wissen: „Wie heißt die Freundin?"

Die Tür fiel ins Schloss.

„Ey!", schrie Luna und hämmerte mit der Faust gegen die Tür, so dass ein wenig von der roten Farbe abbröckelte. „Wenn Sie Ihr Geld wiederhaben wollen, müssen Sie es uns wohl oder übel sagen!" Sie lauschte. Nichts war zu hören.

Dann ertönte dumpf die Stimme der Frau durch die geschlossene Tür: „Ann-Mildred White."

„Und wo wohnt sie?", fragte Luna.

Die Tür wurde aufgerissen und Luna stolperte einen Schritt zurück.

„Wenn ich das wüsste, dann hätte ich mein Geld schon lange. Klar?"

Luna nickte, aber Mrs Crown hatte die Tür bereits wieder zugeknallt.

Erleichtert machte Kate sich auf den Weg zurück zu Sergeant Pepper. „Charmant, wirklich charmant", murmelte sie und spürte ein leichtes Zittern in den Händen. „Das ist keine Frau, die ich auf meiner Station haben möchte." Da merkte sie, dass Luna ihr nicht folgte. Sie drehte sich um und blickte zurück. „Luna?" Als sie keine Antwort erhielt, eilte sie zurück zu Mrs Crowns Haus.

Ihre Freundin stand noch immer davor.

„Luna, komm! Sie hat unsere Fragen beantwortet."

Die Rothaarige schüttelte den Kopf. „Nein, nicht alle." Wieder klopfte sie an die Tür.

„Was willst du denn noch von dieser Person?", fragte

Kate und es graute ihr davor, Mrs Crown erneut zu begegnen.

Luna trat einen Schritt zurück, um an der Hauswand zum ersten Stock hochzuschauen. „Ey! Wenn ich Ihnen sagen soll, wo der Kerl ist, dann brauche ich Ihre Telefonnummer."

Verwundert blickte Kate sie an. „Du willst diese Person anrufen? Warum um alles in der Welt?", zischte sie.

Doch Luna reagierte nicht und schrie: „Haben Sie gehört, Mrs Crown? Telefonnummer!"

„Aber Luna, die steht sicher im Telefonbuch."

Luna schüttelte den Kopf. „Die Handynummer bestimmt nicht."

In dem Moment öffnete Mrs Crown ein Fenster im ersten Stock. „Hier!", rief sie und warf einen Zettel herunter.

Luna hob ihn auf, doch bevor die Frau das Fenster wieder schließen konnte, fragte sie: „Was waren denn das für Sachen, die er auf Ihren Namen gekauft hat, Mrs Crown? Klamotten? Ein Auto? Schmuck?"

Die Frau am Fenster lachte rau. „Damit hätte ich ja etwas anfangen können. Verkaufen oder so. Nein, es waren Computer und Programme. Tagelang hat er wie ein Irrer an den Kisten gesessen. Aber dieses Technikzeug bringt doch kein Geld, verliert zu schnell an Wert." Sie knallte das Fenster zu.

Zufrieden lächelte Luna und machte sich auf den Weg zu Sergeant Pepper.

„Und?", fragte Kate, die ihr schnell folgte. „Was sagt uns das?"

„Das weiß ich nicht. Jedenfalls jetzt noch nicht."

„Na toll!"

siebenundzwanzig

Auf dem Weg zurück zur Freedom Maker schwiegen die beiden Frauen eine lange Zeit. Doch auf Höhe des Regent's Park drehte sich Luna plötzlich zu ihrer Freundin.

„Ich finde, wir haben eine ganze Menge herausgefunden. Und ich habe das Gefühl, die richtigen Hinweise liegen direkt vor uns. Wir müssen sie nur noch zusammensetzen. Das Ganze ist sozusagen ein Puzzle, bei dem wir nicht wissen, welches Bild es am Ende ergeben wird."

Kate lenkte den Wagen hinter einen Laster, um von etwaigen CCTV-Kameras möglichst spät oder am besten gar nicht erfasst zu werden. „Ich bitte dich, Luna, wir haben nichts, gar nichts!"

„Doch!", widersprach ihre Freundin. „Erstens wissen wir, dass der Mann nur auf mein Geld aus war. Also egal was er vorhatte, er wollte kein dauerhaftes Geschäft mit diesem Betrug machen. Meine paar Mille reichten ihm, wofür auch immer. Und zweitens wissen wir, dass er eine Freundin hatte, mit dem hübschen Namen Ann-Mildred White."

Kate wiegte den Kopf hin und her. „Ich weiß nicht. Jemand mit einem solchen Namen ... Er klingt so langweilig. Passte so eine Frau in sein Beuteschema? Du kanntest ihn doch."

„Ich hatte nichts mit ihm, falls es das ist, was du wissen willst."

„Das sag ich ja auch gar nicht. Ich will nur wissen, ob du denkst, dass ..."

„Möglich ist alles. Vielleicht hatte sie Geld."

„Hm, das widerspräche aber Erkenntnis Nummer eins – dass er nur dein Geld wollte."

„Vielleicht ist diese Ann-Mildred die Tochter von einem ganz wichtigen und reichen Typen und Bradshaw brauchte meine Kohle, um in diese Kreise zu kommen. Auf erfolgreichen Geschäftsmann machen und so. Und am Ende wollte er die reiche Tochter heiraten und noch reicher werden."

„Möglich. Zumindest zog er etwa zu der Zeit von Harlesden weg, als er anfing, dir das Geld abzuschwatzen", überlegte Kate. Da der Laster abbog, wechselte sie die Fahrspur und ordnete sich hinter einem Bus ein. „Er lebte bei dieser Ann-Mildred, hat Mrs Crown gesagt. Es wäre wichtig zu wissen wo."

„Warum?"

„Nehmen wir an, er brauchte dein Geld, um bei ihr Eindruck zu machen. Dann hätte er mit ihr in einer vornehmen Gegend gewohnt, Highgate oder so. Aber irgendwann war das Geld alle. Da brauchte er neues."

„Ja, von dieser Ann-Mildred! Die hat ihn umgebracht, weil sie ... Weil sie?"

„Na, er hat ihr das Geld aus der Tasche gezogen, wie er es bei dieser Mrs Crown und bei dir gemacht hat. Ist doch klar!"

„Genau! Er war nichts weiter als eine Art Heiratsschwindler und die liebe Ann-Mildred hat ihn um die Ecke gebracht." Luna schien zufrieden zu sein. „Das passt. Tja, Ann-Mildred, dein Motiv ist klar. Und den Rest finden wir auch noch raus."

Kate legte einen anderen Gang ein, worauf Sergeant Pepper mit einem Geräusch reagierte, das einem asthmatischen Husten recht ähnlich war. „Nicht so schnell, Luna!

Falls es wirklich so war, hätte sie auch zur Polizei gehen können. Und vielleicht ist sie auch gar nicht reich. Vielleicht geht es um etwas ganz anderes."

„Hey!", rief Luna. „Mach mir meine Theorie nicht kaputt!"

„Weißt du, was wir herausfinden sollten, Luna?"

Die Rothaarige schüttelte den Kopf.

„Ob Bradshaw die Wohnung im Heron schon gekauft oder nur angezahlt hatte. Für den gesamten Kaufpreis hat dein Geld nämlich bestimmt nicht gereicht. Wir gehen am besten zu dem Makler und fragen ihn. Dann wissen wir, ob Bradshaw noch andere Quellen hatte – und falls ja, müssen wir die eben finden."

Vom Beifahrersitz kam ein Knurren, das auch ein Magengrummeln hätte sein können.

„Ich nehme das als Zustimmung", entschied Kate und konzentrierte sich wieder auf den Verkehr, während Luna wegen des Verlusts ihrer Mordverdächtigen vor sich hin maulte. Als sie schließlich die Lodge Road entlangfuhren und Kate einen Parkplatz in der Nähe des Umspannwerks und der gegenüberliegenden Kirche suchte, fragte sie: „Warst du eigentlich in diesen Bradshaw verliebt?"

Lunas Kopf fuhr herum. „Spinnst du?"

„Na ja, Frauen machen manchmal etwas Dummes, wenn Hormone im Spiel sind. Denk an Mrs Crown!"

„Ey!", giftete Luna. „Du willst mich doch wohl nicht mit diesem Drachen in einen Topf werfen!"

„Alle Frauen sind gleich, wenn es um Männer geht."

„Das musst du gerade sagen!", zischte Luna. „Du hast ja auch so wahnsinnig viele Erfahrungen mit Männern."

achtundzwanzig

Kate hatte schlecht geschlafen. Zu viele Dinge gingen ihr durch den Kopf. Und immer wieder tauchte das Gesicht von DS Grant in ihren Gedanken auf. Das war kein gutes Zeichen, schließlich war der Mann verheiratet. Energisch warf sie die Bettdecke zur Seite, stand auf und schlurfte zum Badezimmer. Die Tür war verschlossen.

„Luna?", fragte sie und horchte, doch es kam keine Antwort. „Luna? Alles in Ordnung?"

„Das ist gruselig, Kate. Absolut gruselig", hörte sie ihre Freundin.

„Was ist gruselig, Luna?", fragte Kate, doch statt einer Antwort wurde der Fön angeschaltet.

Kate seufzte und ging in die Pantry, um sich einen Tee zu kochen. Während sie darauf wartete, dass das Wasser im Kessel zu kochen begann, dachte sie an ihren Besuch bei Bradshaws Vermieterin, Mrs Crown. Eine entsetzliche Person, aber immerhin hatten sie herausgefunden, dass Bradshaw eine Freundin oder Geliebte gehabt hatte.

Das hatten sie auch gleich per Handy DS Grant mitgeteilt, der daraufhin sofort zur Freedom Maker gekommen war. Luna hatte es Kate überlassen, ihm alles zu erklären, was Kate sehr gefallen hatte, denn der Polizist hatte Luna überhaupt nicht beachtet.

Als Grant gegangen war, hatte Luna erklärt, sie müsse dringend noch etwas besorgen. Was es war, hatte sie nicht gesagt, nur dass es bestimmt nicht mehr als dreißig Pfund kosten würde und für die Ermittlungen von größter Wichtigkeit sei. Dann hatte sie die Hand aufgehalten – natürlich hatte Kate ihr mal wieder Geld geben müssen.

138

Leider war sie auf dem Sofa eingeschlafen, bevor Luna von ihrem Einkauf zurückgekommen war.

Gerade als Kate ihren Tee aufgoss, kam Luna zu ihr in die Küche. Sie trug ein schwarzes Kostüm, dazu eine dunkle Sonnenbrille und Pumps. Die Haare hatte sie braun getönt und hochgesteckt.

Kate traute ihren Augen nicht. „Man erkennt dich ja kaum! Wo hast du denn die Sachen her? Die müssen doch teuer gewesen sein."

„Quatsch!", erwiderte Luna mürrisch. „Alles Second Hand. Habe ich mir gestern in Camden besorgt. Ich sehe absolut lächerlich aus", murmelte sie. Dann drehte sie sich um und ging. „Los, komm! Wir haben einen Termin!", rief sie Kate zu, die ihr verdutzt nachblickte.

„Warte!" Kate stellte den Kessel ab. „Ich muss mich noch anziehen. Und überhaupt – was ist das für ein Termin?"

Als sie kurz darauf bei Sergeant Pepper ankam, saß Luna bereits auf dem Beifahrersitz und wartete ungeduldig auf ihre Fahrerin. Kate stieg ein, legte die Hände aufs Lenkrad und schaute Luna an.

„Und wo haben wir nun einen Termin?", fragte sie.

„Im Mansion House", erklärte Luna. „Gestern sagte Grant, dass Ann-Mildred White für den Chamberlain der City of London, Sir George Allenby, arbeitet. Dort fahren wir jetzt hin."

„Stimmt", murmelte Kate. „Das hat er gestern gesagt." Sie befürchtete, bei dem Gespräch nicht ganz bei der Sache gewesen zu sein. Nachdenklich startete sie Sergeant Pepper und fuhr los.

Weil das Parken in der City völlig unmöglich war – überall gab es Parkverbote –, stellten sie Sergeant Pepper in der Old Gloucester Street ab. Dann rief Kate per Handy ein Minicab. Grant hatte ihnen gesagt, dass diese Taxis meist kein CCTV hatten, was für ihr Vorhaben von Vorteil war. Fünf Minuten später hielt ein Wagen vor den beiden Frauen.

„Zum Mansion House, bitte", sagte Luna zum Fahrer, während sie einstieg.

Kate folgte ihr. Sie war sich darüber im Klaren, dass natürlich sie den Mann nachher würde bezahlen müssen.

„Was macht ein Chamberlain eigentlich so?", wollte Luna wissen, während sie immer wieder ihre übergroße Sonnenbrille zurechtrückte.

„Nun, er ist sozusagen der Finanzminister der City. In seinem Namen werden zum Beispiel Strafzettel ausgestellt."

„Wow, beeindruckend!", lästerte Luna.

„Nein, im Ernst. Er verwaltet auch sämtliche Finanzbeteiligungen der City, und die gehen in die Milliarden. Er empfiehlt der britischen Regierung ihre weltweiten Investitionen, verwaltet das Geld der City und entscheidet zusammen mit dem Lord Mayor, wie das Geld angelegt werden soll. Er hat sehr großen Einfluss – mehr als der Lord Mayor, dessen Amt eigentlich nur repräsentativ ist." Das Taxi bog in die Fleet Street ein und Kate bemerkte, wie der Fahrer immer wieder neugierig in den Rückspiegel blickte. „Meistens sind es erfahrene Verwaltungsbeamte, die den Job machen. Der aktuelle Chamberlain, Sir George Allenby, ist aber ein Mann aus der Wirtschaft."

„Aha", nuschelte Luna und zupfte an ihrem kurzen Rock. „Also ein wichtiger Mann."

Wieder starrte der Fahrer zu ihnen nach hinten. Kate ließ ihn nicht aus den Augen. Sollte er zum Handy greifen, würden sie an der nächsten Ampel rausspringen und verschwinden müssen, bevor er die Polizei erreichte. Aber er schien sich nur für Lunas Beine zu interessieren. Kate missbilligte dies zwar, war aber beruhigt.

„Ja", fuhr sie fort. „Und genau darum glaube ich auch nicht, dass wir bis zu Miss White kommen werden. Die sitzt im Vorzimmer des Chamberlain und wird sicherlich nicht einfach so mit uns sprechen."

„Ich weiß", murmelte Luna und blickte zur schmutzig-weißen St Paul's Cathedral hoch, die sie gerade passierten. „Sie ist auch gar nicht da."

„Wer?"

„Na, diese Ann-Mildred White. Sie sitzt heute nicht im Vorzimmer von diesem Allenby."

„Woher weißt du das?"

„Ich habe dort angerufen. Wir werden mit Sandy Thamesgood sprechen, ihrer Kollegin."

„Oh!"

In dem Moment hielt das Taxi in der Nähe des City of London Magistrates' Court, nicht weit vom Mansion House entfernt. Der Fahrer drehte sich zu ihnen herum. Kate, die schon das Geld in der Hand hatte, wollte es ihm gerade reichen.

Doch er schüttelte den Kopf und grinste sie breit an. „Geht aufs Haus." Noch bevor Kate fragen konnte warum, sagte der Mann etwas Eigenartiges: „Wir sind viele. Wir vergeben nicht. Wir vergessen nicht. Erwartet uns!"

Verwirrt blickte Kate ihn an. Aber da die Wagen hinter dem Taxi bereits ein Hupkonzert angefangen hatten, musste sie aussteigen. Draußen wartete Luna schon auf sie.

Als sie dem Taxi hinterhersahen, das im Londoner Verkehr verschwand, meinte Kate: „Der hatte einen Knall, oder?"

141

„Ja, aber dafür hat's nix gekostet", sagte Luna lachend, dann liefen sie zum Mansion House.

An der Vorderseite des Gebäudes gab es zwei Eingänge: einen repräsentativen, der jeden Dienstagnachmittag für die Touristen geöffnet wurde, und einen kleinen direkt an der Straße, der eher an einen Kellereingang erinnerte und nach Feierabend mit einem Gitter verschlossen wurde. Kate und Luna benutzten diesen. Sie gelangten in einen Vorraum, in dem eine Kamera an der Wand hing. Unwillkürlich senkten beide den Blick.

Dann steuerte Luna auf einen Uniformierten hinter einer Glasscheibe zu, der gerade den Telefonhörer an sein Ohr presste und ungeduldig hineinschnaufte. Sie lächelte ihn an und hielt kurz eine Plastikkarte an die Scheibe.

„Detective Sergeant Grant und Detective Constable Miller, Metropolitan Police", sagte sie und wies auf Kate, die sich bemühte, nicht überrascht dreinzuschauen. „Wir haben einen Termin mit Mrs Thamesgood. Sie erwartet uns."

Der Mann war offenbar in sein Gespräch vertieft. Flüchtig blickte er auf die Karte, reagierte aber nicht gleich. Stattdessen schnauzte er in den Hörer: „Das ist doch nicht meine Schuld! Bin ich ein Techniker? Rufen Sie den Service an, wenn die Klimaanlage nicht funktioniert!" Er lauschte einen Moment lang. „Nein, hier ist der Wachdienst!" Dann schaute er auf eine Liste vor sich und nickte. „Zimmer 114. Nehmen Sie den Fahrstuhl!" Er deutete auf eine kleine Tür in der Ecke.

„Danke!", sagte Luna und ging darauf zu.

Kate stolperte ihr hinterher. Während ihre Freundin sich seelenruhig vor die Fahrstuhltür stellte, den Knopf drückte und wartete, flüsterte sie: „Bist du verrückt? Grant? Miller? Scotland Yard? Und was ist das für ein Ausweis?"

Luna grinste. „Habe ich gestern diesem Grant geklaut, als er bei uns am Tisch saß. Lustig, oder?"

Kate wurde schwindelig.

Kurz darauf standen sie vor dem Vorzimmer des Chamberlain. Kate überlegte, für wie lange man wohl ins Gefängnis gehen müsste, wenn man einem Polizisten den Ausweis klaute und sich unrechtmäßig Zutritt zu den heiligen Hallen des Mansion House verschaffte. Aber da klopfte Luna schon an die verzierte Eichentür und sie traten ein.

Der Raum war beeindruckend: Die Decke zierte ein großer Kronleuchter und an den Wänden hingen Ölgemälde. Vor dem Fenster stand ein riesiger Schreibtisch mit Gegensprechanlage und mehreren Telefonen. Eine junge Frau saß etwas abseits an einem sehr viel bescheideneren Schreibtisch und blickte unglücklich auf ihren Computerbildschirm, während eine etwas ältere Dame – vermutlich Mrs Thamesgood – ihr über die Schulter schaute.

„Ich weiß, meine Liebe, Sie sind noch neu hier, aber Protokolle verschwinden nicht einfach", sagte die Ältere zu der Jüngeren, dann drehte sie sich zu Kate und Luna um.

Luna stellte sich und Kate mit den falschen Identitäten vor.

„Ach ja", erwiderte Mrs Thamesgood und lächelte geübt. „Wenn Sie mir bitte folgen wollen." Sie führte die beiden in einen kleinen Seitenraum, wo sie sich ungestört unterhalten konnten. „Tee?"

Kate und Luna lehnten ab.

„Was kann ich für Sie tun, Detective Sergeant?", fragte Mrs Thamesgood. Sie lächelte auf eine Art, die Höflichkeit ausdrücken sollte, doch ihr Blick sagte: „Macht's kurz, Mädels!"

„Ihre Kollegin Ann-Mildred White ist heute nicht im Büro?", fragte Luna und holte einen Block und einen kleinen Bleistift aus ihrer Jackentasche.

Kate musterte sie von der Seite. Der Auftritt ihrer Freundin erinnerte sie ungemein an eine dieser amerikanischen Ermittlerserien. Sie konnte sich nur nicht daran erinnern, wann da zum letzten Mal jemand einen Block und einen Stift gezückt hatte.

„Warum möchten Sie das wissen, Detective Sergeant?", fragte Mrs Thamesgood.

Luna warf Kate einen kurzen Blick zu. „Nun, es geht um einen Toten, der kürzlich im Heron gefunden wurde. Es scheint, als kenne Miss White den Mann."

„Verstehe. Leider arbeitet Miss White nicht mehr für uns", erklärte Mrs Thamesgood.

„Oh, seit wann?"

„Seit etwa einer Woche."

„Ging sie freiwillig oder wurde sie entlassen?", fragte Luna und hielt ihren Blick auf den Block gerichtet.

„Ich weiß nicht, ob ich ...", stotterte Mrs Thamesgood.

Luna lächelte aufmunternd. „Doch, doch, Sie dürfen. Es ist eine reine Routinesache."

Mrs Thamesgoods Mundwinkel begannen zu zucken. „Wenn es nur Routine ist, warum ist es dann wichtig, ob sie kündigte oder ihr gekündigt wurde?"

Luna legte den Stift auf den Block und sah die Sekretärin tadelnd an. „Bitte haben Sie Verständnis dafür, dass wir Ihnen das nicht sagen können. Jedenfalls noch nicht. Wir machen nur unseren Job, Mrs Thamesgood." Dann nahm sie den Stift erneut zur Hand. „Der Chamberlain wird noch heute von DCI Haddock über den Stand der Ermittlungen informiert", log sie.

Die Sekretärin nickte. „Natürlich, ich verstehe. Wir mussten Miss White leider entlassen."

„Warum?"

Die Frau begann, den Ring an ihrem Finger zu drehen. Sie zögerte.

„Mrs Thamesgood", sagte Luna in fast mütterlichem Ton, was ein wenig unangemessen wirkte angesichts der Tatsache, dass die Frau vom Alter her ihre Mutter hätte sein können. „Wir behandeln Informationen äußerst diskret. Machen Sie sich also keine Sorgen."

Die Frau wägte ab. „Nun", sagte sie endlich, „Miss White hatte eine Liste ohne Anweisung verändert."

„Eine Liste?"

Mrs Thamesgood nickte.

Ungeduldig blickte Luna sie an. „Eine Einkaufsliste?"

Die Frau schüttelte den Kopf. „Nein, natürlich nicht. Es war die Einladungsliste für ein Abendessen mit hochrangigen Personen hier im Haus. Sie fügte einfach einen Namen hinzu."

Kate horchte auf. „Und der Name war Norman Bradshaw, nehme ich an?"

Verwirrt blickte die Frau zu ihr hinüber. „Ja, woher ...?"

„Warum setzte Miss White ihn auf die Liste?"

Die Frau drehte den Ring an ihrem Finger schneller. „Ich weiß es nicht."

„Kam Mr Bradshaw zu dem Abendessen?"

Die Frau nickte. „Dadurch ist der, ähm, Fehler ja erst aufgefallen."

„Was genau ist geschehen?"

Ein Ruck ging durch den Körper der Frau und sie hob

den Kopf ein wenig höher. „Ich war an dem Abend nicht im Haus. Wenn Sie Genaueres wissen möchten, müssen Sie Chamberlain Allenby fragen." Sie lächelte gezwungen. „Wenn Sie mich jetzt bitte entschuldigen würden. Ich habe noch viel zu tun." Damit stand sie auf, ging zur Tür, öffnete sie und bedeutete den beiden falschen Polizistinnen hinauszugehen. „Ich bin mir sicher, weitere Detailfragen werden besser auf höherer Ebene besprochen."

neunundzwanzig

Als Kate und Luna kurz darauf das Gebäude verließen und sich in die Masse der vorbeieilenden Menschen einreihten, meinte Luna: „Würde zu gern wissen, was der Kerl dort wollte." Sie blickte nach unten, um nicht vom CCTV, das dort an jeder Hausecke angebracht zu sein schien, erfasst zu werden. „Schade, dass sie ..." In dem Moment rempelte sie einen Mann an. „Ups, sorry!", murmelte sie, ohne hochzusehen, und wollte zur Seite gehen, doch der Schatten vor ihr ging mit. Sie hob den Kopf. „Oh, shit!", entfuhr es ihr, als sie DS Grant erkannte.

Kate, die nichts gemerkt hatte, war ein paar Schritte weitergegangen. Dann drehte sie sich zu Luna um. Als sie Grant sah, der Luna grimmig anstarrte, stockte ihr der Atem. So schnell es ging, kämpfte sie sich gegen den Menschenstrom zurück zu den beiden. Gerade hielt Grant Luna seine flache Hand hin. Ein verlegenes Lächeln huschte über Lunas Gesicht, während sie eilig den Dienstausweis in Grants Hand legte.

„Tun Sie das nie wieder, Miss!", zischte Grant und steckte den Ausweis ein. Doch bevor er ging, drehte er sich noch einmal um. „Haben Sie im Heron einen Knopf unter dem Tisch gesehen, Luna?"

„Einen Knopf?" Luna sah fragend zu ihrer Freundin, dann zuckte sie mit den Schultern. „Ich weiß nicht, ob das ein Knopf war. Es hätte auch eine Scherbe von dieser dämlichen Statue gewesen sein können. Warum fragen Sie?"

Grant antwortete nicht, sondern verschwand in der Menge.

„Wow, der war ganz schön sauer, oder?", fragte Luna vorsichtig.

Kate nickte und schwieg. Sie hatte einen mächtigen Kloß im Hals. Er hatte sich nicht einmal nach ihr umgedreht.

Doch Luna war schon wieder ganz sie selbst. „Okay, wenn er bockig ist, erzähle ich ihm auch nichts von unseren neuen Erkenntnissen."

„Was für Erkenntnisse?"

Luna kam ganz nah an Kate heran und flüsterte ihr ins Ohr: „Ann-Mildred White und Bradshaw."

„Ja, und? Das wusste er doch schon. Wir haben es ihm gestern gesagt – erinnerst du dich?"

Luna wies mit dem Daumen über ihre Schulter in die Richtung, in die Grant verschwunden war. „Ja, aber er weiß nicht, dass sie entlassen wurde. Und schon gar nicht, dass sie bereit war, für diesen Bradshaw zu lügen." Verschwörerisch kniff sie ein Auge zu. „Wie stark waren ihre Gefühle für ihn? Würde sie diesen Mistkerl aus enttäuschter Liebe töten? Also, ich würde."

„Weißt du, was mich viel mehr interessiert?", fragte Kate.

Luna schüttelte den Kopf.

„Woher wusste Grant, dass wir hier sind?"

Luna hörte nicht zu, sondern starrte zum Mansion House hinüber. „Oh, shit!"

„Was ist?" Kate drehte sich um.

„Da drüben! Haddock!", zischte Luna und lief los.

Kate blickte ihr nach. Ihre Freundin versteckte sich hinter einem roten Briefkasten, der vor dem Eingang zur Tube stand. Kate ging zu ihr.

„Luna, hör auf, du benimmst dich verdächtig!", sagte sie.

Gemeinsam starrten sie zum Mansion House hinüber, wo DCI Haddock gerade die Prachttreppe hinauflief.

„Was will der denn hier?", flüsterte Luna.

In dem Moment trat ein Mann durch das hohe Eingangsportal. Er bemerkte Haddock auf der Treppe und wartete, bis dieser ihn erreicht hatte. Sie sprachen ein paar Worte. Dann überreichte der Mann dem Polizisten einen Briefumschlag. Haddock öffnete ihn, schaute kurz hinein und steckte ihn dann in die Innenseite seines Jacketts.

„Was soll denn das?", fragte Luna.

„Keine Ahnung. Aber wir sind nicht die Einzigen, die das gern wissen würden. Schau mal da drüben!" Kate zeigte auf die gegenüberliegende Straßenseite, von wo aus Scotland Yard Grant die Szene auf der Treppe gebannt beobachtete.

dreißig

Kate und Luna warteten hinter dem Briefkasten, bis Grant fort war und DCI Haddock in seinen Dienstwagen stieg.

„Was wohl in dem Umschlag ist?", überlegte Luna, während sie den Kopf gesenkt hielt, um nicht von den CCTV-Kameras erkannt zu werden.

Kate blickte auf den Strom aus schwarzen Taxis und roten Bussen, die unaufhörlich an ihnen vorbeifuhren. Sie rief gerade ein Minicab, als sie aus dem Augenwinkel sah, wie jemand das Mansion House eilig über den Personaleingang verließ.

„Schau mal!" Sie drehte sich zu Luna. „Die Sekretärin von Allenby kommt gerade heraus."

„Mann, hier ist ja richtig was los! Was will die denn?"

„Mittagspause machen, nehme ich an", sagte Kate nach einem Blick auf ihre Armbanduhr. „Luna, wenn das Taxi kommt, dann fahr zu Sergeant Pepper! Wir treffen uns dort", befal sie und drückte ihrer Freundin eine Zwanzigpfundnote in die Hand.

„Und was machst du?"

„Ich folge der Frau und versuche, noch mehr über diese Ann-Mildred White herauszufinden."

Luna nickte stumm und Kate lief los. Sie bemühte sich, Mrs Thamesgood nicht aus den Augen zu verlieren. Das war jedoch nicht einfach, denn gerade um diese Zeit strömten viele Angestellte aus ihren Büros, auf der Suche nach einem schnellen Lunch. Mrs Thamesgood ging in die King William Street zu einem der vielen Londoner Coffeeshops. Sie stellte sich ans Ende der Schlange, die bis auf die Straße reichte.

Kate reihte sich hinter ihr ein. „Oh, Mrs Thamesgood. Schön, dass ich Sie hier treffe! Das erspart mir den Gang in Ihr Büro."

Die Frau fuhr herum. „Sie schon wieder", murmelte sie. „Ich habe Ihnen alles gesagt, Constable."

Kate räusperte sich. „Detective Constable", korrigierte sie die Sekretärin. „Nun, ich müsste noch wissen, wann Sie Miss White das letzte Mal gesehen haben. Reine Routine", ergänzte sie, so wie sie es im Fernsehen gesehen hatte.

„Das sagte ich doch bereits", erwiderte Mrs Thamesgood schnippisch.

„Nein, leider nicht."

Jemand kam mit einem Pappbecher aus dem Coffeeshop und ging an den Wartenden vorbei. Verführerischer Kaffeegeruch drang für einen kurzen Moment an Kates Nase und die Schlange rückte ein paar Zentimeter vor.

„Nun, es war heute vor zwei Wochen, morgens um neun Uhr. Ich übergab ihr die Kündigung, sie nahm ihre Handtasche und ging", beantwortete Mrs Thamesgood Kates Frage.

Kate legte die Stirn in Falten. „Weinte sie? Wirkte sie überrascht? Verwirrt? Wütend?"

„Nein, obwohl ich es erwartet hatte."

„Warum?"

„Vor zwei Monaten wollte sie wissen, ob ich einen guten Gynäkologen in der City kenne." Mrs Thamesgood lachte und schüttelte den Kopf. „Gynäkologen! In der City!"

In diesem Augenblick versuchte ein junger Mann in stylischem Anzug und mit polierten Schuhen, sich vorn in die Reihe zu drängeln. Niemand sagte etwas, doch man ließ ihn nicht hinein. Mit steinernen Mienen standen alle dicht beieinander und keiner wich zurück.

„Dann eben nicht", murmelte der Mann und ging beleidigt davon.

Kurz darauf kamen gleich vier Leute mit Pappbechern und Papiertüten in der Hand aus dem Laden. Die Wartenden rückten auf und Mrs Thamesgood stand nun schon fast vor der Tür. Kritisch blickte sie Kate an.

„War sie schwanger?", fragte diese.

Mrs Thamesgood wirkte sichtlich genervt. „Woher soll ich das wissen, Detective Constable? War das alles?"

Kate überlegte, was sie noch wissen musste. Es entstand eine Pause, in der Mrs Thamesgood den Blick nicht von ihr ließ. Kates Gesicht wurde heiß. Sie fragte sich, warum die Polizisten im Fernsehen bloß immer wussten, was zu fragen war. Da fiel ihr noch etwas ein.

„Wo wohnt Miss White?"

„In Harringay. Aber da brauchen Sie nicht hinzufahren. Sie ist dort seit ihrer Entlassung nicht mehr gewesen, sagt jedenfalls ihre Vermieterin."

„Ach", erwiderte Kate und blickte die Frau neugierig an. „Woher wissen Sie das, wenn ich fragen darf?"

Mrs Thamesgood starrte vor sich hin. „Ich habe mir Sorgen gemacht, also rief ich dort an – vor ein paar Tagen. Die Vermieterin wusste nicht, wo sie ist. Ich hoffe, sie hat sich nichts angetan! Schließlich hat sie ihre gute Stellung verloren – nur weil ihr neuer Freund sie zu so etwas Dummem überredet hatte. Das ist kein Mann wert."

„Wem sagen Sie das?", murmelte Kate.

Die Tür des Coffeeshops wurde geöffnet und jemand kam heraus.

„Ich nehme an, sie wohnt jetzt bei ihrem Freund", sagte Mrs Thamesgood und drehte sich um. „Egal, mein Mitleid für Miss White hält sich in Grenzen, wenn ich ehrlich sein darf." Dann trat sie einen Schritt vor und stand nun direkt vor der Tür des Coffeeshops.

„Warum?", fragte Kate und folgte ihr eilig.

„Weil dank ihrer Dummheit Veränderungen im Mansion House vorgenommen wurden."

Kate horchte auf. „Veränderungen?"

Wieder öffnete sich die Tür und zwei junge Frauen verließen den Coffeeshop. Mrs Thamesgood ging hinein. Kate drängte sich ebenfalls in den völlig überfüllten Raum.

„Nun", fuhr Mrs Thamesgood fort, „man verstärkte nach diesem Vorfall die Sicherheitsmaßnahmen im Büro von Sir George drastisch. Dort hängen jetzt überall Kameras." Sie schüttelte sich. „Es ist wie in ‚1984'."

Fragend blickte Kate sie an.

Mit einem Seufzer erklärte die Sekretärin: „George Orwells Buch ‚1984'."

„Ach so, ja, verstehe", erwiderte Kate schnell.

„Sir George arbeitet seither fast nur noch in seinem Büro bei Pradwell & Partner." Sie trat einen Schritt vor, da die Schlange schon wieder weitergerückt war. „Sie glauben gar nicht, wie umständlich das ist. Ständig muss ich mit irgendwelchen Unterlagen zu ihm in die Canon Street laufen."

„Sir George arbeitet für Pradwell & Partner?"

„Nun ja, er arbeitet nicht für sie. Er ist seit Jahren einer der Partner", erklärte Mrs Thamesgood und sah Kate erstaunt an. „Das müssten Sie doch wissen!"

„Aber natürlich, Mrs Thamesgood. Es war mir nur entfallen." Schnell bedankte Kate sich bei ihr und überließ den Platz in der Reihe ihrem Hintermann, während Mrs Thamesgood einen Café Latte mit doppeltem Espresso bestellte.

einunddreißig

Mit einem Lappen in der Hand stand Kate auf dem kleinen Hocker zwischen Sofa und Tisch. Sie war dabei, die Deckenvertäfelung der Freedom Maker abzuwaschen. Offenbar hatte der Besitzer jahrelang in diesem Raum geraucht. Das klare Wasser im Eimer neben ihr auf dem Tisch hatte sich mit jedem Auswringen des Lappens mehr und mehr in ein hässliches Gelbbraun verwandelt.

„Bradshaw und Allenby kannten sich also seit Jahren", überlegte sie laut. Sie musste unbedingt Grant erreichen, um es ihm zu sagen. „Bradshaw schummelte sich mit Hilfe von Ann-Mildred White auf ein Bankett im Mansion House", murmelte sie weiter vor sich hin. „Was wollte er dort?"

Während sie die letzten Flecken abwischte, hörte sie Luna im Heck leise schnarchen. Nachdem Kate mit Mrs Thamesgood gesprochen hatte, war sie mit einem Taxi zurück zu Sergeant Pepper gefahren, wo Luna schon ungeduldig auf sie gewartet hatte. Dann hatten sie sich gemeinsam auf den Rückweg gemacht. Am Boot angekommen, hatte Luna sich sofort ins Bett gelegt und schlief seitdem. Das frühe Aufstehen war ihr offenbar nicht so gut bekommen.

Zufrieden stieg Kate von dem Hocker herunter und betrachtete ihr Werk. Bis zur Kochnische hatte sie es geschafft, die bisher braunfleckige Decke abzuwischen. Der Raum wirkte gleich viel heller.

Kate rieb sich die schmerzenden Oberarme und spürte, wie ihr Wunsch nach einem Pfefferminzbonbon übermächtig wurde. Sie beschloss, erst einmal mit dem Putzen aufzuhören. Dann ging sie zu ihrer Tasche und kramte die Tüte mit den Bonbons heraus. Sie nahm sich zwei und überlegte, was noch zu tun war: jeden Schrank ausräumen und desinfizieren, den Herd schrubben und neues Geschirr kaufen. Während sie darüber nachdachte, hoffte sie, der Besitzer der Freedom Maker würde so bald nicht zurückkommen, denn das Leben auf dem Hausboot begann ihr zu gefallen.

Nach einer kurzen Pause nahm Kate den Eimer und leerte ihn aus. Dann spülte sie ihn und den Lappen gründlich aus und ging nach draußen, um die Putzsachen dort trocknen zu lassen. Man weiß ja, wie schnell es in so engen Räumen muffig riechen kann, dachte sie.

Gerade hatte sie den Eimer auf die Dachterrasse gestellt und den Lappen darüber gelegt, als sie am Fenster der Jealous Goose einen Schatten sah. Die Person war groß und schlank, ja fast dünn. Mrs Beanley konnte es also nicht sein, denn die war untersetzt und klein.

Plötzlich fiel Kate ein, dass niemand sie oder Luna sehen durfte. Wie konnte sie nur so unvorsichtig sein?! Schnell lief sie zurück unter Deck.

„Was ist?", fragte Luna schläfrig, als Kate hereinstürmte.

Kate warf die Tür zu. „Da ist jemand auf Mrs Beanleys Boot."

Luna drehte sich um. „Ja, und? Vielleicht hat sie Besuch."

Kate schüttelte den Kopf und starrte die verschlossene Tür an. „Ich weiß nicht", murmelte sie. „Ich hatte den Eindruck, er beobachtet mich."

„Wer?"

„Na, der Besuch von Mrs Beanley."

„Ja, und?"

Kate fuhr herum. „Himmel noch mal! Du wirst in der ganzen Stadt gesucht und bist nicht einen Deut nervös!"

Luna zog sich die Decke über den Kopf. „Das muss ich auch nicht. Du bist nervös für zwei. Außerdem bin ich müde. Wann hast du eigentlich das letzte Mal geschlafen?"

„Muss ich nicht. Du schläfst ja für zwei", entgegnete Kate wütend, stapfte in die Küche und begann mit viel Getöse, sich einen Tee zu machen.

Es dauerte nicht lange und Luna stand neben ihr. Sie trug ein viel zu großes T-Shirt mit der grinsenden Maske von Guy Fawkes darauf. Der Katholik, der vor über vierhundert Jahren versucht hatte, König Jakob samt Parlament in die Luft zu sprengen, war seit einiger Zeit das Sinnbild der Anonymous-Aktivisten und der Occupy-Wall-Street-Bewegung. Es wunderte Kate überhaupt nicht, dass Luna so ein T-Shirt trug, denn wie diese Bewegungen war auch ihre Freundin gegen die Machenschaften der Finanzhaie, gegen Globalisierung und wer weiß wogegen noch. Guy Fawkes hatte Flecken auf seiner Maske.

„Du solltest mal dein Shirt waschen, Luna!", sagte Kate und füllte Wasser in den Kessel.

„Das ist nicht meins. Lag im Schrank. Mach mir lieber auch einen Tee!" Luna gähnte herzhaft, ging zum Sofa und ließ sich darauf fallen. „Ich frage mich, ob wir weitergekommen sind."

Kate warf zwei Beutel Tee in zwei abgestoßene Keramikbecher und wartete darauf, dass das Wasser im Kessel zu kochen begann. „Ich denke schon. Wir wissen, dass Bradshaw sehr weit abgestürzt ist."

Luna strahlte. „Ja, so richtig weit nach unten. Vom Olymp

der globalen Finanzwelt hinunter in die abgewrackteste Gegend der Stadt. Und für zweitausend Pfund musste er sogar mit seiner Vermieterin schlafen. Yeah! Womit der Beweis erbracht ist, dass es doch Gerechtigkeit auf dieser Welt gibt."

Der Kessel begann zu pfeifen. Vorsichtig goss Kate das Wasser in die Becher.

„Er hatte also seit seiner Entlassung keinen Job, kein Geld und keine richtige Wohnung mehr", sagte sie. „Das muss hart gewesen sein."

Luna fuhr herum. „Was? Hast du etwa Mitleid mit ihm?"

„Na ja, er war immer der Beste – in der Schule, auf der Uni, in der City. Er muss es gewohnt gewesen sein, dass die Leute ihn entweder liebten oder fürchteten. Er war reich und sicherlich genauso arrogant wie all die anderen Schnellstarter." Sie kam mit den beiden Bechern zum Sofa und stellte sie auf den Tisch. „Außerdem wissen wir von seiner Freundin, Ann-Mildred White, die ihm einen Gefallen getan hat und darum ihren Job verlor."

Luna nickte. „Und wir wissen, dass sie schwanger war."

„Falsch, wir vermuten es nur."

„Sei nicht so pedantisch, Kate!" Luna sah sich plötzlich um. „Sag mal, hast du hier etwas umgestellt oder so?"

„Was sollte ich denn hier umstellen?"

„Na ja, irgendetwas ist anders." Luna drehte den Kopf nach links und rechts. „Oder hast du etwa geputzt?"

Kate strahlte. „Ja. Die Fenster, die Zimmerdecke ..."

Luna blickte nach oben. „Die Decke?", fragte sie ungläubig.

„Ja, wegen des Zigarettenrauchs. Es riecht doch jetzt viel besser. Und es ist heller."

Luna legte den Kopf schief und murmelte kaum hörbar:

„Na, wenn du meinst." Dann nahm sie ihren Becher Tee und pustete hinein.

Kates Mund wurde schmal. „Wieso? Ist etwas gegen ein sauberes Zuhause einzuwenden?", fragte sie schnippisch. „Du hättest ja auch mal etwas tun können."

„Ich? Wieso ich? Du bist doch hier die Hausfrau." Luna pustete noch einmal in ihren Becher. „Ich kann so etwas nicht."

„Hausfrau?", entfuhr es Kate. „Ich dachte eigentlich, ich bin deine Freundin! Und zwar die Freundin, die dich aus dem Schlamassel holt! Die Freundin, die deinetwegen von der Polizei gesucht wird! Die Freundin, die freiwillig in diesem Loch haust."

„Na ja, so freiwillig nun auch wieder nicht. Immerhin ist deine Wohnung unbewohnbar." Vorsichtig trank Luna einen Schluck.

„Ja! Deinetwegen, Ruby Dench!"

Luna blickte nicht auf. „Können wir bitte mit unserem Fall weitermachen? Wir suchen schließlich einen Mörder, schon vergessen?" Sie stellte den Becher zurück auf den Tisch und legte ihre Beine daneben.

„Kannst du bitte die Füße vom Tisch nehmen?!", rief Kate.

Erstaunt blickte Luna sie an. Dann legte sie die Hände hinter den Kopf und meinte: „Nö, kann ich nicht."

Kate starrte Luna an, die ihrerseits zurückstarrte. Ein paar Sekunden lang schwiegen sie sich so an.

Dann griff Kate abrupt zu ihrem Becher und nahm einen Schluck. „Au!" Sie hatte sich die Zunge verbrannt.

„Also", begann Luna unbeeindruckt, „wir wissen, dass Bradshaw tief fiel, wir wissen, dass er sieben Jahre brauchte, um da wieder herauszukommen, und wir wissen, dass er mich und mein Geld als Mittel zum Zweck benutzte. Wahrscheinlich hat er es gebraucht, um sich eine teure Wohnung im Heron zu kaufen. Er hatte eine Freundin, die bis vor Kurzem als Assistentin für Sir George Allenby arbeitete. Wir wissen, dass diese Ann-Mildred White nicht reich war, er also mein Geld nicht brauchte, um an ihres zu kommen." Sie kratzte sich am Kopf, so als könne ihr das beim Denken helfen. „Und wir wissen, dass seine Freundin ihn heimlich auf die Einladungsliste für ein Abendessen im Mansion House setzte." Nachdenklich legte sie die Stirn in Falten.

Kate schwieg. Ihre Oberarme schmerzten und in den nächsten Tagen würde sie sicherlich einen ordentlichen Muskelkater bekommen. Stundenlang hatte sie geputzt, aber Luna schien das nicht zu interessieren. Kate fand sie unglaublich undankbar. Sie schmollte und entschied sich, Luna erst einmal nicht zu sagen, dass Bradshaw und Allenby sich gekannt hatten.

„Was wollte Bradshaw an diesem Abend im Mansion House?", überlegte Luna, die Kates schlechte Laune nicht zu bemerken schien. „Hatte es etwas mit dem großen Fisch zu tun, von dem Priscilla Langley erzählt hat?" Sie nahm ihren Becher und schlürfte vorsichtig den heißen Tee. „Wir müssen mit diesem Allenby sprechen. Was meinst du?"

Kate seufzte. „Sie kannten sich."

„Wer?"

„Bradshaw und Allenby. Sir George ist seit Jahren Partner bei Pradwell. Sie müssen sich gekannt haben."

„Was? Und das sagst du mir erst jetzt?" Luna sprang auf.

Kate zuckte mit den Schultern. „Na und? In der City kennt doch jeder jeden."

„Ja, aber vielleicht war Allenby der Grund, warum Bradshaw auf diese Party wollte."

„Vielleicht wollte er sich auch nur einschleichen, um Kontakte zu knüpfen. Wer weiß?"

Luna setzte sich wieder. „Stimmt. Wir sollten herausfinden, was Bradshaw auf dem Bankett wollte. Außerdem würde mich interessieren, wo diese Ann-Mildred White ist. Wo geht eine Schwangere hin, wenn sie ihren Job verloren hat? Doch wohl nach Hause, also zu ihrer Familie oder zu ihrem Liebsten. Meinst du, sie versteckt sich?"

„Warum sollte sie denn das tun?", erwiderte Kate.

„Keine Ahnung. Vielleicht denken wir mit den miesen Geschäften von dem Kerl in eine ganz falsche Richtung. Vielleicht war es etwas Persönliches. Vielleicht ist sie doch die Mörderin. Vielleicht ging er fremd oder hat sie um ihr kleines Sekretärinnengehalt gebracht. Vielleicht hat er sie fallen lassen. Das machen Kerle doch, oder?"

Kate schwieg und dachte an die vielen Männer, die ihre Mutter früher mit nach Hause gebracht hatte. Sie versuchte, diese bitteren Gedanken aus ihrem Kopf zu verbannen und sich wieder auf die Suche nach dem Mörder zu konzentrieren.

„Wir sollten diese White finden und fragen, wo sie zur Tatzeit war und ob sie weiß, was Bradshaw im Mansion House wollte", schlug sie schließlich vor.

Entschlossen nickte Luna. „Gut. Ich höre mich mal ein bisschen um. Ich weiß auch schon wo."

Fragend blickte Kate sie an.

„Alte Jungfern, frustrierte Vertreter und überhebliche Banker sind erfahrungsgemäß die größten Klatschmäuler, die man sich vorstellen kann. Ich werde mal ein paar Bankern einen Besuch abstatten", erklärte Luna.

„Und wie willst du das machen?"

Luna lächelte vor sich hin. „Hab' da so eine Idee."

„Oh, Gott", murmelte Kate und nahm einen Schluck aus ihrem Becher. Sie schaute aus den frisch geputzten Fenstern hinaus auf den Kanal. Ein paar Touristen mit Regenschirmen in den Händen schlenderten vorbei. Kate konnte die kleinen Wellen gegen das Boot schwappen hören. Die Uhr in der Küche tickte. Jemand am Kai hörte laut Radio. Sex Pistols oder etwas Ähnliches. Scheußlich, doch Luna wippte mit dem Fuß. Kate war immer noch sauer auf sie. Die Stille zwischen den beiden Frauen wurde immer spürbarer, die Atmosphäre drückender. Schließlich stand Kate auf, nahm ihren halb leeren Becher und goss ihn im Spülbecken aus. Sie musste da raus.

„Du, Kate", kam es plötzlich kleinlaut vom Sofa. „Danke für das, ähm, Putzen. Es riecht hier alles so ... frisch. Ja, frisch."

Kate blieb stehen. Sie wusste, dass sie für ihre Arbeit nicht mehr Anerkennung bekommen würde. Aber das war okay so. Wenn sie ehrlich war, hatte sie doch all das Putzen und Aufräumen nur für sich gemacht. War es da nicht egal, ob Luna es bemerkte oder sie gar lobte? Sie lächelte.

„Ist schon gut. Findest du nicht, wir sollten Grant informieren? Ich meine, er sollte wissen, was wir wissen."

Luna grinste sie breit an. „Ja, gute Idee. Mach du das! Ich glaube, er mag mich nicht."

Glücklich nickte Kate und griff nach ihrem Handy.

zweiunddreißig

DS Grant saß in seinem Büro, das bis vor wenigen Tagen noch als Abstellkammer gedient hatte. Nun beherbergte es neben Besen, Eimern, Putzmitteln und alten Aktenordnern auch einen Schreibtisch nebst Stuhl und einen roten Papierkorb. Einen Computer konnte man leider nicht anschließen, auch die Buchse für den Telefonanschluss fehlte, doch Kelly hatte ihm alle nötigen Geräte im Haus organisiert und sie ihm mit dem Hinweis auf den Tisch gestellt, er könne das hausinterne WLAN und ein schnurloses Telefon nutzen, dessen Ladestation in ihrem Büro stand.

Also versuchte Grant, das Beste aus der Situation zu machen. Er nahm den Laptop auf den Schoß, legte die Füße auf den Tisch und lehnte den Rücken gegen einige Pakete Papierhandtücher. Dann ging er die Berichte zum Fall Bradshaw durch. Die beiden Frauen auf dem Boot waren sein einziges Ass im Ärmel, wenn es darum ging nachzuweisen, dass DCI Haddock sich nicht an die Regeln anständiger Polizeiarbeit hielt, ja vielleicht sogar bestechlich war. Natürlich musste er zugeben, dass auch er sich nicht an die ordnungsgemäße Vorgehensweise hielt, schließlich hätte er Luna Loveway verhaften müssen. Aber irgendetwas sagte ihm, dass genau das ein Fehler wäre.

Sein Zweithandy klingelte in seiner Jackentasche. Es diente ausschließlich dazu, mit den beiden Frauen in Kontakt zu bleiben.

Grant stellte den Laptop auf dem Tisch ab und meldete sich: „Ja?"

Es war die Vernünftigere von beiden, Kate Cole. Er

lächelte. Wenn das alles vorbei war, würde er sie auf einen Drink einladen. Er hoffte, dass sie Ja sagen würde.

„Ann-Mildred White ist verschwunden? Verstehe. Mal sehen, ob sie Familie hat." Mit einer Hand tippte er den Namen in HOLMES ein, das polizeiinterne Datenbankprogramm. Während er auf die Antwort des Programms wartete, überlegte er, was er Kate fragen könnte. „Wie geht es Ihnen, Miss Cole? Tut mir leid, dass ich vorhin so kurz angebunden war, aber die Sache mit meinem Ausweis ..."

Er erhielt keine Antwort. Was sollte die Frau auch sagen? Sie machte sich sicherlich Sorgen, weil sie bald auf der Fahndungsliste stehen würde, sowie er die Aussagen des Taxifahrers richtigstellte. Doch er musste das tun. Er hatte den Bogen schon zu weit überspannt. Wenn jemand dahinterkam, dass er absichtlich eine Zeugenaussage falsch protokolliert hatte, und das nur aufgrund des Gefühls, die mutmaßliche Mörderin sei gar keine, dann wäre im Yard die Hölle los. Sein Job, sein Gehalt, sein Leben, alles wäre dahin. Ihm wurde schwindelig. In dem Moment erschien ein kleines Fenster auf dem Bildschirm.

„Waise. Keine Familie", las er.

Plötzlich wurde ohne Klopfen die Tür zu seinem Büro aufgerissen und Jenkins stand im Türrahmen. „Der Chef will Sie sehen."

Schnell drehte Grant den Laptop so, dass Jenkins nicht den Bildschirm, sondern nur die Rückseite sehen konnte. Dann zeigte er auf sein Handy.

Doch Jenkins ließ sich nicht abwimmeln. „Jetzt!", forderte er. Sein genüssliches Grinsen ließ Grant nichts Gutes vermuten.

„Ich danke Ihnen für Ihre Hilfe, Mrs Henderson. Wir werden der Sache nachgehen." Grant drückte auf die rote

Taste und ließ das Handy in seine Jackentasche gleiten. Dann schloss er HOLMES, meldete sich aus dem polizeiinternen Netzwerk ab und erhob sich langsam. „Was gibt's?"

„Ärger, Grant. Mächtigen Ärger."

Grant zuckte mit den Schultern. „Ach so, und ich dachte schon, es wäre was Ernstes." Widerwillig machte er sich auf den Weg in Haddocks Büro.

Kaum hatte er den Raum betreten, legte sein Vorgesetzter auch schon los: „Ich habe Sie persönlich aufgefordert, das CCTV zu prüfen, Detective Sergeant!"

Tatsächlich hatte Grant Stunden damit verbracht, auf mehreren Bildschirmen die Aufnahmen bestimmter Kameras an wichtigen Punkten in der Stadt zu überprüfen. „Man wird Ihnen bestätigen, Sir, dass ich ..."

Haddock lächelte süffisant. „Ach ja?", sagte er, während er den Flachbildschirm auf seinem Tisch zu Grant umdrehte.

Darauf waren zwei Frauen zu sehen, die von der Straße her durch einen kleinen Durchgang in ein Gebäude eintraten. Hinter ihnen konnte man den Londoner Verkehr erkennen. Die Frauen gingen auf die Kamera zu. Das Gesichtserkennungsprogramm von Scotland Yard zeichnete ein kleines Quadrat um den Kopf der größeren von beiden. Keine drei Sekunden später erschien ein Fenster auf dem Bildschirm mit dem Hinweis, es handle sich bei der aufgenommenen Person um eine gewisse Ruby Dench alias Luna Loveway, die zur Fahndung ausgeschrieben war.

Grant atmete tief ein. Er wusste, dass er seinen Vorteil verloren hatte – zu früh.

„Wo?", fragte er.

„Mansion House, Grant. Was wollte die Gesuchte dort?", schrie Haddock und seine Stimme überschlug sich fast.

So ruhig, wie er konnte, fragte Grant: „Wer ist die zweite Person?"

Haddock drückte auf einen Knopf und kurz darauf trat Constable Kelly trat ein. Der DCI wiederholte Grants Frage.

Den Kopf tief über ihren Block gebeugt, sagte Kelly: „Kate Cole, wohnhaft Laleham Road." Etwas leiser fügte sie hinzu: „Miss Cole wohnt aber nicht mehr dort. Sie ist ausgezogen."

Haddock starrte sie an. „Wo wohnt sie jetzt?"

„Das wissen wir leider nicht, Sir", antwortete Kelly zögernd.

Die Halsschlagader des Chefs pochte. „Die da ..." Er zeigte auf Kates Gesicht. „Die haben Sie, Detective Sergeant Grant, im Heron in der Tatnacht befragt. Die Frau hat behauptet, Bradshaw hätte sie angerufen. Stimmt das, Jenkins?" Er sah Jenkins an, der grinsend an der Tür stand.

„Nein, Sir, im Krankenhaus ging kein Anruf von seinem Anschluss oder seinem Handy ein. Er könnte aber von woanders ..."

Haddock stapfte hinter seinen Schreibtisch und drehte den Bildschirm wieder zurück, wobei ein Verband an seinem Unterarm sichtbar wurde, der zuvor von seinem Hemdsärmel verdeckt gewesen war. „Kate Cole sofort zur Fahndung ausschreiben. Los, Jenkins!", schrie er.

Jenkins nickte und eilte diensteifrig davon.

„Und Sie, Grant, gehen mir aus den Augen! Ich werde prüfen lassen, ob Sie von dem Fall abgezogen werden können. Werde versuchen, Sie bei DCI Turbridge unterzubringen." Grant wollte widersprechen, doch Haddock unterbrach ihn: „Wegen gravierender Ermittlungsfehler und galoppierender Dummheit! Raus jetzt!"

Als Grant wieder in seinem Kabuff saß, kam Constable Kelly herein und schloss die Tür hinter sich.

„Ich weiß, ich sollte mich nicht einmischen, aber ..." Vorsichtig blickte sie zu Grant.

„Ich habe einen Fehler gemacht, das ist alles", sagte er.

„Genau das glaube ich nicht." Kelly trat an den Schreibtisch. „Da steckt doch mehr dahinter, Sir." Sie stützte ihre Hände auf die Tischkante. „Ich habe Ihre Akte gelesen."

Grant horchte auf. „Wie sind Sie denn an die gekommen?"

Sie lächelte. „Sie haben Ihre Geheimnisse und ich habe meine."

„Sie waren an Haddocks Schreibtisch?"

„Nein, ich bin mit jemandem aus der Personalabteilung essen gegangen." Sie zwinkerte ihm zu.

Grant versuchte ein Lächeln. „Und, was stand in meiner Akte?"

„Dass Sie der Beste sind." Sie richtete sich auf. „Und da frage ich mich, wie es zu diesem angeblichen Fehler kommen konnte. Sie scheinen mir nicht der Typ zu sein, der Dinge einfach übersieht."

„Es gibt Tausende von Kameras in der Stadt, Kelly. Nicht zu jeder haben wir Zugang. Was ist mit den privaten Sicherheitsfirmen, die Gebäude mithilfe von Kameras überwachen, oder TfL mit den Kameras an den Tube-Stationen, wo täglich Millionen von Menschen rein- und rausgehen? Da kann man schon mal ein Gesicht übersehen."

„Das stimmt, Sir, aber es gibt noch viele andere Kameras, auf die wir Zugriff haben: an öffentlichen Plätzen wie Trafalgar Square oder St Paul's, Westminster ... Irgendwie müssen die Frauen doch zum Mansion House gekommen sein."

Grant stöhnte. „Sie also auch?"

Kelly schüttelte den Kopf. „Nein, ich will Sie nicht beschuldigen, Ihre Arbeit nicht getan zu haben. Ich will einfach nur wissen, was los ist."

Grant erhob sich und zog seine Jacke an. „Tja, ich habe den Eindruck, dass ich in dieser Abteilung nicht sehr willkommen bin. Meinen Sie nicht auch?"

Er wollte den Raum verlassen, doch Kelly stellte sich ihm in den Weg. „Ich verstehe, dass Sie mir nicht trauen, Sir. Ich habe schon einmal versagt ..."

„Schon gut, Kelly. Wir haben uns gemeinsam durch den Müll gewühlt, das verbindet." Er öffnete die Tür, aber sie drückte sie wieder zu.

„Sir, der Fall Bradshaw liegt Ihnen offenbar sehr am Herzen. Auch wenn Sie jetzt vielleicht einem anderen Team zugewiesen werden, können wir beide doch unsere Erkenntnisse austauschen", sagte sie eilig. „Ich meine, abteilungsübergreifende Falltransparenz, oder wie auch immer die da oben das nennen. Ich halte Sie jedenfalls auf dem Laufenden."

Grant blickte die schmale Frau vor sich lange an. „Danke für das Angebot, Kelly. Aber das ist zu gefährlich." Er öffnete erneut die Tür, trat auf den Flur und ging zum Fahrstuhl.

Da hörte er ihre Stimme: „Ich habe mich entschieden, Sir. Ob es Ihnen passt oder nicht."

Als sich die Tür des Fahrstuhls schloss und er allein war, wurde ihm klar, dass nun schon drei Frauen in Gefahr waren.

dreiunddreißig

„Drei Schlafzimmer, zwei Bäder." Die smarte Immobilienverkäuferin eilte durch die Räume, während Trudy und James McKenzie ihr folgten.

Trudy öffnete gerade eine der Schranktüren in der Küche, als ihr siebenjähriger Sohn Freddy in einem der Zimmer zu schreien begann. Sie warf der Maklerin einen entschuldigenden Blick zu, eilte in den hinteren Teil der Wohnung und riss die Tür auf, hinter der das Geschrei ertönte.

„Sie hat mich geschubst!", kreischte Freddy und zeigte auf seine große Schwester Amie, die mit verschränkten Armen mitten im Raum stand und zurückzischte: „Dieser Volltrottel wollte meinen iPod klauen." Sie strich sich eine blond gefärbte Locke aus dem Gesicht.

„Wollt' ich gar nicht!", schrie Freddy und lief heulend zu seiner Mutter. Allerdings schaffte er es noch, seiner Schwester zuzurufen: „Blöde Kuh!"

Noch bevor Trudy ihre Tochter davon abhalten konnte, hatte diese ihren Bruder an der Jacke gepackt und ihm eine Ohrfeige verpasst. „Das sagst du nicht noch mal, du Affenarsch!"

Plötzlich stand James McKenzie in der Tür. „Raus! Beide!", befahl er mit dröhnender Stimme, und die Kinder zuckten zusammen.

Trudy sah ihren Mann erleichtert an, doch dann bemerkte sie, wie die Maklerin hinter seinem Rücken mit den Augen rollte und auf ihre Armbanduhr blickte.

James schob die Kinder vor sich her bis zur Tür, dann ins Treppenhaus. „Geht runter zum Kanal! Amie, du passt auf deinen Bruder auf! Wenn ich euch noch einmal höre, fahren wir ohne euch nach Hause."

Das Mädchen murmelte: „Ja, und?", während der Kleine schon die Treppe hinunterpolterte, um zur Schleuse zu gelangen, die den Regent's Canal von der Themse trennte.

Trudy lächelte die Maklerin entschuldigend an. In deren Gesicht konnte sie bereits lesen, dass sie die schöne Wohnung nicht bekommen würden.

In dem Moment trat die Maklerin eilig auf den Balkon hinaus. „Morgensonne, etwas windig im Herbst", erklärte sie. „Die Appartements auf der Südseite sind geschützter, aber schon alle verkauft oder vermietet."

Trudy, die der jungen Frau auf den engen Balkon gefolgt war, sah kurz auf die Themse zu ihrer Rechten und den Kanal zu ihrer Linken. Die Schleuse befand sich direkt unter dem Balkon. Schnell warf Trudy noch einen Blick auf die Kinder, die an einem der Schleusentore standen und sich neugierig über das Geländer beugten.

„Freddy, sei vorsichtig! Du fällst noch ins Wasser", rief sie ihrem Sohn mit schriller Stimme zu. Dann wollte sie wieder in die Wohnung zurückgehen, um ihrem Mann Platz zu machen, denn der Balkon war recht klein. Doch in diesem Augenblick hörte sie ihre Tochter laut schreien. Sie stürzte zur Balkonbrüstung. Unten zeigte Amie entsetzt in das Wasser der Schleuse und kreischte, wie es nur pubertierende Mädchen können. Freddy hatte sich unterdessen hinter seiner großen Schwester versteckt und weinte.

vierunddreißig

Aus ihrer kurzen Zeit als Millionärin wusste Luna, dass das Oriental der ultimative Ort in London war, wo gewisse Leute zeigen konnten, wer sie waren und was sie hatten. Früher ein beliebter Ort bei Yuppies auf Angebertour und anderen Leuten mit zu viel Geld, fand man dort inzwischen immer öfter die silberhaarigen Unternehmensberater oder die smarten Vertreter von Energiekonzernen, die vor ihrem Zug durch das Londoner Nachtleben angemessen dinieren wollten. Das Oriental lag in Knightsbridge, wo noch immer einige der Golden Boys ihre Wohnungen hatten. Das war auch der Grund, warum Luna es sich für ihren Zweck ausgesucht hatte.

Zwar traf man dort noch immer überhebliche Investmentbanker, doch waren seit dem letzten Crash spürbar weniger Jungs unterwegs, um auf Kosten der Firma Partys zu feiern. So spendabel wie damals waren ihre Bosse inzwischen nicht mehr. Die Zahl der Pleiten bei Edelpuffs, Bars und First-Class-Restaurants war seit Ausbruch der Finanzkrise drastisch gestiegen, und ein Ende war noch nicht abzusehen. Das Oriental aber hielt sich. Man hatte die Menüs und die Weinkarte den neuen Erfordernissen angepasst, und so bekam man inzwischen auch schon mal eine Flasche Wein für unter hundert Pfund.

Mit viel Geduld und einem Kopftuch hatte Luna ihre Haare einigermaßen bändigen können. Sie trug ein äußerst freizügig ausgeschnittenes Kleid aus Seide, das sie – ebenso wie ihr Kostüm zuvor – in einem Second-Hand-Shop in Camden ergattert hatte. Mit Hilfe von

Samtbändern um ihre schlanke Taille hatte sie es zu einem verdammt aufregenden Teil drapiert.

Nun saß sie an der Bar des Oriental, nippte an einem Cocktail mit dem wohlklingenden Namen „Sexy Lady" und wartete. Wenn sie nicht alles vergessen hatte, was Männer betraf, entsprach sie genau dem Beuteschema der drei Typen drüben in der ledernen Sitzecke. Die Anzugträger waren etwa Anfang dreißig. Sie hatten wohl etwas zu feiern, denn die Zigarren in ihren manikürten Händen waren dick, der Whisky in den Gläsern golden und ihr Lachen ein wenig zu laut.

Luna lächelte zu dem Kerl in der Mitte hinüber, nachdem er seinen prüfenden Blick über ihr Kleid und das, was sich darunter verbarg, hatte gleiten lassen.

Gotcha!, dachte sie, als sie aus dem Augenwinkel sah, wie er sich aus dem Sessel erhob und zu ihr an die Bar kam. Er tat, als wolle er beim Barmann etwas bestellen. Doch das wirkte wenig glaubhaft, denn im Oriental wurden den Gästen die Drinks am Platz serviert. Man war ja schließlich nicht in einem gewöhnlichen Pub. Für Luna war klar, was nun kommen würde.

„Kennen wir uns?", fragte der Mann, der einen Kopf kleiner war als sie. Da er jedoch im Oriental essen gehen konnte, fühlte er sich deutlich größer.

Luna lächelte ihn an. „Ich glaube nicht. Aber das könnte sich ja ändern." Für einen Moment schaute sie ihm tief in die Augen. „Ich heiße Grace", hauchte sie dann.

„Und Kelly mit Nachnamen, stimmt's? Ha ha ha."

„Das wäre zu schön", trällerte Luna. Sie musste aufpassen, nicht zu sehr wie eine Dame des horizontalen Gewerbes zu klingen. Wobei ... Sie überlegte. Er schien genau das zu suchen.

„Ich bin John. Meine Kollegen und ich ..." Er wies zu seinen Kumpels in der Sitzecke, die zu ihnen herübergrinsten. „Wir feiern heute meinen größten Deal. Ich sage nur: sieben Nullen vor dem Komma."

„Ach, wie interessant." Luna nippte an ihrem Drink. „Was machen Sie denn so, John?"

Der Mann antwortete nicht, sondern bestellte sich einen „Johnny". Der Barmann nickte, nahm eine Flasche Whisky vom Regal, goss ein wenig davon in einen Shaker, fügte Sahne und geschabtes Eis hinzu und schüttelte alles mit großer Geste.

Luna zwang sich ein Lächeln ins Gesicht. „Das ist lustig. Haben Sie den Drink erfunden?"

Er schüttelte den Kopf und sah sie lange an. Mit lechzendem Blick meinte er schließlich: „Ich kann ja nicht alles in der Welt in die Hand nehmen. Ich bin dafür bekannt, dass ich mich nur auf das Wesentliche konzentriere." Dann blickte er auf ihren Busen.

Luna zuckte zusammen, als sie spürte, wie seine Hand über ihren Rücken strich. Doch sie lächelte weiter. Noch lief alles so, wie sie es wollte – nur ein wenig zu schnell.

„Also, was machen Sie beruflich, John?"

„Aber warum denn so förmlich, Grace? Ich arbeite als Manager für ein großes Unternehmen in der City."

So sehr haben sich die Zeiten also geändert, überlegte Luna. Noch vor wenigen Jahren hätte er damit geprahlt, dass er ein Golden Boy sei, ein Investmentbanker, der täglich Millionen verzockte. Inzwischen aber waren sie alle vorsichtiger geworden. Das Image dieser Berufsgruppe hatte seit der letzten Krise ordentlich gelitten. Selbst Politiker und Gebrauchtwagenhändler standen höher im Kurs.

„Also, um ehrlich zu sein, arbeite ich für die Bank of England. Ich bin sozusagen ein Behördenhengst." Er lachte.

Luna schürzte die Lippen. „Oh, und ich dachte, du bist einer von den Jungs, die mit dem ganz großen Geld zu tun haben. Schade!"

Er riss die Augen auf. „Aber klar, das bin ich. Zum Beispiel betreue ich die Großkunden bei BBSK, der großen Investmentfirma. Kennst du bestimmt."

„Ich dachte, du bist bei der Bank of England."

Er grinste breit und wedelte mit der Hand, als wolle er eine Fliege verscheuchen. „Nein, das sage ich nur manchmal, weil es sich solider anhört."

Sie lachten beide. In dem Moment schob der Barmann John seinen Drink über den Tresen. Während Luna und ihr neuer Bekannter einen Schluck aus ihren Gläsern nahmen, musterten sie sich über den Rand hinweg. Luna war sich sicher, dass John überlegte, wie teuer sie wohl war. Sie entschied, dass er reif für die Befragung war.

„Ich kannte mal jemanden, der arbeitete auch in der City: Norman Bradshaw. Kennst du ihn zufällig?", fragte sie.

John warf den Kopf nach hinten. „Klar! Ein Verlierer, wenn du mich fragst."

„Ehrlich? Er sagte mir, er sei hier eine ganz große Nummer."

„Na, na." John rückte noch ein wenig dichter an Luna heran und ließ seine Hand auf ihren Hintern rutschen. „Du musst nicht alles glauben, was du hörst. Er wurde schon vor Jahren rausgeschmissen. War zu gierig geworden. Er hatte versucht, seine Verluste mit dem Geld anderer Kunden auszugleichen. Das fiel irgendwann auf. Sein Arbeitgeber, Pradwell & Partner, zeigte ihn an. Er kam in

Untersuchungshaft." John beugte sich dicht an Lunas Ohr und hauchte hinein: „Stehst du auf Handschellen?"

Luna lächelte. „Alles zu seiner Zeit. Jetzt will ich erst einmal etwas trinken." Sie bestellte sich noch eine „Sexy Lady" mit Schuss.

„Was ist das für ein Schuss, meine Schöne?", säuselte John.

„Wodka, doppelt."

„Oho. Da muss ich ja auf dich aufpassen."

Dass Luna mit dem Barkeeper vereinbart hatte, ein „Schuss" dürfe für sie nur aus Mineralwasser bestehen, verschwieg sie natürlich. Dieses besondere Arrangement hatte Luna zwanzig Pfund aus Kates Portemonnaie gekostet, aber es garantierte, dass sie bei klarem Verstand blieb.

„Und er kam ins Gefängnis?", begann sie von Neuem.

„Ach, der Ärmste!" Mit leicht schief gelegtem Kopf und bedauerndem Blick aus ihren großen grünen Augen blickte sie John provozierend an.

Er nahm die Hand von ihrem Hintern und griff nach seinem Glas. „Mitleid ist bei dem nicht angebracht. Er war ja nur kurz im Knast. Es kam zu keiner Verurteilung. Er zahlte die Verluste der Kunden aus eigener Tasche und verlor natürlich seinen Job. Später versuchte er noch ein paarmal zurückzukommen, aber wer einmal seinen Job hier verloren hat, schafft es niemals zurück. Das ist so. Bescheißen ist okay, man darf sich nur nicht erwischen lassen. Das ist eine feste Regel in der City." Er stierte in sein Glas.

„Und was macht man, wenn man hier keinen Job mehr bekommt?"

John lachte auf. „Nichts." Er drehte sich zu ihr um. Seine

Augen waren plötzlich schmal geworden. „Für uns gibt es nur die City. Das ist eine eigene Welt hier. Mindestens hunderttausend Pfund als Grundgehalt im Jahr und dann noch die Boni! Davon kann man sich ein feines Leben leisten, glaub mir. Und die passenden Frauen, Häuser und Autos gleich dazu. Wenn man aber rausfliegt, irgendwo neu anfangen muss, hat man keine Chance mehr. Wir sind zu teuer, zu aggressiv, zu gut. Die da draußen haben Angst vor uns!" Seine Stimme war nun fast schrill, die Worte schossen aus seinem Mund und in jedem Satz schwang Angst mit.

Luna erschrak. Schnell nahm sie noch einen Schluck aus ihrem Glas.

Er atmete tief ein, versuchte sich zu beruhigen. „Es ist aber nicht nur das verlorene Geld. Wenn man hier den Job verliert, ist es, als würde man in Sekundenschnelle von Überschallgeschwindigkeit auf Stopp umschalten. Das hält keiner aus. Das sprengt das Hirn. Uns laufen die Ehefrauen weg, sie verklagen uns auf Unterhalt, das Haus wird gepfändet und die Autos auch." Er sah sie mit glasigen Augen an. „Wusstest du, dass ich einen Doktor in Volkswirtschaft habe? Summa cum laude." Schnell trank er einen großen Schluck. „Nein, natürlich nicht. Woher auch? Seit der Uni haben sie uns erzählt, wir seien die Besten. Ohne uns würde sich die Welt nicht mehr drehen. Sie gaben uns Wahnsinnsjobs, Platinkarten und völlig irre Boni! Und was kommt danach?"

Luna befürchtete, er würde gleich anfangen zu weinen. Sie ahnte, dass der Typ gerade sein erbärmliches Leben vor ihr ausbreitete, und seufzte.

„Norman wurde ermordet, Grace", flüsterte er. „Wusstest du das nicht?"

Und wie sie das wusste.

„Ich denke, früher oder später hätte er es selbst getan. Da war einfach jemand schneller als er."

„Und wer?"

John schien sie nicht gehört zu haben. „Weiß du, er war in den letzten Wochen vor seinem Tod immer wieder in der City und tat, als sei er noch einer von uns. Ich traf ihn mal."

„Was sagte er?", entfuhr es Luna ein wenig zu schnell, doch John schien es nicht zu bemerken.

„Er nannte sich selbst den goldenen Phönix." Der Mann schüttelte den Kopf. „Er käme zurück, sagte er. Es sei nur noch eine reine Formsache. Allenby könne gar nicht anders."

„Allenby? Sir George Allenby? Der Chamberlain?"

John nickte. „Er ist noch immer einer der Partner von Pradwell, auch wenn er jetzt im Mansion House sitzt. Norman glaubte, einen Weg gefunden zu haben, um zurückzukommen. Aber das war nur ein letztes Aufbäumen vor dem Ende, wenn du mich fragst. Keiner, der mal draußen war, kommt je wieder rein. Und schon gar nicht in eine bessere Position. Ich denke, dass Norman das endlich begriff, als sie ihn aus dem Mansion House warfen."

„Der Abend beim Dinner?"

John lachte hämisch. „Er dachte schon immer, er könne dem Schicksal Befehle erteilen." Dann trank er sein Glas leer und schob es über den Tresen. „Noch einen!"

Der Barmann nickte und griff zum Whisky.

„Wer war noch bei diesem Dinner?", fragte Luna.

John überlegte. „Habe gehört, da waren fast zweihundert Leute: die Geschäftsführer aller großen Investmentfirmen, einige Investoren aus den Emiraten und den USA, der Lord Mayor, der Finanzminister und ein paar Regierungsvertreter. Na ja, und Allenby."

„Worum ging es denn?"

John blickte sie erstaunt an. „Um Geld, nehme ich an." Plötzlich ging ein Ruck durch seinen Körper. Er schien sich daran zu erinnern, warum er sie angesprochen hatte. „Aber das alles soll uns den Abend nicht verderben." Er legte seine Hand wieder auf Lunas Hintern und kam ganz nah an sie heran.

Elegant schlängelte Luna sich vom Barhocker. „Komme gleich wieder", trällerte sie. „Nase pudern, du verstehst?" Mit einem atemberaubenden Hüftschwung verließ sie die Bar und hörte noch, wie John ihr nachrief, nicht zu lange fortzubleiben.

Der Weg zu den Toiletten führt Luna an einer Sitzgruppe vorbei, über der ein eingeschalteter Fernseher hing. Am unteren Rand des Bildschirms liefen die aktuellen Börsenkurse. Gerade wollte Luna vorbeieilen, als die Nachrichten begannen. Luna blieb stehen und starrte auf den Bildschirm. Eine Reporterin des Senders interviewte ein etwa sechzehnjähriges Mädchen, das neben einem verwirrten Ehepaar und einem kleinen Jungen stand. Im Hintergrund sah man eine Schleuse und Polizisten in Uniform, die ein blau-weißes Absperrband zwischen einem Wohnhaus und dem Treppengeländer der Schleuse spannten. Offenbar hatten die Kinder die Leiche einer Frau am Limehouse Basin gefunden. Die Tote habe eine ID-Karte des Mansion House bei sich gehabt, erklärte die Reporterin, ausgestellt auf den Namen Ann-Mildred White.

„Shit!", rief Luna. Sie machte kehrt und rannte aus der

Bar, während sie das Handy aus ihrer Tasche fummelte. Mit eiskalten Fingern drückte sie die Tasten und hielt dann das Telefon zitternd an ihr Ohr. „Kate! Bradshaw hat mit den Haien gespielt! Sie haben diese Ann-Mildred auch getötet. Wir müssen aussteigen! Hörst du? Ich will da raus!"

fünfunddreißig

Sergeant Pepper hatte Kate sicher in die Nähe der Edgware Station gebracht. Nun stand sie in der Rectory Lane, einer schäbigen Gasse nahe dem Bahnhof. Langsam drehte sie den Schlüssel im Zündschloss, um den Motor auszuschalten.

Am Hintereingang eines Ladens, nur wenige Meter vor ihr entfernt, bemerkte sie eine Videokamera. Nie war ihr aufgefallen, wie viele Überwachungskameras es in der Stadt gab. Ob in Läden oder Bussen, in Bahnstationen oder auf Plätzen, an Ampeln oder Hausecken, überall waren diese Dinger, die nur darauf zu warten schienen, dass Kate und Luna vorbeikamen.

Kate hatte Angst. Sie traute sich nicht, aus dem Wagen zu steigen. Stattdessen beobachtete sie die Kamera genau. Plötzlich öffnete jemand die Ladentür. Eine junge Frau in Jeans und Sweatshirt trat heraus und zündete sich eine Zigarette an. Rauchend schlenderte sie einige Schritte die Gasse hinauf und wieder zurück. Als sie fertig war, öffnete sie die Tür, durch die sie gekommen war, und verschwand dahinter. Die Kamera hatte sich in all der Zeit nicht einmal bewegt. Offenbar war sie nur eine Attrappe.

Kate holte tief Luft. Sie musste Grant treffen. Er sollte ihr sagen, dass alles gut sei und er die Sache im Griff habe. Am frühen Morgen hatte er sie angerufen und um ein Treffen gebeten. Als Kate ihm erzählt hatte, dass Luna seit dem Vorabend verschwunden war, hatte er nur gemeint, sie solle sich keine Sorgen machen. Als ob das so leicht wäre! Kate hatte die ganze Nacht über nicht geschlafen.

Grant hatte ihr empfohlen, unauffällige Kleidung zu

tragen und sich ein Basecap oder etwas Ähnliches tief in die Stirn zu ziehen. Von einer Sonnenbrille hatte er ihr dringend abgeraten, weil die bei dem trüben Wetter die Gesichtserkennung des CCTV in Alarmbereitschaft versetzen würde. Sie solle Schuhe tragen, die sie größer erscheinen ließen und die möglichst unbequem waren, damit ihr Gang sich veränderte. Keine großen Taschen! Ihre Fahrkarte oder ein Taxi solle sie nicht mit der Kreditkarte zahlen, sondern bar. Und sie solle sich möglichst immer in Trauben von Menschen bewegen, niemals allein irgendwo stehen.

Inzwischen war es zwanzig nach sieben. Sie würde aussteigen und die Rectory Lane entlang gehen, nicht zu schnell und nicht zu langsam. Dabei würde sie so tun, als tippe sie etwas in ihr Handy, um unauffällig den Kopf gesenkt halten zu können. Dann würde sie links um die Ecke biegen und auf die Hauptstraße hinaustreten.

Kate holte tief Luft und stieg aus. Kurz darauf reihte sie sich in den Strom der Berufstätigen und Schüler ein, die dem Bahnhof entgegenstrebten. Je näher sie der Tube-Station kam, desto sicherer fühlte sie sich. Die Menschen um sie herum waren ihr Schutzschild. In dieser Masse konnte selbst eine hochmoderne CCTV-Kamera niemanden wirklich erkennen.

Sie ließ sich treiben. Als sie die kleine Vorhalle des Bahnhofs erreichte, erschrak sie. An der Decke befanden sich mehrere Kameras und gelbe Schilder wiesen darauf hin, dass die CCTV-Überwachung in Betrieb war. Irgendwo in London saßen also Menschen vor Bildschirmen und kontrollierten, wer sich hier so herumtrieb. Warum nur hatte Grant darauf bestanden, sich mit ihr in der Northern Line Richtung Tottenham Court Road zu treffen?

Eilig kaufte sie sich am Automaten ein Ticket und ging dann durch die Absperrung, den anderen hinterher. Dicht an dicht schoben sich die Menschen zur Rolltreppe. Diese führte an Werbung für die neusten West End Shows vorbei. Die Fliesen an den halbrunden Wänden waren schmuddelig.

Kate hatte sich in der Menge einen großen Mann ausgesucht, hinter dem sie sich verstecken konnte. Ohne aufzublicken, folgte sie ihm, während sie auf das dunkle Display ihres Handys starrte. Auf dem Bahnsteig hielt sie sich im dichten Gedränge und war zum ersten Mal froh, nicht groß zu sein.

Das müde Murmeln der Leute hallte träge über ihren Kopf hinweg. Dann hörte sie auf einmal ein entferntes Dröhnen aus einem der Tunnel, das sie an die Abwasserrohre ihrer Wohnung in der Laleham Road erinnerte. Schnell kam es näher, mischte sich mit dem metallischen Klappern der Räder auf den Schienen. Eine krächzende Stimme aus den Lautsprechern über ihrem Kopf warnte vor dem einfahrenden Zug. Ein leichtes Zittern ging durch den Betonboden, als die Bahn auch schon herandonnerte.

Der Zug stoppte, und eine Stimme warnte: „Mind the gap, please!" Die Zugtüren öffneten sich. Nun kam Bewegung in die Menge; jeder schien bereit, um einen der freien Sitzplätze zu kämpfen. Die Menschen drängten in den Waggon und schoben Kate mit sich.

Die zuckte plötzlich zusammen. Das war nicht der letzte Wagen! Grant hatte aber gesagt, sie solle unbedingt in den letzten Waggon einsteigen.

„Mist!" Kate fuhr herum, während die Menge sich weiter in den Zug drängte. Mit Hilfe ihrer Ellbogen kämpfte Kate gegen den Strom, Entschuldigungen murmelnd.

Einige Leute murrten. Dann war sie endlich wieder draußen. Sie rannte den fast leeren Bahnsteig entlang, hin zum letzten Waggon, und wusste, dass diese übereilte Aktion ein riesiger Fehler gewesen war. Sie spürte förmlich, wie sie von den Kameras ins Visier genommen wurde. Doch es war zu spät zum Umkehren. Mit einem beherzten Sprung stürzte sie in den letzten Waggon, als die Türen sich auch schon schlossen.

Sie keuchte und spürte, wie einige Leute sich nach ihr umdrehten. Sofort entdeckte sie an jedem Ende sowie in der Mitte des Wagens CCTV-Kameras. Schnell drückte sie sich dicht hinter einen großen, schlanken Mann, der sich an einer Stange über ihrem Kopf festhielt. So unauffällig, wie es ging, blickte sie sich um in der Hoffnung, Grant zu entdecken. Doch der Zug war zu voll. Sie drehte sich um und schaute aus dem Fenster. Draußen sauste der Bahnsteig vorbei, dann fuhr der Zug in den Tunnel. Klar und deutlich sah Kate ihr Gesicht in der Scheibe gespiegelt.

sechsunddreißig

Mit seinen sechzehn Stockwerken konnte man das Hauptquartier der TfL, der Transport for London, in der Victoria Street kaum übersehen. Der Name Windsor House passte nicht so recht zu der modernen gläsernen Front des Turms, die wie eine halb auseinandergezogene Ziehharmonika aussah. Mit seinen dunkel verglasten Fenstern wirkte das Gebäude irgendwie abweisend; es hatte keinerlei Charme.

Tief im Inneren des Windsor House lagen mehrere klimatisierte und fensterlose Räume, deren Wände bis zur Decke mit Bildschirmen ausgestattet waren. Im Dunkel von Raum 51 saß Constable Kelly und nippte an einem Pappbecher mit lauwarmem Kaffee, den sie sich auf dem Flur aus einem Automaten geholt hatte. Flink huschten ihre Augen über die Bilder, die ihr direkt aus den Tunneln des Londoner U-Bahn-Systems geschickt wurden. Alles, was sie sah, geschah in Echtzeit.

Einer der Bildschirme zeigte den Bahnsteig 2 in Camden Town: Ein Mann gähnte herzhaft. Eine Gruppe von Schülerinnen versuchte lachend, einen jungen Mann auf sich aufmerksam zu machen, der nach Kellys Einschätzung an Mädchen keinerlei Interesse hatte. Sie grinste. Zum ersten Mal fiel ihr auf, wie viele Londoner in der morgendlichen Enge der Tube noch einen letzten privaten Moment für sich suchten, bevor ihr Arbeitstag begann. Da wurde auf kleine Displays getippt, um mehr oder weniger wichtige Nachrichten zu senden. Stöpsel wurden in die Ohren gedrückt, um mit geschlossenen Augen noch ein wenig Musik oder die Nachrichten der BBC hören zu können.

Die Northern Line von Edgware bis Morden war eine der elf Londoner U-Bahn-Linien. Jeden Morgen fuhren über zwei Millionen Menschen mit der Tube zur Arbeit und am Abend wieder zurück. Das U-Bahn-Netz war ein gigantisches System aus Schienen und unterirdischen Gängen, Treppen und Fahrstühlen. Da gab es Diebstahl, Gewalt, und Vandalismus. TfL hatte schon vor Jahren die Konsequenzen daraus gezogen und CCTV-Kameras installiert. Die eingehenden Bilddaten wurden unter anderem in den dunklen Räumen des Windsor House überwacht, bis zu dreißig Tage gespeichert und dann gegebenenfalls gelöscht. Die Polizei hatte das Recht, diese Daten einzusehen, wenn ein Verbrechen geklärt oder verhindert werden sollte. Somit waren eigentlich immer Beamte in Windsor House anwesend, sofern die Daten nicht an Scotland Yard geschickt werden konnten.

Kelly hatte sich freiwillig bereit erklärt, gemeinsam mit Constable Walker und Constable Finch an diesem Morgen die Beobachtung der Tube zu übernehmen. Eifrig hatte sie die Northern, die Victoria und die Central Line überwacht; die beiden Kollegen im Nebenraum teilten sich den Rest. Ihre Aufgabe war es, Hinweise auf Ruby Dench alias Luna Loveway und auf Kate Cole zu finden.

Kelly blickte auf einen Bildschirm, auf dem sich soeben die Türen eines Waggons an der Station Camden Town schlossen. Laut Zeitanzeige oben rechts am Bildschirmrand war es kurz vor acht Uhr.

siebenunddreißig

Als sich eine Hand auf Kates Schulter legte, schrie sie auf und fuhr herum.

Entschuldigend lächelte Grant sie an. „Alles okay?"

Kates Herz schlug ihr bis zum Hals. „Schon gut. Ich hatte Sie nicht bemerkt." Sie schluckte und versuchte ebenfalls ein Lächeln, aber es misslang kläglich. „Warum wollten Sie sich gerade hier mit mir treffen? Ich meine, das ist doch gefährlich." Vorsichtig lugte sie an ihm vorbei zu der CCTV-Kamera über ihnen.

„Warten Sie noch einen Moment, Miss Cole!" Er sah aus dem Fenster.

Soeben fuhr der Zug in die Euston Station ein. An dieser Haltestelle würden viele Leute aussteigen. Unsicher blickte Kate zu den Kameras hoch. Wenn nur noch wenige Menschen im Waggon waren, würde sie sich nicht mehr hinter irgendwelchen Rücken verstecken können. Unwillkürlich rückte sich dichter an Grant heran. Sie konnte sein After Shave riechen.

Die Türen gingen auf und die Leute drängten sich lustlos auf den Bahnsteig hinaus. Im Inneren des Zuges war es nun deutlich leerer. Da sah Kate Luna am anderen Ende des Wagens sitzen. Sie knuffte Grant in die Seite.

„Da hinten – Luna!", flüsterte sie und wies auf ihre Freundin, die eine Zeitung in den Händen hielt.

Grant folgte ihrem Blick und schüttelte den Kopf. „Ich hatte ihr gesagt, sie solle die rechte Tür nehmen", zischte er. Dann machte er sich auf den Weg durch den Zug zu Luna.

Kate blieb dicht hinter ihm. „Nehmen Sie es ihr nicht

übel", sagte sie. „Lunas Rechts-Links-Schwäche hat mich vor etwa eineinhalb Jahren fast das Leben gekostet." Grant drehte sich um und sah sie fragend an, doch Kate winkte ab. „Ach, das wollen Sie gar nicht wissen." Dann setzte sie sich neben ihre Freundin, während Grant auf der anderen Seite Platz nahm.

Langsam senkte Luna den „Guardian" in ihrer Hand. „Und, mein lieber Sherlock", sagte sie und sah Grant an, „was soll das hier? Ich meine, wollen Sie uns Ihrem Haddock auf dem Präsentierteller liefern?" Sie wies mit dem Kinn zu der CCTV-Kamera an der Decke.

In dem Moment klingelte Grants Handy. Er nahm das Gespräch an. „Was ist, Kelly?" Er lauschte. „Wie bitte?" Schnell drehte er sich zu der Kamera in der Mitte des Waggons. Sein Mund wurde schmal. „Das lässt sich leider nicht ändern." Er beendete das Gespräch mit einem Schnaufen. Dann lehnte er sich in seinem Sitz zurück.

„Was ist?", wollte Kate wissen.

Luna, die die Stimme im Telefon gut hatte verstehen können, grinste breit. „Das wird er dir nicht sagen."

„Warum?"

Grant mahlte mit seinem Kiefer. „Können wir bitte zum Thema kommen?", verlangte er, doch Luna beugte sich zu Kate hinüber.

„Kelly ist eine Frau und sie scheint uns zu beobachten", flüsterte sie und deutete auf die Kamera an der Decke des Waggons.

Kate fuhr herum und starrte hinauf.

„Sie informierte unseren Freund Grant gerade darüber", fuhr Luna grinsend fort, „dass er hinten langsam eine Glatze bekommt." Dann lachte sie so laut, dass sich die Leute nach ihr umdrehten.

Mit zusammengekniffenem Mund sagte Grant: „Constable Kelly wollte mir nur mitteilen, dass sie dort ist, wo wir es vereinbart hatten." Er blickte Luna an. „Sie sollten Ihr Glück nicht überstrapazieren, Luna."

Sie strahlte ihn an. „Wir treffen uns also hier mit Ihnen, weil wir hier sicher sind, richtig?"

Er nickte. „Ja. Kelly sorgt dafür, dass uns keine, ähm, unbefugte Person sehen kann. Und zwar auf der ganzen Strecke bis Kennington. Dort nehmen Sie beide die Tube zurück und bleiben auf dem Boot, bis ich Ihnen neue Anweisungen gebe."

„Wie bitte?", entfuhr es Kate.

Grant blickte auf seine Hände. „Man hat mich von dem Fall abgezogen, Miss Cole. Ich wurde einem anderen Team zugeteilt. Es tut mir leid. Wir müssen unsere Zusammenarbeit beenden. Ich kann Sie nicht mehr schützen ..."

Kate sprang auf. „Nichts da! Wir haben herausgefunden, dass Bradshaw vor seinem Tod Kontakt zum Mansion House aufgenommen hatte – über seine Geliebte Ann-Mildred White. Und wir wissen von seiner Verbindung zu Allenby. Sie können uns jetzt nicht einfach fallen lassen."

Erstaunt blickten Luna und Grant sie an.

„'schuldigung", murmelte Kate und setzte sich wieder.

„Also gut", entschied Grant. „Ich sage Ihnen, was ich in der Zwischenzeit erfahren habe. Bradshaw kam ins Mansion House, um mit Allenby zu sprechen."

„Woher wissen Sie das?"

„Ich habe Allenby einen Besuch abgestattet. Er sagte, dass Bradshaw ihn mehrfach telefonisch und persönlich zu sprechen wünschte. Bradshaw wollte zurück in die City."

„Das hat der gute Chamberlain natürlich abgelehnt", meinte Kate.

„Ja", sagte Grant. „Allerdings müssen Sie noch etwas wissen: Laut Gerüchteküche hatte Allenby die Unterschlagung der Kundengelder bei Pradwell & Partner zu verantworten. Zuerst dachte ich, dass Bradshaw mit Hilfe von Ann-Mildred White Beweise für die Unregelmäßigkeiten des ehrenwerten Chamberlain gefunden hatte. Aber dann habe ich Allenby direkt auf die Gerüchte angesprochen. Er gab zu, Bradshaw als Bauernopfer benutzt zu haben. Und er behauptete, dass jeder in der City das wusste – auch Bradshaw." Sie fuhren in die nächste Station ein und Grant beugte sich ein wenig vor, um den Bahnsteig mit all den Menschen besser im Blick zu haben. Dann berichtete er weiter: „Allenby zufolge sei es nicht um Erpressung gegangen. Bradshaw habe ihn davon überzeugen wollen, dass er noch immer genial war. Aber Allenby ließ ihn vor die Tür setzen. Er meinte, Bradshaw sei nach dem tiefen gesellschaftlichen Fall psychisch nicht mehr er selbst gewesen. Hatten Sie auch diesen Eindruck, Luna?"

Die Angesprochene legte den Kopf schief. „Ich weiß nicht. Auf mich wirkte er eher, als habe er zu viel Kaffee getrunken. Mehr nicht."

„Nun", mischte sich Kate ein, „bezüglich normalen Verhaltens würde ich Luna nicht als Expertin bezeichnen."

Wieder hielt der Zug und die Türen öffneten sich. Grant blickte prüfend aus dem Fenster, während Kate und Luna versuchten, nicht aufzufallen. Als der Zug wieder anfuhr, entspannte sich Grant ein wenig.

„Wissen Sie, es wundert mich", sagte Kate nach kurzer Zeit, „dass ein Mann wie Bradshaw in seiner Wohnung nicht einen einzigen Computer hatte. Seine ehemalige Vermieterin meinte doch, er habe so viele Geräte und Programme bestellt."

Luna nickte. „Ist mir auch schon aufgefallen. Aber mich würde eher interessieren, was mit der Toten in der Themse ist. Im Fernsehen hieß es, das sei Ann-Mildred White gewesen. Ich meine, das bedeutet doch etwas, oder?"

Grant rieb sich das Kinn. „Die Fälle werden getrennt untersucht. Das Team, für das ich jetzt arbeite, hat den White-Fall übernommen. Ich werde meinem neuen Chef sagen, dass zwischen White und Bradshaw eine Verbindung bestand."

Die drei lauschten dem rhythmischen Rattern der Räder, während sie Kennington entgegenfuhren.

„Die Verbindung zwischen dem Mansion House und Bradshaw wird immer eindeutiger", murmelte Grant. „Außerdem scheint die ganze Sache gefährlicher zu sein, als wir zunächst angenommen hatten", fügte er etwas lauter hinzu. „Zuerst Bradshaws Leiche, jetzt Whites ... Sie müssen die Stadt verlassen."

Luna schüttelte den Kopf. „Nein. Wir bleiben", sagte sie entschieden. „Welche Alternative haben wir denn? Weglaufen? Untertauchen? Uns den Behörden stellen? Das wird alles nicht funktionieren! Also machen wir weiter."

„Das kann ich nicht verantworten", erwiderte Grant.

Kate ignorierte seine Bemerkung. „Wir haben eine Verbindung zwischen Bradshaw und Allenby gefunden." Sie blickte die beiden anderen an. „Wir wissen, dass Bradshaw etwas Großes vorhatte, aber nicht, was es war. Und wir wissen nicht, ob er dafür sterben musste. Also sollten wir das herausfinden, denke ich." Zufrieden lehnte sie sich in ihrem Sitz zurück, denn sie fühlte sich ein wenig wie die Ermittler im Fernsehen. „Priscilla Langley sagte etwas von einer CD. Vielleicht sollten wir erst einmal danach suchen." Dann fiel ihr noch etwas ein: „Hat Scotland Yard eigentlich mit dem Mann vom Sicherheitsdienst im Heron gesprochen?"

Grant schüttelte den Kopf. „In der Nacht gab es keinen Pförtner. Der Mann meldete sich bei seinem Arbeitgeber kurz vor Dienstbeginn krank. Ein Ersatz konnte vor der nächsten Schicht um sechs Uhr morgens nicht gestellt werden."

Luna sprang auf. „Na klar war da jemand!"

Mit zusammengekniffenen Augen sah Grant sie an. „Aber Sie haben doch gesagt, da wäre kein Mensch gewesen, als Sie ankamen."

Luna nickte. „Ja, das stimmt auch. Da war keiner. Sonst hätte ich ja nicht geklingelt. Aber da standen eine Thermoskanne und eine Brotdose auf dem Tresen. Ich bin mir ganz sicher."

Grant schloss die Augen und atmete tief ein. „Als wir ankamen, waren dort weder eine Thermoskanne noch eine Brotdose. Die Firma AB Security gab an, dass keiner ihrer Leute an dem Abend dort gewesen war. Die Putzkolonne kam erst gegen vier Uhr dreißig. Und anderes Personal gab es in der Nacht nicht im Heron."

„Aber da war jemand", beharrte Luna.

Kate mischte sich ein: „Okay, dann gehen wir zu dieser Sicherheitsfirma."

„Nein, das werden Sie nicht tun, sondern wir", sagte Grant energisch.

Luna runzelte die Stirn. „Wir? Ich denke, Sie wurden von dem Fall abgezogen."

Grant blickte zur Kamera hoch. „Constable Kelly macht das."

Luna grinste. „Ist sie hübsch, diese Kelly?"

„Luna! Wie kannst du nur?!", rief Kate.

Ihre Freundin grinste. „Wieso? Ich möchte es einfach wissen. Du doch auch, oder?"

Resigniert schüttelte Kate den Kopf. „Du bist so peinlich!"

„Bitte, versprechen Sie mir, dass Sie die Finger von dem Fall lassen werden", sagte Grant. „Wer auch immer Bradshaw getötet hat, wird sich von Ihnen nicht abhalten lassen. Er wird weiter töten. Die Spur ins Mansion House macht mich mächtig nervös." Er sah Kate eindringlich an.

Die verschränkte bockig die Arme vor der Brust.

„Bitte, Miss Cole. Ich habe die Sache falsch eingeschätzt. Sie ist größer, als ich vermutet hatte. Seien Sie vernünftig! Es ist zu gefährlich."

„Aber wir haben doch schon etwas erreicht." Kate schluckte.

„Ja, zu viel, wie mir scheint."

Kate traten Tränen in die Augen. Sie flüsterte: „Ich will doch nur mein Leben zurückhaben, mehr nicht."

Grant blickte sie lange an, dann legte er seine Hand auf ihren Arm.

Luna drehte sich um. „Oh je, das auch noch."

achtunddreißig

„Hallo Doktor Weinberg!", rief Grant und eilte den Gang im Whipps Cross University Hospital entlang. In dem alten viktorianischen Gebäude tat Jakob Weinberg, der vereidigte Gerichtsmediziner Ihrer Majestät für Ostlondon, schon lange seinen Dienst.

Der Arzt drehte sich um. „Detective Sergeant Grant! Mein Lieber, kommen Sie rein!" Er öffnete die Tür zum Vorzimmer seines Büros und wartete, bis Grant ihn erreicht hatte. „Hannah wird sich freuen, Sie zu sehen. Und wenn wir Glück haben, macht sie uns sogar einen Tee." Er nickte zu der Frau hinter dem Schreibtisch.

Seine Sekretärin blickte über den Rand ihrer Brille und strahlte Grant an. „Detective Sergeant Grant! Was machen Sie denn bei uns?" Mit Schwung schob sie ihren Stuhl zurück und erhob sich, so schnell es ihre gedrungene Gestalt und ihr Alter erlaubte. Dann tippelte sie auf den Besucher zu. „Oh, es ist schön, Sie zu sehen, junger Mann!" Sie musterte Grant von oben bis unten. „Abgenommen?"

Grant legte die Hand auf seinen Bauch. „Ich glaube nicht."

„Sie sollten aber, mein Junge. Wenigstens, bis Sie wieder verheiratet sind." Missfällig deutete sie auf den Ehering an seiner Hand. „Und das da macht es auch nicht einfacher, eine Frau zu finden. Legen Sie den ab! Er ruiniert Ihre Chancen bei den Frauen erheblich."

Doktor Weinberg rollte mit den Augen. „Hannah, das ist seine Sache." Er lachte und nahm Grant mit in sein Büro, wo er ihm einen Stuhl anbot. „Sie ist unglaublich charmant, finden Sie nicht auch, Detective Sergeant?"

Grant nickte und setzte sich auf einen hölzernen Bürostuhl. Der war, wie alles andere in dem Raum, schon recht alt und knarzte gefährlich. Grant blickte sich um: Noch immer gab es in dem Büro keinen Computer.

Doktor Weinberg nahm hinter seinem Schreibtisch Platz und sah Grant lächelnd an. Die Falten um seine Augen waren tiefer geworden, seit sie sich das letzte Mal gesehen hatten.

Als könne Doktor Weinberg Grants Gedanken lesen, meinte er: „Noch drei Monate, zehn Tage und ...", er blickte auf seine Armbanduhr, „... vier Stunden, zwanzig Minuten."

„Rente?"

„Ja! Ich ziehe aufs Land. Fischen, Rosen züchten, Klavier spielen."

„Sie spielen doch gar nicht Klavier."

Doktor Weinberg grinste. „Noch nicht, Grant, aber bald."

„Und Hannah?"

„Sie kommt mit." Damit war also offiziell, was seit vielen Jahren als Gerücht kursierte: Die beiden waren ein Paar.

„Herzlichen Glückwunsch, Doktor!", sagte Grant.

„Danke." Die Augen des Arztes leuchteten.

In dem Moment fiel Grant auf, dass sein Gegenüber unter dem weißen Kittel ein Hawaiihemd trug. „Flitterwochen in der Südsee?"

Irritiert blickte Doktor Weinberg an sich herunter. „Woher ...? Ach so, ja. Hannah hat sich nur ausgebeten, keinen Bikini tragen zu müssen."

„Das ist fair", erwiderte Grant grinsend, als die Tür aufging und Hannah mit dem Tee hereinkam. „Glückwunsch, Mrs Weinberg."

Hannahs Wangen wurden ein wenig rot. Sie stellte die Tasse vor Grant auf den Tisch und meinte: „Noch nicht ganz. Erst am Fünfundzwanzigsten. Sie kommen doch auch, oder?"

Grant nickte. „Gern."

„Bringen Sie jemanden mit?", wollte Hannah wissen, doch ihr zukünftiger Mann unterbrach sie.

„Das geht uns nichts an."

„Oh, doch! Er sieht gut aus, ist ein netter Junge und wenn ich nicht schon vergeben wäre ..." Sie zwinkerte Grant zu. „Aber ich habe mich nun mal für einen anderen entschieden, Detective Sergeant." Dann ließ sie die beiden Männer allein.

„Also, was kann ich für Sie tun, Detective Sergeant Grant?" Doktor Weinberg goss Milch in seinen Becher und reichte dann Grant das Kännchen. „Sie kommen doch nicht wegen eines Plausches in mein Büro."

„Nein?"

„Nein, Sie sind immer so entsetzlich beschäftigt. Als Sie vor sieben Jahren das letzte Mal hier waren, brachten Sie mir fünf Leichen auf einmal." Vorsichtig trank er einen Schluck. „Wie ich hörte, sind Sie plötzlich wieder in London aufgetaucht und arbeiten jetzt für DCI Haddock – der Bradshaw-Fall."

Grant lächelte. „Nein, nicht mehr. Ich wurde gestern DCI Turbridge zugewiesen."

„Oh. Ärger mit Haddock?"

„Könnte man so sagen. DCI Turbridge bat mich jedenfalls, den Bericht über die Tote in der Themse bei Ihnen abzuholen." Grant wusste ganz genau, dass Doktor Weinberg sich weigerte, Berichte per E-Mail zu verschicken – oder überhaupt mit Computern zu arbeiten.

Doktor Weinberg runzelte die Stirn. „Sie wollen den Bericht bei mir abholen? Den hätte ich Ihnen heute doch sowieso per Boten geschickt. Also, mein Junge, warum sind Sie wirklich hier?"

„Ich habe das Gefühl, dass die Tote, die man an der Schleuse gefunden hat, und die Leiche im Heron ... dass die Morde miteinander in Verbindung stehen."

Doktor Weinberg nickte, sagte aber nichts.

Grant überlegte kurz, dann fuhr er fort: „Ich halte es für einen Fehler, die Fälle unabhängig voneinander zu untersuchen."

„DCI Haddock stimmt Ihnen in dieser Sache zu?"

Grant schüttelte den Kopf. „Ich nehme es nicht an. Doktor, Sie kennen DCI Haddock doch schon seit über zwanzig Jahren."

Der Arzt nickte vorsichtig.

„Was können Sie mir über ihn sagen?"

Doktor Weinberg blickte Grant lange an. „Warum fragen Sie? Ermitteln Sie etwa gegen einen leitenden Beamten?"

Grant schwieg.

„Ist das wirklich nötig?", fragte Doktor Weinberg.

Grant nickte. „Ich habe Hinweise, dass DCI Haddock Fehler macht. Ich möchte nicht, dass er darüber stolpert. Nicht so kurz vor seiner Pensionierung." Das war die Wahrheit.

Doktor Weinberg seufzte. „DCI Haddock ist ein übellauniger Terrier, aber ein sehr guter Polizist. Wir mögen uns nicht sehr. Für meinen Geschmack lächelt er zu wenig. Das ist nicht gut für die Seele. Wie viele Polizisten soll auch er private Probleme gehabt haben."

„Welche?"

„Die üblichen: Scheidung, Alkohol und so weiter."

„Und so weiter?"

Doktor Weinberg zögerte. „Nun ja, es hieß, er habe vor einigen Jahren an der Börse spekuliert und eine Menge Geld verloren. Er musste daraufhin sein Haus verkaufen." Traurig sah er Grant an. „War es das, was Sie hören wollten?"

„Es passt ins Bild", erwiderte Grant. „Und es gefällt mir nicht." Die Indizien, dass Haddock bestechlich war, verdichteten sich. Und immer wieder schien es eine Verbindung zu dem toten Finanzmann Bradshaw zu geben. Zunehmend wurde ihm Haddocks Rolle in dem Spiel klar. Ein altgedienter Polizist, der im Auftrag des Chamberlain of London die Untersuchungen in einem Mordfall manipulierte. Höchstwahrscheinlich gegen Geld. Sie hatten sich mit mächtigen Leuten in der City angelegt. Wo auch immer die City auftauchte, ging es um viel Geld. Grant dachte an den Umschlag, den Haddock erhalten hatte.

„Aber ich bleibe dabei, Detective Sergeant Grant: DCI Haddock ist ein guter Polizist. Er ist akkurat und verlässlich, hat jahrzehntelange Erfahrung und seine Fallstatistik ist hervorragend, wie ich hörte. Die Probleme, die er hatte, sind in Polizeikreisen nicht ungewöhnlich. DCI Haddock hatte sie mit Sicherheit bestens im Griff."

Müde nickte Grant. „Gerade deshalb frage ich mich, was mit ihm los ist, Doktor. Seine Fehler könnten ihn den Job und die Pension kosten. Ich verstehe das nicht."

Sie schwiegen eine Weile, dann räusperte sich Doktor Weinberg. „Die Ergebnisse für die Tote aus der Themse liegen noch nicht alle vor. Ich hatte zu viel zu tun. Aber ich kann schon jetzt sagen, dass es sich tatsächlich um Ann-Mildred White handelt." Er stand auf und griff nach einer Akte, die auf einem halbhohen Schrank lag. „Eine

Identifikation über ihre Fingerabdrücke oder ihr Passfoto war leider nicht mehr möglich – zu viele Schiffsschrauben und Fische. Allerdings konnte ich einen DNA-Schnelltest durchführen. Das endgültige Ergebnis liegt aber erst morgen früh vor."

„Wie starb sie? Ein Unfall?"

Doktor Weinberg räusperte sich. „Ich fand Schrotkugeln in ihrem Körper." Er schüttelte den Kopf. „Nein, ich denke, einen Unfall können wir ausschließen."

„Schrot?"

Doktor Weinberg klappte die Akte wieder zu. „Ich kann noch nicht sagen, ob sie daran starb."

„Der Tote im Heron wurde mit einer Schrotflinte erschossen. Gibt es irgendwelche anderen Zusammenhänge, die uns helfen könnten?"

„Der Tote aus dem Heron lag nicht auf meinem Tisch. Ich nehme an, einer meiner Kollegen in der City hat das übernommen."

„Und der Bericht?"

„Nun, der ging sicherlich direkt an den Leiter der Ermittlung, DCI Haddock." Doktor Weinberg blickte Grant lange an. „Soll ich sehen, ob ich eine Kopie bekommen kann?"

Grant schüttelte den Kopf. „Nein, danke. Das wäre zu viel verlangt."

Doktor Weinberg nickte. „Verstehe. Zu der Toten in der Themse, dieser White, kann ich jedoch noch sagen, dass sie sich heftig gewehrt haben muss. Ich habe Hautfetzen unter einem der verbliebenen Fingernägel gefunden. Und sie war schwanger. Ihr neuer DCI bekommt den vollständigen Bericht morgen früh."

„Danke", sagte Grant nachdenklich und erhob sich.

Doktor Weinberg begleitete ihn zur Tür.

Bevor er das Büro verließ, fiel Grant noch etwas ein: „Doktor, könnten Sie herausfinden, ob Bradshaw der Vater von Miss Whites ungeborenem Kind war? Und ob die DNA unter dem Fingernagel von ihm stammt?"

Doktor Weinberg zögerte. „Ich will sehen, was ich tun kann."

neununddreißig

„Und? Wie läuft es so?" Grant schaute auf die Anzeigetafel über der Fahrstuhltür, während er neben Kelly stand und wartete.

„Ganz gut", sagte sie und blickte vorsichtig zu dem Kollegen auf ihrer anderen Seite, der erst kürzlich seinen Dienst angetreten hatte. „Hi, Patrick. Wie war Ihr erster Tag bei uns?"

Der junge Mann strahlte sie an. „Oh, ich denke, bestens. Der DCI meinte, ich hätte ..."

Da fiel Kelly ihm ins Wort. „Sind Sie denn schon fertig?"

Er stockte. „Fertig? Womit?"

Kelly blickte ihn erstaunt an. „Na, mit dem Abwasch."

„Abwasch?" Der Neue warf Grant einen hilfesuchenden Blick zu, doch Grant starrte weiter auf die Anzeige.

„Ja doch", fuhr Kelly fort. „Jeder Neue muss hier erst einmal einen Monat lang die Teeküche in Ordnung halten. Das ist bei uns so üblich. Hat Ihnen das keiner gesagt?"

Patrick schüttelte den Kopf.

Kelly zählte mit den Fingern ihrer rechten Hand auf, während sie ihn ernst ansah. „Der grüne Becher gehört DCI Turbridge, der mit der Queen gehört DCI Clay und der mit der Bulldogge DCI Haddock. Alle drei müssen zuerst abgewaschen werden. Also, wenn ich Sie wäre ..."

Der Neue eilte in die Küche.

„Nehmen Sie nicht zu viel Spülmittel. Das ist ungesund", rief Kelly ihm noch hinterher.

„Das war nicht nett, Kelly", sagte Grant grinsend und trat in den Fahrstuhl, dessen Tür sich soeben geöffnet hatte.

199

„Ich weiß, aber sonst hätten wir uns nicht ungestört unterhalten können, Sir", erwiderte Kelly und folgte ihm schnell, bevor sich die Türen wieder schlossen.

„Sind Sie sicher, dass das der einzige Grund war?", fragte Grant.

Kelly antwortete nicht, sondern legte gleich los: „DCI Haddock hat weitere Kollegen abgestellt, um die CCTV-Aufnahmen in der gesamten City zu überprüfen. Die Fahndung nach Kate Cole ist auch raus. Ihre Wohnung wurde durchsucht und ihre Kollegen befragt. Familie hat sie keine."

„Einen Ehemann oder Freund?"

Kelly schüttelte den Kopf. „Nein. Ihre Kollegen sagen, sie sei schweigsam und eher der Typ Einzelgänger, aber sehr verlässlich. Ihre Freundinnen müssen vorsichtiger sein, Sir! Dieses Mal hatten wir Glück. Noch einmal wird das nicht funktionieren." Sie wischte sich die Hände an der Uniformhose ab.

„Nervös?"

Kelly nickte. „Außerdem habe ich im System die sicher-gestellten Beweismittel gecheckt. Eine Tüte fehlt."

Grant atmete tief ein. „Was war drin?"

„Einer der Leute von der Spurensicherung meinte, es könnte ein Knopf gewesen sein." Sie blickte ihn an. „Sie wissen, was das bedeutet."

Grant schwieg.

„Sie sollten es melden, Sir."

Grant schüttelte den Kopf. „Noch nicht."

Kelly überlegte eine Weile, dann sagte sie: „Wissen Sie, Sir, ich mache das nicht Ihretwegen."

„Ich weiß, Kelly."

„Nein, Sir, wissen Sie nicht!", entfuhr es ihr.

Fragend blickte Grant sie an.

Kelly räusperte sich. „Entschuldigung."

„Nein, schon in Ordnung. Was wollten Sie sagen, Kelly?"

„Mein Vater ist Polizist, mein Onkel auch und mein Großvater gehörte ebenfalls zur Truppe. Sie wollten nicht, dass ich den Job mache – es sei zu gefährlich: cracksüchtige Kids mit Pumpguns, prügelnde Ehemänner im Suff, Bandenkriege, irre Demonstranten."

„Und?"

Sie lachte. „Na ja, sie hatten keinen Erfolg, wie man sieht. Jetzt wühle ich im Müll oder gehe von Haus zu Haus und befrage Leute, ich werte die Aufnahmen von CCTV-Kameras aus ..."

„Und?"

Sie zögerte. „Ich will nicht, dass jemand das, wofür ich jeden Tag aufstehe, arbeite und vielleicht sogar mein Leben riskiere ... Ich will nicht, dass jemand das in den Dreck zieht."

Grant nickte.

„Und wenn sich herausstellt, Sir, dass einer meiner Vorgesetzten ..."

„Ich könnte falsch liegen, Kelly. Vielleicht ist DCI Haddock einfach nur ein Fehler unterlaufen. Auch Vorgesetzte sind Menschen, habe ich gehört." Er versuchte ein Lächeln.

„Ja, Sir, aber wenn es nicht so ist?" Sie schluckte. „Dann haben wir eine faule Kartoffel im Yard. So etwas ist ansteckend."

Sie hatten den Ground Floor erreicht und die Fahrstuhltüren öffneten sich. Kelly und Grant traten in die Halle.

„Schade, dass Sie mir nicht trauen, Sir."

Grant blickte sie an. „Kelly, ich traue Ihnen mehr, als

Sie denken. Halten Sie die Augen offen. Solange wir nicht wissen, was hier los ist, sollten Sie schön vorsichtig sein. Ich habe Kollegen schon wegen weniger gehen sehen. Wenn es hart auf hart kommt, übernehme ich die volle Verantwortung. Sie haben dann nur auf meine Anweisung gehandelt. Klar?"

„Ja, Sir."

vierzig

Es war schon erstaunlich, was man mit einer elegant vorgebrachten Lüge alles erreichen konnte. Kate hatte sich für ein Uhr mit Kenneth P. Tasley, einem der Makler für das Heron-Appartementhaus, in der Moor Lane verabredet. Der Hut mit der breiten Krempe auf ihrem Kopf hätte ihr jederzeit den Eintritt zum Pferderennen in Ascot gesichert. Sehr viel wichtiger aber war, dass er sie vor den CCTV-Kameras schützte.

Nun betrat Kate also zum zweiten Mal in ihrem Leben die Eingangshalle des Heron. Sie fühlte sich denkbar unwohl. Ob es war, weil sie den Makler angelogen hatte oder weil sie an die Flecken an der Wand im neunundzwanzigsten Stockwerk denken musste, konnte sie nicht sagen.

„Kenneth P. Tasley!" Ein Mann im Maßanzug, etwa Mitte dreißig, kam mit ausgestreckter Hand auf sie zu. Er hatte graumelierte Schläfen, was ihm eine gewisse Vertrauenswürdigkeit verlieh. Mit einem breiten Lächeln und taxierendem Blick reichte er ihr die Hand. „Sie müssen Mrs French sein. Sehr erfreut!"

Kate zwang sich zu einem Lächeln. „Ebenfalls. Mein Chef, Mr Cox, sucht in London eine standesgemäße Bleibe. Seine Geschäfte führen ihn oft von New York hierher. Und er hasst Hotels."

Der Makler nickte eifrig. „Ja, ich wurde informiert. Bitte kommen Sie!"

Er führte sie zu dem Fahrstuhl, vor dem sie wenige Tage zuvor gemeinsam mit Grant gewartet hatte. Sie schluckte. Während sie nach oben fuhren, sprach der Makler über die vielen Vorzüge des Hauses, zu dem ein Fitnesscenter

203

gehörte sowie ein Club, dessen Mitgliedschaft man mit dem Erwerb einer Wohnung erhielt, ein Restaurant und so weiter. Kate nickte in angemessenen Abständen. Wie zufällig stellte Mr Tasley auch kleine Fragen, um zu ergründen, ob es sich bei ihrem „Chef" wirklich um den Mr Cox handelte, der laut Website einer der wichtigsten Männer bei American Express in New York war. Zum Glück hatte Kate sich gut vorbereitet.

Im achtundzwanzigsten Stockwerk stiegen sie aus dem Fahrstuhl. Der Flur war absolut identisch mit dem in der Etage darüber. Kate hielt kurz die Luft an. Die Bilder aus Bradshaws Wohnung drängten sich immer wieder in ihren Kopf. Als sie schließlich durch die exklusiv eingerichtete Musterwohnung ging, atmete sie tief durch, um sich besser konzentrieren zu können. Beiläufig öffnete sie einige Schränke in der auf Hochglanz polierten schwarzen Küche, blickte kurz zu St Paul's hinüber und drehte sich dann zu dem Makler.

„Hübsch, wirklich hübsch, Mr Tasley. Ich denke, wir nehmen das Appartement." Der Makler blickte sie mit einem breiten Lächeln an und Kate glaubte, Dollarzeichen in seinen Augen sehen zu können. Sie merkte, wie ihre Hände feucht wurden. Langsam sollte sie mit ihrer Befragung beginnen. „Mr Cox hörte, dass es kürzlich einen ... na, sagen wir ... unglücklichen Zwischenfall im Haus gegeben haben soll. Ist das korrekt?" Sie lächelte, als sie sich auf das weiße Ledersofa setzte. Auf dem niedrigen Tisch vor ihr standen eine Flasche Champagner und zwei Gläser.

Der Makler beeilte sich, die Flasche zu öffnen, was ihm zugleich noch einige Sekunden gab, die richtige Antwort auf die Frage zu finden. Er riss die Goldfolie am Kopf der Flasche auf und begann, am Korken zu drehen.

„Nun ..." Es machte Plopp, und Tasley ließ das prickelnde Nass in die Champagnerkelche laufen. „Ein Unfall, würde ich sagen." Er reichte Kate ein Glas.

„Haben Sie keine Sicherheitseinrichtungen im Haus?", fragte Kate und nahm das Glas aus seiner Hand.

„Oh, aber natürlich."

Es folgte eine Aufzählung der im Preis inbegriffenen Sicherheitsvorkehrungen. Kate, die ihre Aufregung nur schwer unter Kontrolle halten konnte, nippte an dem Glas und tat so, als würde sie zuhören. Als Mr Tasley seinen Vortrag beendet hatte, war ihr Glas halb leer.

„Mr Cox meinte, den Toten gekannt zu haben. Ein Investmentbanker, Bradshaw, richtig?"

Der Makler trank eilig sein Glas aus. Sein Lächeln war verschwunden. „Ja, so hieß er. Aber es gibt ja viele Männer mit dem Namen Bradshaw, nicht wahr?" Er goss Kate und sich nach.

Je nervöser er wurde, desto ruhiger wurde Kate. Sie beugte sich vor und meinte in verschwörerischem Ton: „Ich hörte, Bradshaw war schon lange insolvent, wenn Sie verstehen, was ich meine. Wie konnte er sich eine Wohnung in diesem wunderbaren Haus leisten? Geben Sie Rabatte?"

Der Makler atmete auf. Offenbar glaubte er nun zu verstehen, was Kate wollte.

„Für besondere Kunden machen wir gelegentlich Ausnahmen", sagte er.

„Und Mr Bradshaw war so ein besonderer Kunde?"

Der Mann räusperte sich. „Im Falle von Mr Bradshaw gab es tatsächlich ein zeitlich begrenztes Arrangement."

„Ja?" Sie nahm einen weiteren Schluck von dem Champagner und fand, dass dieses Getränk eindeutig überbewertet wurde.

„Mr Bradshaw kaufte ein Appartement und mietete die daneben liegende Wohnung gleich mit. Er meinte, er brauche dringend mehr Platz", erklärte der Makler und lächelte. „Er schien zu überlegen, ob er die zweite Wohnung ebenfalls kaufen sollte."

Kate verschluckte sich. „Zwei Wohnungen?", fragte sie hustend. „Dann ist wohl an den Insolvenzgerüchten nicht viel dran, vermute ich." Sie räusperte sich ein paarmal. „Was wird denn nun aus der Wohnung? Verkaufen Sie sie noch einmal?"

Mr Tasley nickte vorsichtig.

„Oh, was für ein gutes Geschäft für Sie! Eine Wohnung in so kurzer Zeit zweimal zu verkaufen – das bringt doch sicherlich gute Provisionen."

Der Makler schien nicht so begeistert zu sein. „Leider nicht. Mr Bradshaw hatte die eine Wohnung nur angezahlt. Der Verkauf kam so gesehen nicht zustande. Und für die andere Wohnung hatte er nur eine Monatsmiete bezahlt."

Mit einem bedauernden Blick erhob sich Kate. „Oh, Sie Ärmster! Dürfte ich Mr Bradshaws Mietwohnung einmal sehen?"

Der Makler sah sie fragend an.

„Nun, Mr Cox hat eine ..." Sie zögerte vielsagend. „Nichte. Er plant, ihr in London eine kleine Wohnung zu finanzieren."

„Ah, ich verstehe." Mr Tasley stand auf und geleitete Kate hinaus. Dann fuhren sie mit dem Fahrstuhl in den neunundzwanzigsten Stock.

Die Wohnung neben Bradshaws Appartement war vom Schnitt her identisch, jedoch leer. Kate sah sich um.

„Wie ich sehe, haben Sie die Möbel bereits fortgeschafft."

Sie ging durch die leeren Räume und war sich darüber im Klaren, dass sie einem Geheimnis von Norman Bradshaw auf der Spur war.

„Die Wohnung war bereits leer, als wir sie öffneten."

„Ach."

„Ja, wir fragten uns auch, wofür er die Wohnung gemietet hatte, wenn er sie gar nicht benötigte."

Kate erwiderte nichts. Sie trat an das Fenster mit dem schmalen Balkon davor. Zu ihren Füßen lag die City of London. Der Ausblick war atemberaubend. Es musste für Bradshaw ein erhabenes Gefühl gewesen sein, so auf die City herabschauen zu können.

„Sie wissen nicht zufällig, wer die Erben von Mr Bradshaw sind, Miss French?", erkundigte sich der Makler vorsichtig.

Kate sah ihn aufmerksam an. „Warum?"

Der Mann druckste ein wenig herum. „Nun, für diese Wohnung gibt es eine auffallend hohe Stromrechnung, und wir fragen uns natürlich, an wen wir sie schicken können." Er lächelte fast entschuldigend.

Sie schüttelte den Kopf. „Nein, tut mir leid." Da bemerkte sie zu ihren Füßen mehrere runde Abdrücke im Staub – direkt vor dem Fenster. Sie beugte sich hinunter. Es waren dreimal drei Punkte, die jeweils ein Dreieck ergaben. Die Spitzen zeigten hinaus auf die City. Kate runzelte die Stirn und fragte sich, was da gestanden haben mochte. Ihre Finger begannen zu kribbeln. Sie musste unbedingt Luna anrufen! Schnell drehte sie sich zu dem Makler. „Wunderbar, Mr Tasley. Ich denke, wir nehmen diese und die Bradshaw-Wohnung."

Der Makler schien erleichtert. Es war sicherlich schwierig, eine Wohnung zu verkaufen, in der ein Toter gelegen hatte – selbst eine Wohnung mit dieser Aussicht. Er begleitete Kate zum Fahrstuhl und fuhr mit ihr nach unten.

Kaum hatte sich die Fahrstuhltür geöffnet, drängte Kate sich an Mr Tasley vorbei. Im Gehen rief sie ihm noch zu: „Unsere Rechtsabteilung wird sich mit Ihnen in Verbindung setzen, um die Details zu besprechen." Plötzlich fiel ihr auf, wie selbstverständlich sie inzwischen mit Lügen umging. Ja, für einen Moment hatte sie tatsächlich geglaubt, im Auftrag ihres Chefs zwei Luxusappartements zu kaufen. Erschrocken über sich selbst verließ sie eilig das Gebäude. Vor der Tür nahm sie mit leicht zitternder Hand zwei Pfefferminzbonbons aus der Tüte in ihrer Tasche und steckte sie sich in den Mund. Sie hatte perfekt gelogen, und das beunruhigte sie.

einundvierzig

Es war noch nicht einmal sieben Uhr in der Frühe. Kate lag in ihrem Feldbett und lauschte den Wellen. Seit sie auf der Freedom Maker lebte, hatte sie gelernt, die verschiedenen Wellen im Kanal zu unterscheiden. Da gab es die Wellen, die der Waterbus machte, wenn er die Touristen knatternd in Richtung Little Venice brachte. Sie wurden von einem kakophonischen Sprachgeschnatter nebst metallischer Sightseeing-Ansage begleitet, welche die Sehenswürdigkeiten am Kanal erklärte. Dann gab es die etwas höheren Wellen, die das Boot von Steven the Looman machte, der von Boot zu Boot fuhr, um die Abwässer aus den Tanks abzupumpen. Am besten aber gefielen Kate die Wellen, die entstanden, wenn der Wind ein wenig kräftiger wehte. Sie brachten die Freedom Maker ganz leicht zum Schaukeln. Und dieses Schaukeln erinnerte Kate an etwas Schönes aus ihrer Kindheit.

Sie schob den Gedanken beiseite und setzte sich auf. Es war nicht der richtige Zeitpunkt, über früher nachzudenken, wenn sie nicht einmal wusste, ob sie am Abend noch auf dem Boot sein würde. Sie warf ihren Morgenmantel über und schlurfte in die Pantry.

Gerade hatte sie den Kessel mit Wasser gefüllt und suchte das Feuerzeug, um den Herd anzuzünden, als ihr Blick aus dem Fenster fiel. Für einen kurzen Moment glaubte sie, einen Schatten gesehen zu haben. Ihr Herz setzte vor Schreck aus. Den Kessel noch in der Hand, starrte Kate aus dem Fenster. Auf der anderen Seite des Wassers hingen die Zweige einer großen Weide ins Wasser, dümpelte eine Plastiktüte vor sich hin. Sie lauschte, doch nichts war zu hören.

„Kate Cole!", schalt sie sich. „Du wirst hysterisch." Sie schüttelte den Kopf, obwohl es ihr nicht verwunderlich erschien, dass sie ein wenig überreagierte. Schließlich wurde sie von der Polizei gesucht. Sie stellte den Kessel ab und wollte gerade den Herd anzünden. Plötzlich stockte sie. Über ihr, auf dem Dach, hatte sie ganz deutlich Schritte gehört. Um nicht zu schreien, hielt sie sich die Hand vor den Mund.

Jetzt kommen sie, dachte sie panisch. Sie war sich sicher, dass die Freedom Maker bereits von Beamten des Scotland Yard umstellt war: Männer und Frauen in Schusswesten, mit Pistolen und Handschellen, die man um ihre Handgelenke legen würde. Ihre Knie wurden weich. Sie musste unbedingt Luna wecken! Vielleicht konnten sie noch fliehen. Vorsichtig schlich sie nach hinten, immer darauf bedacht, sich rechtzeitig zu bücken, wenn sie an einem Fenster vorbeikam.

Als sie im Heck angekommen war, starrte sie auf Lunas Bett. Es war leer; ihre Freundin hatte offenbar überhaupt nicht darin geschlafen. Kate wurde schwindelig. Dann erinnerte sie sich an die Polizisten vor der Tür.

Okay, ich stelle mich, überlegte sie. Ich lasse mich nicht für eine Freundin, die mir nicht einmal sagt, wo sie übernachtet, erschießen.

Sie holte tief Luft. Dann lief sie die drei Stufen hinauf und öffnete entschlossen die Tür. Mit erhobenen Händen stand sie an Deck und blickte sich um. Mr Bean kläffte irgendwo in der Jealous Goose.

„Worauf warten Sie noch?", rief Kate den unsichtbaren Beamten zu. „Verhaften Sie mich!"

Sie horchte. In der Ferne rauschte unablässig der Londoner Stadtverkehr, eine Sirene heulte irgendwo, sonst nichts. Da hörte sie plötzlich direkt hinter sich ein Klicken. Sie fuhr herum. Mrs Beanley stand am geöffneten Fenster ihres Bootes.

„Was machen Sie denn da, meine Liebe?", wollte die Nachbarin wissen.

Erschrocken blickte Kate die Frau an. „Ich, ähm ... Da war jemand auf unserem Dach. Ich habe es genau gehört." Ihr Blick huschte noch einmal über den Kai, wo sich noch immer keine Polizeimannschaften tummelten. „Vielleicht habe ich mich aber auch getäuscht", fügte sie vorsichtig hinzu.

Die Nachbarin nickte. „So wird es sein, Kindchen. Gehen Sie wieder rein!"

Kate seufzte. Dann fiel ihr noch etwas ein. „Mrs Beanley?"

Ihre Nachbarin hatte das Fenster schon fast geschlossen, öffnete es aber nun wieder. „Ja?"

Kate ging einen Schritt auf sie zu, wobei sie sich an der Reling festhielt. „Mrs Beanley, hatten Sie kürzlich Besuch auf Ihrem Schiff?"

Die Frau lachte. „Aber, Kindchen! Was denken Sie denn? In meinem Alter!" Sie schüttelte den Kopf und schloss das Fenster.

Kate war sich unsicher, was sie nun tun sollte. Irgendwie hatte sie den Eindruck, dass Mrs Beanley mehr wusste, als sie sagte. Sie band sich den Gürtel ihres Morgenmantels fester um die Taille, kletterte von der Freedom Maker und lief zur Jealous Goose hinüber.

Die Vorhänge vor den Fenstern waren zugezogen, aber etwas sagte Kate, dass Mrs Beanley nicht zurück ins Bett gegangen war. Sie klopfte an die pinke Tür mit dem goldfarbenen Rand und wartete. Üppige Hängebegonien

211

hingen in ihren Plastiktöpfen genau neben ihrem Kopf. Deutlich hörte Kate eine Männerstimme hinter der verschlossenen Tür.

„Also doch!", murmelte sie. In dem Moment wurde die Tür geöffnet und Mr Bean kam kläffend die kleine Treppe zu ihr hochgeeilt.

„Oh, Sie!", rief Mrs Beanley und lächelte. „Was kann ich für Sie tun, meine Liebe?"

„Haben Sie Besuch, Mrs Beanley?", fragte Kate.

„Aber Kindchen, das klingt ja wie ein Verhör. Was ist denn mit Ihnen?"

Kate sah sie eindringlich an. „Ich habe schon seit einiger Zeit das Gefühl, dass uns jemand beobachtet. Und ich möchte gern wissen, wer das ist."

„Oh!" Mrs Beanley wurde plötzlich blass. „Das sollten Sie der Polizei melden, meine Liebe! Mit so etwas ist nicht zu spaßen. Nicht, dass ich Angst um meine Sicherheit hätte." Sie lachte. „Dafür bin ich zu alt. Aber Sie und Ihre Freundin ... So jung!"

„Sie haben also keinen Besuch?", fragte Kate noch einmal und blickte Mrs Beanley über die Schulter. Doch außer dem Couchtisch, auf dem ein Laptop und eine Tasse standen, konnte sie nichts sehen.

Mrs Beanley schüttelte den Kopf. „Nein, ich hatte mein Radio an."

„Sie haben einen Computer?" Kate zeigte auf den Laptop.

Mrs Beanley nickte eifrig. „Ja, den hat mir mein Sohn geschenkt. Er findet, ich solle nicht stehen bleiben. In meinem Alter müssten die grauen Zellen immer fit bleiben, sagt er. Guter Junge. Leider besucht er mich nur sehr selten. Er ist Arzt – im Norden, wissen Sie? Gute

Praxis, aber er hat eine schlechte Frau geheiratet. Möchten Sie meine Enkelkinder sehen?" Sie drehte sich um, wohl um ein Fotoalbum zu holen.

„Nein, danke. Vielleicht ein anderes Mal." Kate machte sich auf den Weg zurück. „Bitte entschuldigen Sie die Störung, Mrs Beanley."

zweiundvierzig

„Wir müssen vorsichtiger sein", sagte sie und zündete sich eine Zigarette an.

Er schüttelte den Kopf. „Sie müssen wissen, mit wem sie es zu tun haben."

Die Frau stand auf und ging zum Fenster. „Sie wissen es doch."

Wieder schüttelte der Mann den Kopf. „Unsinn! Sie glauben, ihr Gegner sei die Polizei. Sie haben noch nichts begriffen."

„Glaubst du, sie werden es schaffen?", fragte die Frau und inhalierte den Rauch ihrer Zigarette.

Er zog den Laptop zu sich heran und drückte auf einen kleinen Knopf. Mit einem Surren fuhr der Computer hoch.

„Ich werde ihnen helfen", sagte er. „Aber unsere Bewegung braucht Märtyrer."

Sie nickte. „Stimmt. Aber lieber die beiden als du."

dreiundvierzig

„Sergeant Grant und Constable wie?"
Der vierschrötige Mann lehnte sich über
seinen Schreibtisch zu Kate und Luna.
„Ihr seid Polizistinnen?"

Kate nickte halbherzig und Luna verschränkte die
Arme vor der Brust. „Was dagegen?", fragte sie.

Irgendwann am Vormittag war sie wieder auf der
Freedom Maker aufgetaucht, hatte Kate aber nicht verraten
wollen, wo sie die Nacht verbracht hatte. Ihre Freundin
hatte es schließlich aufgegeben, danach zu fragen, und
gemeinsam hatten sie beschlossen, Malcolm Simmons,
dem Besitzer und Geschäftsführer von AB Security, auf
den Zahn zu fühlen. Aber das schien nicht so leicht zu
sein, wie sie es sich vorgestellt hatten.

Der Mann warf seinen Kopf nach hinten und begann
zu lachen. Es kam tief aus seinem Inneren und klang, als
würde es nie wieder aufhören.

„Ihr Polizistinnen? Niemals!"

Als er sich die Tränen mit einem großen Taschentuch
aus den Augen wischte, war Kate und Luna klar, dass der
Trick nicht funktionierte. Schon gar nicht ohne Grants
Dienstausweis.

„Wunderbar!", japste Simmons. „Ihr seid herrlich!"
Doch dann verzerrte sich sein Gesicht plötzlich. „Also,
was wollt ihr von mir?"

Kate und Luna sahen sich an. Während Simmons auf
ihre Antwort wartete, öffnete er eine Schublade seines
Schreibtisches und holte eine Pistole heraus.

„Du da!" Er wies mit der Waffe auf Luna. „Du bist diese
Verrückte, die Bradshaw umgebracht hat. Und du bist ihre

Freundin, die Scotland Yard auch sucht", sagte er zu Kate. „Ich war über zwanzig Jahre bei dem Verein und seit zehn Jahren bin ich Chef von AB Security. Mir macht ihr nichts vor." Er legte die Waffe vor sich auf den Tisch. „Aber ihr seid harmlos. Jedenfalls für mich. Für die anderen seid ihr so etwas wie Hämorriden – wenn ihr versteht, was ich meine."

Kate schüttelte den Kopf, ohne die Waffe aus den Augen zu lassen.

Luna war die Erste, die ihre Stimme wiederfand. „Ihr Wachmann aus dem Heron – wo ist er? Wir müssen ihn sprechen", krächzte sie.

Simmons überlegte eine Weile. „Meint ihr nicht, dass ihr euch mit zu mächtigen Leuten angelegt habt?"

Trotzig schüttelte Luna den Kopf. „Glaube ich nicht."

Simmons beugte sich zu ihr hinüber. „Weißt du eigentlich, von wem ich rede?"

„Klar. DCI Haddock."

Ein neues Lachen dröhnte durch den Raum. Es schien die Aktenordner in den Regalen erzittern zu lassen.

„Haddock! Der beißt doch bloß den Briefträger und holt die Zeitung für seinen Herrn", rief Simmons.

„Wer ist es denn dann?", fragte Luna.

Der Mann schwieg.

„Sie müssen es uns schon sagen!", mischte sich Kate ein.

Simmons blickte sie fragend an. „Wieso?"

Kate zuckte mit den Schultern.

„Es geht um Geld, viel Geld", versuchte Luna ihr Glück.

Simmons lächelte. „Geht es nicht immer irgendwie um Geld? Die, die es haben, wollen mehr, und die, die es nicht haben, wollen es auch. Der eine mordet dafür, der andere betrügt, aber die wenigsten arbeiten, um es zu bekommen."

„Und Sie, Mr Simmons – zu welcher der drei Gruppen gehören Sie? Morden, betrügen oder arbeiten?", entfuhr es Luna.

Der Mann antwortete nicht, sondern nahm die Waffe in die Hand und betrachtete sie lange. Schließlich sagte er: „Wusstet ihr, dass man Bradshaw die Unterschlagung, die Urkundenfälschung und den ganzen Rest untergejubelt hatte? Er war sauer."

„Ja. Allenby lieferte ihn damals ans Messer, heißt es", entgegnete Kate.

„Und was meint ihr, warum Bradshaw das im Prozess nicht gesagt hat?", fragte der Mann und lachte. „Weil ihm keiner geglaubt hätte, wenn er gegen den ehrenwerten Allenby ausgesagt hätte. Abgesehen davon bezahlte Pradwell & Partner Bradshaws Anwälte. Ist das nicht paradox? Erst zeigen sie ihn an und dann bezahlen sie seine Verteidigung." Das Ganze schien ihn ziemlich zu amüsieren. Doch dann wurde er wieder ernst. „Mädels, ihr müsst eines begreifen: Allenby und die ganze City-Clique sind unantastbarer als die Queen." Er erhob sich. „Kommt mit! Ich will euch etwas zeigen."

Die beiden Frauen starrten ihn an. Er musste fast zwei Meter groß sein. Dann folgten sie ihm durch sein Reich. Hinter dem Büro befanden sich Lagerräume, deren Sicherheitsvorkehrungen filmreif waren. Simmons ging zu einer Tür, tippte einen Zahlencode auf einer Tastatur ein und legte dann seine Hand auf das Display daneben. Ein grüner Lichtstreifen tastete die Innenfläche seiner Hand ab und mit einem Klick öffnete sich die Tür.

Der Raum vor ihnen war stockdunkel. Simmons

schaltete das Licht ein und die Frauen sahen eine Halle mit Regalen an den Wänden und Tischen in der Mitte. Überall lagen elektronische Teile herum, hier und da eine schusssichere Weste. Während Simmons auf einer weiteren Tastatur neben der Tür noch einmal etwas eintippte, erklärte er, dass viele Firmen in der City die Dienste von AB Security nutzten. Der Schutz von Bürogebäuden sei der wichtigste Teil der Arbeit, sie übernahmen aber auch Begleitschutz und andere besondere Dienste, wie er es nannte.

Kate sah sich um. Dann zeigte sie auf mehrere große Kartons an einer Wand und fragte: „AB Security zieht um?"

„Hm, so ähnlich", erwiderte Simmons. „Ich habe den Laden verkauft." Er ging durch die Halle; Kate und Luna folgten ihm.

„Was sind das für besondere Dienste, die AB Security anbietet?", wollte Luna wissen, doch Simmons antwortete nicht. Die Frauen warfen sich einen fragenden Blick zu.

Sie kamen zu einem kleinen Seitenraum. Simmons trat vor einen Augenscanner und blickte hinein. Nach wenigen Sekunden öffnete sich die Tür und Simmons schaltete das Licht ein. Kate und Luna sahen unzählige Bildschirme an der Wand sowie ein Pult mit Computertastaturen davor. Auf den Monitoren waren Parkhäuser, Treppen, Flure und Haustüren, aber auch Wohnzimmer zu sehen.

„CCTV?", fragte Kate.

„Sozusagen." Simmons setzte sich und tippte etwas auf einer Computertastatur. Sofort erschien ein Video auf einem der Bildschirme.

„Sie beschatten Leute mit Kameras?", rief Kate.

Simmons nickte. „Da sind wir nicht die Einzigen. Kameras gibt es doch überall in der Stadt. Ihr wisst schon – CCTV."

„Aber das hier ist doch etwas anderes", sagte Kate wütend. „Ich meine, beim CCTV wissen wir jedenfalls, dass wir beobachtet werden. Da sind überall Hinweisschilder und so."

„Stimmt. Auf die Schilder haben wir auf Wunsch unserer Auftraggeber verzichtet", sagte Simmons spöttisch und spulte ein Video zurück, das in einem Wohnzimmer aufgenommen worden war.

„Hey", rief Luna. „Das ist Bradshaws Appartement."

Die Frauen beugten sich näher an den Monitor heran. Die Kamera musste an der Stirnseite des Wohnzimmers positioniert worden sein. Man sah das Ledersofa und den kleinen Tisch davor. Rechts stand das schwarze Sideboard mit dem Anrufbeantworter. Durch das Fenster konnte man Regen gegen die Scheiben fallen sehen. Dann erschien ein Mann im Raum – Haddock!

„Was macht der denn in der Wohnung?" Luna blickte auf die Datums- und Zeitanzeige oben rechts im Bild. „Das gibt es doch nicht! Haddock war bei Bradshaw an dem Tag, als der Mann ermordet wurde."

„Was sagen die beiden?", wollte Kate wissen.

Simmons drehte an einem Regler. Schnarrend hörte man Haddocks Stimme.

„Das Mikrofon war nicht gut positioniert", entschuldigte sich Simmons.

DCI Haddock sprach mit jemandem, der noch in der Küche war. Dann kam auch die zweite Person ins Wohnzimmer – Bradshaw. Er trug ein hellrosa Oberhemd, eine dunkle Stoffhose und hielt einen Drink in der Hand.

Kate lief ein Schauder über den Rücken. Es fühlte sich falsch an, den Mann dort zu sehen und zu wissen, dass er wenige Stunden später tot sein würde.

Simmons spulte vor. „Hier. Das ist der interessante Teil."

Nun war Haddock zu sehen, der die Hände zu Fäusten geballt hatte und seinen Oberkörper ein wenig vorbeugte. Mit zusammengekniffenen Augen starrte er Bradshaw an, der vor ihm mit dem Rücken zur Kamera stand.

„Sie sollten es sich noch einmal überlegen, Bradshaw", zischte Haddock. „Es ist ein guter Preis."

„Ha!", rief Luna. „Also doch Erpressung."

„Pscht!", machte Kate. Sie hörten weiter zu.

Bradshaw lachte auf. „Sie kennen meinen Preis."

Haddock drehte sich zum Fenster. Lange sagte er nichts, dann meinte er: „Ich könnte Sie verhaften lassen."

„Seien Sie nicht albern! Ihre Auftraggeber würden das nicht wollen." Bradshaw stellte das Glas auf den Tisch. „Ich stehe über der Polizei und auch über Allenby. Der Mann ist in meiner Hand. Und jetzt raus hier!"

Haddock brauchte nur den Bruchteil einer Sekunde, um vorzustürzen und seine Faust in Bradshaws Magen zu rammen. Stöhnend fiel dieser auf die Knie.

„Sie geben mir jetzt die CD!", schrie Haddock.

Bradshaw, der sich auf dem Boden krümmte, schüttelte den Kopf. Da griff Haddock ihn am Hemd und zog ihn wieder auf die Beine.

„Oh doch, das werden Sie", sagte er drohend.

In dem Moment ließ Bradshaw sein Knie hochschnellen, direkt zwischen die Beine seines Gegners. Mit einem Aufschrei ließ Haddock ihn los und stolperte ein paar Schritte zurück. Bradshaw rappelte sich auf, doch bevor er sich ganz aufgerichtet hatte, schlug Haddock ihm mit der Faust ins Gesicht. Bradshaw verlor das Gleichgewicht und fiel nach hinten. Dabei musste er die Kamera heruntergerissen haben, denn nun war kurz der Fußboden zu sehen, dann wurde der Bildschirm schwarz.

„Das war's", sagte Simmons und schaltete den Computer aus.

Kate und Luna blickten auf die vielen Bildschirme an den Wänden, auf denen Menschen zu sehen waren, die nicht wussten, dass sie beobachtet wurden. Da fiel Kate plötzlich ein, dass sie in Bradshaws Wohnung eine Statue auf dem Boden hatte liegen sehen, der ein Auge fehlte.

„Sie haben die Kamera im Auge einer Statue versteckt, richtig?", fragte sie.

Simmons nickte.

„Aber warum war bei Bradshaw eine Kamera angebracht? Und wer sind Ihre Auftraggeber?", wollte Luna wissen.

Der Chef von AB Security zeigte mit dem Finger nach oben.

„Gott?"

Er grinste. „So ähnlich."

Luna riss der Geduldsfaden. „Jetzt reden Sie endlich!"

„Euch muss ich gar nichts sagen, Mädchen. Ich habe genug Geld, um in Rente zu gehen. Irgendwohin, wo das ganze Jahr über die Sonne scheint." Simmons stand auf. „Es wird Zeit, dass ich es tue."

„Sie haben Angst!", rief Luna. „Dieses Video hier zeigt, wie ein Polizist einen Mann schlägt, der kurz darauf tot ist. Sie haben Angst, dass dieser Polizist von dem Video weiß – oder es irgendwie erfahren wird. Wenn er Sie nicht ausschaltet, dann werden Sie vermutlich vor Gericht aussagen müssen. Und dort wird man Sie fragen, wer Ihre Auftraggeber waren. Das aber wird denen", sie zeigte mit dem Finger nach oben, „nicht gefallen. Also werden die Sie vielleicht ausschalten."

Simmons erwiderte nichts.

„Warum haben Sie uns das Video gezeigt?", wollte Kate wissen.

Der Mann sagte ernst: „Weil ihr ab jetzt meine Lebensversicherung seid. Es bringt denen nichts, mich aus dem Weg zu schaffen. Ab sofort gibt es zwei weitere Zeugen: euch!"

Kate und Luna blickten sich an.

„Ich habe in der Vergangenheit gewisse Dienste geleistet, die nicht unbedingt legal waren", erklärte Simmons. „Aber das ist kein Problem, denn meine Kunden machen auch die Gesetze. Verstanden?"

Die beiden Frauen schüttelten den Kopf.

Simmons seufzte. „Ihr wolltet doch vorhin wissen, wo der Wachmann aus dem Heron ist. Also gut: Ken Lonagan, mein bester Mann, baute die Kamera in Bradshaws Statue ein. Bild und Ton wurden per Funk hierher übertragen. Dann passierte das ..." Er zeigte auf den schwarzen Bildschirm, auf dem vorher Bradshaws Wohnung zu sehen gewesen war. „Die Kamera ging zu Bruch und musste ausgewechselt werden. Ich schickte Lonagan hin – und seitdem ist er verschwunden. Heute Morgen rief mich seine Freundin Shelly an. Sie sagte, dass am Tag, nachdem Ken verschwunden war, plötzlich zehntausend Pfund auf ihrem Konto waren. Außerdem habe sie eine SMS von Ken bekommen, in der er schreibt, dass es ihm gut ginge, sie solle sich keine Sorgen machen. Dort, wo die zehntausend Pfund herkämen, gebe es noch viel mehr. Er würde sich bald wieder melden. Das ist jetzt fünf Tage her. Sie macht sich langsam Sorgen."

„Aha!", rief Luna. „Also doch Erpressung! Aber was hatte der Typ mit Bradshaw zu tun?"

Kate überlegte. „Vielleicht hat er in der Wohnung etwas gefunden, was sich zu Geld machen lässt."

„Die CD?", mutmaßte Luna.

„Hört zu, Mädchen, ich weiß nicht, wer wen ermordet hat oder warum mein Mann sich abgesetzt hat. Ich weiß nur, dass die Sache stinkt. Darum gehe ich jetzt in Rente. War so oder so überfällig. Mein Flieger geht in zwei Stunden. Also, raus jetzt!"

vierundvierzig

„Wieso meldet er sich nicht?" Während Kate das Lenkrad von Sergeant Pepper in der Rechten hielt, griff sie mit der Linken nach ihrem Handy und schaute auf das Display. Nichts! Schon seit Stunden wartete sie auf den Anruf von Grant. Sie hatten verabredet, dass er sich melden würde – das sei sicherer, hatte er gesagt.

„Vielleicht ist sein Handy kaputt?", überlegte Luna, doch Kate hörte nicht zu.

„Die Sache ist ihm zu gefährlich geworden", murmelte sie. Sie schaute auf den Bus, der dicht vor ihnen fuhr. Langsam rollten sie die Cannon Street entlang. „Vielleicht hat dieser Haddock herausgefunden, dass er die ganze Zeit über wusste, wo wir sind."

Sie passierten gerade das Touristeninformationscenter gegenüber der St Paul's Cathedral, als Luna fragte: „Magst du ihn?"

„Unsinn!", rief Kate. „Er ist verheiratet."

Der Bus vor ihnen wurde langsamer. Gleich würde er halten und eine Menge Kulturbeflissener würde aussteigen, um mit Kameras bewaffnet die ehrwürdige Kirche zu stürmen.

Luna lachte. „Verheiratet? Ja, und?"

„Ich mache mir Sorgen, das ist alles."

„Um Grant?"

„Nein, um uns, du dummes Huhn", zischte Kate.

Luna legte den Kopf schief. „Warum denn das? Wir kommen doch super voran. Ehrlich, Kate, mit so vielen Mordverdächtigen hatte ich nicht gerechnet. Das ist doch wunderbar!"

„Wie meinst du das?"

Der Bus stoppte. Kate schaute in den Seitenspiegel. Gerade wollte sie den Bus überholen, da hörte sie ein dumpfes Klopfen. Es wurde lauter und unter Sergeant Peppers Motorhaube quoll Rauch hervor.

„Oh, nein!", rief Kate entsetzt. „Nicht hier. Nicht mitten in der City!"

„Du kannst hier nicht halten, Kate!", sagte Luna überflüssigerweise. „Die Polizei ist sofort da, wenn du hier einfach hältst."

Kate legte den ersten Gang ein und gab Gas, was Sergeant Pepper mit einem lauten Heulen quittierte, denn sie hatte vergessen, den Fuß von der Kupplung zu nehmen. „Ich weiß, dass ich hier nicht halten darf, Luna!", zischte sie und riss den Kopf herum, um eine Lücke in dem endlos wirkenden Strom aus Bussen, Taxis und Pkw zu finden. Jemand hupte, als sie sich einfach hineindrängte. Kurz darauf schnitt sie ein schwarzes Taxi.

„Pass auf!", schrie Luna.

Kate musste hart bremsen. Sergeant Pepper qualmte immer stärker. Schwaden zogen über das Dach. Schon drehten sich die ersten Leute nach ihnen um. Aber Aufmerksamkeit war das Letzte, was sie gebrauchen konnten.

„Wir müssen irgendwo halten. Such nach einer kleinen Straße!", sagte Kate zu Luna.

Sie hatten den Haupteingang von St Paul's mit den vielen Touristen hinter sich gelassen. Röchelnd tuckerte Sergeant Pepper die Straße entlang.

„Da", rief Luna und zeigte nach links auf eine enge Seitenstraße.

Ohne zu blinken zog Kate das Lenkrad nach links und rollte mit letztem Schwung in die Seitenstraße hinein.

225

Plötzlich war es still im Wagen. Sergeant Peppers Motor schwieg. Doch noch rollte der alte Morris Minor.

„Ein Parkplatz!", flüsterte Kate. „Bitte, bitte! Irgendein Parkplatz."

„Da drüben!", rief Luna.

Sergeant Pepper wurde immer langsamer. Dann blieb er stehen.

„Raus, Luna! Schieben!"

Luna rüttelte an der defekten Beifahrertür. „Geht nicht!"

Also löste Kate ihren Sicherheitsgurt und sprang aus dem Auto. „Nimm das Lenkrad, Luna! Ich schiebe."

Gemeinsam schafften sie es, den Wagen auf einen Parkplatz zu rollen, der eigentlich nur für Anlieger gedacht war.

Luna kletterte heraus. „Bevor die ihn abschleppen, werden mit Glück ein paar Stunden vergehen, denke ich." Sie sah sich um, dann drehte sie sich zu Kate. „Was nun?"

Kate zuckte mit den Schultern.

„Okay, wir mischen uns unter die Touristen vor St Paul's, nehmen ein Taxi und fahren zur Freedom Maker zurück", schlug Luna vor.

Kate nickte müde und sie machten sich auf den Weg.

„Wo waren wir stehen geblieben?", überlegte Luna. „Ach ja: unsere Verdächtigen." Sie lächelte zufrieden. „Nehmen wir DCI Haddock. Er kannte Bradshaw und hat sich mit ihm geprügelt. Ich bin mir sicher, dass er das niemandem bei Scotland Yard erzählt hat. Und er hat ihm gedroht. Das ist doch herrlich. Der ermittelnde Beamte als Mordverdächtiger Nummer eins!" Begeistert blickte sie Kate an, die immer wieder auf ihr Handy starrte.

„Kein Empfang hier", murmelte Kate. „Das gibt es doch nicht."

„Leg das Ding weg! Grant wird anrufen, wenn es passt", meinte Luna.

Doch Kate schüttelte nur den Kopf. Inzwischen waren sie wieder an der Hauptstraße angekommen, wo es deutlich voller war. Ein paar Japaner standen mitten auf dem Weg und blickten gemeinsam auf einen Stadtplan. Kate und Luna drängelten sich an ihnen vorbei.

Dann fuhr Luna fort: „Und wenn es Haddock nicht war, hätten wir noch immer diese Priscilla Langley. Wenn es stimmt, was sie sagt, hatte Bradshaw alles Geld der gemeinsamen Firma geklaut. Na, wenn das kein Motiv ist!"

„Aber sie hat ein Alibi. Außerdem ist es nicht besonders klug, jemanden zu töten, wenn man sein Geld wiederhaben will. Ein Toter kann ihr schließlich nicht verraten, wo das Geld ist", gab Kate zu bedenken.

„Na, dann war es eben Totschlag im Affekt."

„Affekt? Niemand geht zufällig mit einer Schrotflinte zu jemandem hin, um ihn dann versehentlich zu erschießen."

Luna überlegte. „Okay, vielleicht wollte sie ihm mit dem Ding nur Angst machen."

„Das kann man auch mit einem Messer oder mit einer kleinen Pistole. Warum eine riesige Schrotflinte? Die ist doch unhandlich."

Sie hatten St Paul's fast erreicht. Überall am Straßenrand standen Busse, aus denen noch mehr Touristen ausstiegen. Oder sie stiegen wieder ein, um zum nächsten Sightseeing-Punkt zu fahren. Kate hoffte, dass es unmöglich war, in diesem Gewühl jemanden auf einer CCTV-Aufzeichnung zu erkennen.

„Vielleicht wollte Bradshaw jagen lernen und hatte deshalb das Ding in seiner Wohnung", überlegte Luna.

Kate schüttelte den Kopf. „Unwahrscheinlich. Typen wie der gehen auf Großwildjagd. Und Elefanten erschießt man nicht mit Schrot."

„Stimmt", sagte Luna. „Hat man die Waffe überhaupt gefunden?"

Kate überlegte. „Nein, ich glaube nicht. Das hätte Grant uns gesagt."

„Und was ist mit diesem Wachmann von AB Security?", fragte Luna. „Warum ist er abgehauen? Vielleicht hat er Bradshaw erschossen und ist dann geflüchtet."

Kate hielt nach einem Taxi Ausschau. Sie hob einen Arm, um einen herannahenden Wagen anzuhalten, aber er fuhr vorbei.

„Möglich", antwortete sie schließlich. „Das werden wir Grant fragen."

Luna legte den Kopf schief. „Ich weiß nicht. Irgendetwas gefällt mir an der Sache mit dem Wachmann nicht. Außerdem macht mich total fertig, dass mir vermutlich Bradshaws Mörder die Tür geöffnet hat. Der Mann muss noch in der Wohnung gewesen sein, als ich hochkam."

„So weit waren wir schon."

„Ich weiß, aber warum tat er das?"

„Keine Ahnung. Warum?"

Luna biss sich auf die Unterlippe. „Vielleicht, weil er wollte, dass ich Bradshaw finde." Sie sah auf. „Kate, ich glaube, die Tat war geplant. Der Mörder wollte, dass ich Bradshaw finde und die Polizei rufe. Er konnte nur nicht wissen, dass ich alles andere tun würde, als zur Polizei zu gehen."

Kate blickte angestrengt auf die Straße. „Und warum wollte der Mörder, dass du Bradshaw findest?", fragte sie.

„Ähm. Weiß ich nicht. Vielleicht, weil es so aufregender ist?"

Kate rollte die Augen. „Oh, bitte, Luna. Du redest Unsinn."

Schmollend setzte Luna sich auf einen der Poller, die im Halbrund vor dem Platz bei der Kathedrale standen. „Okay, dann eben nicht", murmelte sie und verschränkte die Arme vor der Brust. „Aber sag du mir mal, wer die CD hat und was da drauf ist!"

Kate, die zum dritten Mal erfolglos versucht hatte, ein Taxi anzuhalten, fasste sich mit beiden Händen an den Kopf. „Himmel, woher soll ich das wissen?!"

Luna hob abwehrend die Hände. „In Ordnung, in Ordnung. Dann sag mir wenigstens, was wir als Nächstes tun sollen, Frau Oberschlau!"

„Ich denke, wir sollten Grant über den Film informieren." Kate griff nach ihrem Handy. „Mist, noch immer kein Empfang."

„Tja, da wirst du wohl noch eine Weile warten müssen, bis du seine liebliche Stimme wieder hörst ...", sagte Luna und grinste.

„Hör zu, ich will ihn nicht anrufen, um mit ihm zu turteln, sondern weil er wissen muss, dass Haddock bei Bradshaw war."

„Schon gut", wiegelte Luna ab. „Du hast ja recht: Du solltest ihn warnen, denn wenn Haddock herausfindet, dass wir davon wissen, sind wir vielleicht auch dran – genauso wie Bradshaw."

Kate starrte sie an. „Oh Gott. Stimmt."

In dem Moment hielt endlich ein Taxi. Die beiden Frauen sprangen hinein und Kate nannte dem Fahrer die Straße, die oberhalb der Freedom Maker verlief. Dann

229

blickte sie nach oben: Über ihrem Kopf war eine der kleinen Kameras angebracht, die sich laut Grant in jedem der schwarzen Taxis befanden. Unauffällig machte sie Luna darauf aufmerksam.

„Mist", murmelte Luna und senkte den Kopf, so weit es ging.

Kate versuchte sich so zu drehen, dass möglichst wenig von ihrem Gesicht von der Kamera gefilmt werden konnte. Sie hätten ein Minicab rufen sollen, aber wie – ohne Handyempfang?

Der Fahrer lenkte den Wagen sicher in den Verkehr und fuhr Richtung Chancery Lane, wo die City endete. Im Radio liefen gerade die Nachrichten.

„Wie soeben bekannt wurde, sind in der Square Mile seit mehreren Stunden verschiedene Mobilfunksender zeitweise ausgefallen, wodurch es zu Störungen im Funknetz kommen kann. Techniker der Betreibergesellschaften sind derzeit mit der Reparatur beschäftigt ..."

Luna nickte. „Tja, man hätte die alten roten Telefonzellen niemals abschaffen sollen."

„London hat eine Heldin", berichtete der Sprecher als Nächstes. „Ruby Dench alias Luna Loveway, die mutmaßliche Mörderin des Investmentbankers Norman Bradshaw, wird im Internet als Robin Hood mit Zöpfen gefeiert. Während Scotland Yard nach ihr fahndet, sind ihre Fans sicher, dass sie sich weiterhin in der Stadt aufhält. Auf der Oxford Street und am Piccadilly Circus kam es heute Morgen zu spontanen Pro-Luna-Demonstrationen, die offenbar über soziale Netzwerke im Internet organisiert worden waren. Mehrere Hundert Menschen, zumeist junge Leute, nutzten die Popularität von Luna Loveway, um auf die noch immer ungebrochene Macht von Banken und Investmentfirmen hinzuweisen. Ihrer Ansicht nach hat sich seit Beginn der internationalen Finanzkrise nichts geändert ..."

Lunas guckte irritiert. „Was soll denn das?"

„Irgendwelche Spinner halten dich für eine wichtige Kämpferin gegen die Globalisierung oder so", erwiderte Kate.

Der Fahrer schaute über seinen Rückspiegel neugierig zu ihnen nach hinten.

„Mist!", flüsterte Kate. „Ich glaube, der Fahrer hat dich erkannt. Wir müssen raus hier!"

fünfundvierzig

DS Grant saß an seinem neuen Schreibtisch, ein Stockwerk unter seinem früheren Team. DCI Turbridge, sein neuer Vorgesetzter, war ein netter Mittfünfziger, der am Wochenende Golf spielte und seit einem Herzinfarkt die Dinge ruhig anging. Es schien ihn nicht zu stören, dass Grant mit den Gedanken noch immer bei dem Bradshaw-Fall war.

„Man kann Unerledigtes nicht einfach ausschalten wie das Licht auf dem Flur", hatte er nur gesagt. „Es gibt Dinge, die muss man erst erledigen, bevor man sich Neuem widmen kann." Dann hatte er von seinem neuen Fischteich erzählt, den er zusammen mit seinem Enkel angelegt hatte.

Grant starrte auf den Bildschirm vor sich. Er hatte seit dem Zeitpunkt, als ihm der Verdacht gekommen war, dass etwas mit DCI Haddock nicht stimmte, alles akkurat dokumentiert: den verschwundenen Knopf, die auffallend einseitige Ermittlung, Haddocks Besuch im Mansion House, den Briefumschlag, Haddocks private Finanzsituation. Jedes Indiz für sich genommen war noch nicht ausreichend, um Haddock etwas nachzuweisen. Aber alle zusammen ergaben eine erdrückende Beweislast. Grant wusste, dass ihm nur noch das letzte Mosaiksteinchen fehlte. Erneut überdachte er die Indizien gegen Haddock, suchte nach einer anderen Erklärung als profane Bestechung. Er musste passen.

Er wusste, dass er eigentlich die Abteilung für innere Angelegenheiten anrufen müsste. Doch er war noch nicht so weit. Wer auch immer Bradshaw umgebracht hatte,

hatte Haddock in der Hand. Und es galt, diese Leute zu finden und unschädlich zu machen, denn nach Haddock würden sie sich einen anderen Polizisten suchen, der für sie arbeiten würde.

Grant stützte seinen schmerzenden Kopf in den Händen ab. Kate Cole hatte sich zwar nach ihrem Besuch bei dem Makler bei ihm gemeldet, aber seitdem nicht mehr. Und auch er hatte sie nicht erreichen können. Gemeinsam mit Constable Kelly war er zum Heron gefahren, um die leere Wohnung in Augenschein zu nehmen. Die Spuren im Staub stammten von dreifüßigen Ständern, wie man sie zum Beispiel für mobile Satellitenschüsseln benutzte – das hatten auch die Kollegen von der Spurensicherung bestätigt. Es hatten sich noch weitere Spuren in der Wohnung gefunden, die darauf schließen ließen, dass dort Tische und Stühle gestanden haben mussten. Was hatte Bradshaw dort nur gewollt?

Abgesehen davon machte er sich Sorgen um Kate und Luna. Sie hatten zu viel herausgefunden – das konnte nicht unbemerkt geblieben sein. Zum x-ten Mal schaute er auf sein Handy, das neben der Tastatur seines Computers lag. Warum meldete sich Kate nicht? Eigentlich hatten sie gleich nach ihrem Besuch bei AB Security miteinander telefonieren wollen, damit Kate ihm mitteilen konnte, was sie herausgefunden hatte. Er nahm das Handy zur Hand und wählte ihre Nummer. Eine blecherne Frauenstimme informierte ihn darüber, dass Kate nicht erreichbar sei und er es später noch einmal versuchen solle. Bei Lunas Telefon war es das Gleiche.

„Mist!" Er wusste nicht, wo die beiden waren, und das machte ihn mächtig nervös.

sechsundvierzig

„Das war knapp", murmelte Luna, als sie dem davonfahrenden Taxi nachblickte. „Ich habe es an seinem Gesicht gesehen: Er hat mich erkannt."

Kate nickte matt. Ihr Kopf schmerzte und die Beine taten ihr weh. „Luna, ich mag nicht mehr. Lass uns aufhören!"

Luna drehte sich zu ihrer Freundin. „Womit?"

„Was denkst du?", rief Kate. „Ich habe keine Lust mehr, verfolgt zu werden. Ich will meine Ruhe zurückhaben, meine Wohnung, mein Leben."

Luna zögerte. Dann sagte sie: „Okay, aber vorher nehmen wir noch einen letzten Drink in Freiheit, ja?" Sie wies auf den Pub hinter ihnen.

The Viaduct Tavern war bereits erstaunlich gut besucht. Kate ignorierte die Kamera über dem Tresen und setzte sich an einen freien Tisch. Während Luna zwei Drinks holte, blickte Kate aus dem Fenster. Auf der anderen Straßenseite war Old Bailey zu sehen, der Strafgerichtshof. Unvermittelt musste Kate laut lachen. Es klang freudlos und ein paar Leute blickten zu ihr herüber.

„Was ist?", fragte Luna besorgt, als sie die beiden Gläser auf dem Tisch abstellte.

„Schau mal, da drüben!", gluckste Kate und zeigte aus dem Fenster auf die andere Straßenseite. „Old Bailey. Dort werden wir auch bald sitzen, meine Liebe. Einen besseren Platz für unseren letzten Drink in Freiheit hätten wir gar nicht finden können."

Luna schien weniger amüsiert. Sie stießen an und nahmen beide einen großen Schluck aus ihren Gläsern.

234

„Du, Luna, bevor sie uns einsperren, muss ich aber noch etwas wissen", sagte Kate.

Luna blickte ihre Freundin erstaunt an.

„Du warst zwei Nächte einfach weg", fuhr Kate fort. „Ich habe mir Sorgen gemacht. Wo warst du?"

Luna schluckte und blickte in ihr halb volles Glas. „Bin einfach rumgelaufen. Ich musste nachdenken ..."

„Worüber?"

„Darüber, dass ich dich in eine ganz miese Lage gebracht habe. Ich hatte sogar überlegt, ob ich mich einfach davonmache. War schon am Bahnhof."

„Verstehe", murmelte Kate. „Du wolltest mich mit der Sache allein lassen."

Luna blickte auf. „Nein! Ich wollte dich nur nicht noch weiter hineinziehen."

„Und warum bist du nicht abgehauen?"

„Keine Ahnung. Vielleicht", überlegte Luna, „weil ich außer dir keine Freundin habe."

Plötzlich klingelte Kates Handy. Die beiden Frauen zuckten zusammen.

„Geh ran! Vielleicht ist es Grant", meinte Luna.

Kate schaute auf das Display und schüttelte den Kopf. „Ist er nicht."

„Wer hat denn noch deine Nummer?", wollte Luna wissen.

Kate zuckte mit den Schultern, während das Klingeln lauter wurde.

„Jetzt geh schon ran!"

Zögernd hielt Kate das Handy an ihr Ohr. Eine flüsternde Stimme am anderen Ende der Leitung informierte sie darüber, dass es Beweise gebe, die zum Mörder von Bradshaw führten.

„Warum gehen Sie dann nicht zur Polizei?", fragte Kate.

Luna horchte auf.

„Weil die mir kein Geld für die Information geben werden, aber Sie", flüsterte die Stimme. „Zweitausend Pfund. Kommen Sie allein, ohne Ihre Freundin! Vier Uhr, bei der Royal Exchange in der Threadneedle Street."

siebenundvierzig

Der Radfahrer fluchte, weil ein weißer Lieferwagen auf Höhe der Royal Exchange auf dem Fahrradstreifen parkte. Mit einem kurzen Blick nach hinten versicherte er sich, dass der Bus der Linie 23 noch weit genug entfernt war, dann fuhr er um das Fahrzeug herum. Im Vorbeifahren knallte er allerdings noch seine geballte Faust auf das Dach des Wagens.

Der Mann auf dem Fahrersitz ließ sich davon nicht aus der Ruhe bringen. Er starrte hinüber zur Kreuzung und wartete. Als er die Frau auf Höhe der Bank of England sah, schraubte er seinen Energydrink zu, stellte ihn sorgsam in die Getränkehalterung und öffnete das Handschuhfach.

achtundvierzig

In der Nähe der Säulen und der fenster-
losen Wände der Bank of England, die
eine feuchte Kühle abstrahlten, spürte
Kate, dass sie fröstelte. Vielleicht hätte sie
Luna doch mitnehmen sollen. Aber sie hatten sich darauf
geeinigt, dass Kate allein gehen würde. Luna wollte auf
der Freedom Maker warten. Sie war mittlerweile in der
Stadt zu bekannt und die Gefahr, dass sie erkannt wurde,
war einfach zu groß.

Langsam ging Kate weiter. Geld hatte sie keines dabei.
Wie auch? Dank Luna war sie fast pleite. Sie würde versuchen, den Mann dazu zu bringen, ihr die Beweise zu
zeigen.

Unterwegs hatte sie mehrmals erfolglos versucht,
DS Grant zu erreichen. Eigenartigerweise schienen die
Leitungen nach dem unerwarteten Anruf wieder zusam-
mengebrochen zu sein. Überall hatte sie Leute gesehen,
die versuchten, mit ihren Handys und Smartphones zu
telefonieren oder eine SMS zu senden. Doch das Mobilfunknetz funktionierte nicht.

Kate wechselte an der Ampel die Straßenseite und stand
nun vor dem Wellington-Denkmal, von dem behauptet
wurde, man habe es 1844 aus dem Metall erbeuteter
französischer Waffen gegossen. Ganz in ihrer Nähe sah
sie einen weißen Lieferwagen mit der Aufschrift „CCTV
Vehicle". Eine Kamera auf einem Stativ war auf das
Mansion House gerichtet. Unauffällig lugte Kate hinüber.
Was sollte das? War das eine Falle von Haddock? Aber
warum sollte er in einem CCTV-Fahrzeug auf sie warten?
Er hätte sie einfach verhaften lassen können. Hatten die

Kameras sie bereits im Visier und erkannt? Wahrscheinlich. Flüchten war also zwecklos. Spätestens in der Tube würde man sie festnehmen.

Sie dachte an Grant und fragte sich, wo er war. Warum sind Männer nie da, wenn man sie braucht?, überlegte sie. Da bemerkte sie, wie die Seitentür des CCTV-Wagens geöffnet wurde. Ein Uniformierter trat heraus, streckte sich und grüßte einen Kollegen auf der anderen Straßenseite, der in greller Warnweste seine Streife durch die City lief. Dann blickte er zu Kate. Unauffällig nickte er ihr zu und deutete auf den Wagen, in den er wieder einstieg.

Kate zögerte kurz, doch dann kam ihr der Gedanke, Grant könne in dem Fahrzeug sitzen und würde ihr alles erklären. Vielleicht gab es neue Erkenntnisse über den Mord. Mit wenigen Schritten war sie bei dem Lieferwagen und stieg durch die geöffnete Tür ein.

Im Wagen saß nur der Mann, der ihr das Zeichen gegeben hatte. Gerade beugte er sich nach vorn, als ihr auffiel, dass sie seinen Rücken schon einmal gesehen hatte. Ein lähmender Schreck durchfuhr ihren Körper. Doch es war bereits zu spät: Der Mann drehte sich zu ihr um. Es war Norman Bradshaw! Er hielt eine Waffe in der einen Hand und lächelte, als er die Seitentür des Wagens mit der anderen schloss.

Bevor Kate schreien konnte, spürte sie den Schlag der Waffe an ihrer Schläfe.

neunundvierzig

Haddock hatte weitere Kollegen an die Bildschirme in den Überwachungsräumen gesetzt und die Suche nach Ruby Dench alias Luna Loveway und Kate Cole ausgeweitet. Alle einschlägigen Sicherheitsfirmen der Stadt hatten Fotos der beiden Frauen erhalten mit der Bitte, die Augen offen zu halten. Streifenwagen und Community Officers in allen Stadtteilen wussten, wie die beiden aussahen, und schwärmten aus. Der DCI erwartete Ergebnisse.

„Wenn sie noch in der Stadt sind, will ich wissen wo!", hatte er über den Flur im neunten Stock von Scotland Yard geschrien und angespannter denn je gewirkt.

In einem der Überwachungsräume starrte Constable Kelly angestrengt auf die Bildschirme vor sich und kaute dabei auf einem Bleistift. Patrick, der Neue im Team, saß neben ihr.

„Ist der Chef immer so?", fragte er, während er sich durch die Bilder verschiedener Kameras klickte.

Kelly antwortete nicht gleich. „Was?" Er hatte sie aus ihren Gedanken gerissen.

„Ist DCI Haddock immer so?"

„Nein, er hat auch schlechte Tage." Sie zoomte an eine Person heran, die in der Nähe des Westminster-Palasts auffallend lange stehen geblieben war. Doch es war nur eine Touristin mit hochhackigen Schuhen. „Französin", murmelte Kelly.

In dem Moment schrie der Neue auf: „Ich hab sie!"

Kelly beugte sich zu seinen Bildschirmen hinüber.

„Da!", rief er und zeigte auf ein Bild.

Tatsächlich. Luna Loveway stand mitten in einer Gruppe japanischer Touristen und winkte frech in die Kamera. Was sollte denn das? Schnappte sie völlig über?

Kelly überlegte, ob sie zuerst Grant informieren sollte, doch sie entschied sich dagegen. Wenn diese verrückte Luna sich unbedingt festnehmen lassen wollte, dann sollte sie es so haben. Kelly griff zum Telefonhörer.

„Zielperson Ruby Dench gesichtet. Sofort Wagen zur St Paul's Cathedral, Haupteingang. Sie steht am Victoria-Denkmal und ... winkt." An den Neuen gewandt meinte sie nur trocken: „Gut gemacht!" Nun musste sie unbedingt Grant erreichen. „Ich fahre zurück zum Yard und informiere den Chef. Sie behalten die Frau im Blick, bis die Kollegen kommen!"

Der junge Mann nickte eifrig.

Als wenige Minuten später mehrere Streifenwagen aus verschiedenen Richtungen auf den Vorplatz der St Paul's Cathedral fuhren, zogen sich die Touristen eilig auf die Stufen der Kirche zurück und filmten die Verhaftung mit ihren Handys. Mit gezogenen Pistolen rannte eine Handvoll Beamte zu der Person, die sich zu Füßen des Denkmals gesetzt hatte und dort wartete. Dann stand sie auf und blickte zwischen den Touristen auf der Treppe und den herannahenden Beamten hin und her. Die Polizisten hoben die Waffen.

Da riss sich die Zielperson mit großer Geste eine Maske vom Gesicht und ein pickliger junger Mann erschien. Mit quäkiger Stimme rief er: „Wir sind viele. Wir vergeben nicht. Wir vergessen nicht. Erwartet uns!"

„Waffen runter!", schrie der leitende Beamte. „Das ist sie nicht. Abbruch!"

Noch bevor die Polizisten die falsche Luna in einen der

Streifenwagen geschoben hatten, gab es bereits die ersten Videos im Internet. Ähnliche Szenen spielten sich in der folgenden Stunde überall in der Stadt ab. Immer wieder wurde Alarm ausgelöst, Beamte rasten mit Blaulicht durch die Straßen.

In Camden stellten Polizisten eine alte Frau mit Plastiktüten, die sich die Maske mit dem Gesicht von Luna vom Kopf nahm und schrie: „Ich war's! Nehmt mich fest! Im Knast gibt's wenigstens was zu essen."

Auf der Millennium Bridge kletterte eine falsche Luna auf das Geländer und rezitierte Shakespeares „Hamlet" unter dem Beifall der Menge. Im London Eye fand man gleich sieben japanisch sprechende Lunas in verschiedenen Gondeln und am Piccadilly Circus blockierten Lunas mit und ohne rote Perücken den Verkehr. Eine Luna mit holländischem Akzent wünschte vor dem Buckingham Palace die Queen zu sprechen.

DCI Haddock war außer sich. „Was ist da los?", schrie er und rannte über den Flur. „Jenkins! Wo ist Jenkins?"

Constable Kelly hatte gerade im Besprechungsraum Platz genommen, als Haddock hereinkam.

„Wer steckt dahinter?", blaffte er die anwesenden Beamten an.

Kelly meldete sich. „Ich denke, jemand hat Papiermasken in Umlauf gebracht, Sir."

Der DCI stützte sich auf den Tisch vor sich und starrte Kelly an. „Was Sie nicht sagen, Constable."

Sie räusperte sich. „Dahinter könnten Sympathisanten der Anonymous-Bewegung stecken, Sir. Die haben doch sonst auch Guy-Fawkes-Masken auf."

„Sir!" Jenkins drängelte sich zwischen seinen Kollegen durch, um in den Besprechungsraum zu gelangen. „Hier!

Das habe ich im Internet gefunden!" Er wedelte mit einem Blatt Papier, während er zu seinem Chef eilte.

„Was ist das?" Haddock riss ihm das Papier aus der Hand.

„Eine Bastelanleitung für eine Luna-Maske, Sir", erklärte Jenkins. „Überall tauchen diese Dinger auf. In der Oxford Street hat gerade jemand Hunderte davon kostenlos verteilt. Jetzt laufen alle damit herum."

Haddocks Gesicht nahm einen unnatürlichen Rotton an.

fünfzig

„Lassen Sie die Späße! Wo ist sie?" Luna spürte, wie ihre Hände zitterten. Sie presste das Handy an ihr Ohr, bis es schmerzte. Die Stimme des Anrufers war verzerrt, klang irgendwie blechern. „Verdammt! Wer sind Sie?", schrie Luna verzweifelt.

Als der Anrufer seine Forderung wiederholte, ohne ihre Fragen zu beantworten, legte sie einfach auf. Ihr Herz raste. Sie hätte Kate niemals allein gehen lassen dürfen! Wie hatte sie nur nachgeben können?!

Plötzlich erschien ihr die Luft unter Deck unerträglich stickig. Sie riss die Tür auf und ging hinaus. Was sollte sie nur tun? Da bemerkte sie am Fenster der Jealous Goose einen Schatten. Mit einem Satz sprang sie von Bord, lief hinüber und klopfte wild an die pinke Tür. Ihre Nachbarin öffnete die Tür und sah sie mit großen Augen an.

„Mrs Beanley, können Sie mir bitte fünfzig Pfund leihen?", fragte Luna atemlos.

Die Frau schob bedächtig ihren Lederhut ein wenig nach hinten, als müsse sie nachdenken.

„Bitte, Mrs Beanley!", flehte Luna. „Meine Freundin ist in Schwierigkeiten! Und ich bin schuld daran! Ich muss ihr helfen."

Kurz blickte die Frau über ihre Schulter in den hinteren Teil des Bootes, als erwarte sie jemanden. Dann meinte sie nur: „Natürlich, Kindchen. Und wenn Sie und Ihre Freundin wieder hier sind, erzählen Sie mir ein wenig von Ihrem Vater, dem Dirigenten, und Ihrem Onkel aus Neuseeland." Dann verschwand sie im Inneren des Bootes, offenbar um das Geld zu holen.

Luna brauchte einen Moment, bevor sie begriff, dass ihre Lügen schon lange als solche erkannt worden waren. Und sie vermutete, dass ihre schrullige Nachbarin auch wusste, dass sie von der Polizei gesucht wurde. Kurz schoss ihr der Gedanke durch den Kopf wegzulaufen, aber erstens hatte sie keine Ahnung wohin, und zweitens brauchte sie dringend das Geld.

Mrs Beanley kam zurück und reichte ihr fünfzig Pfund.

„Könnten Sie mir bitte noch ein Minicab rufen, liebe Mrs Beanley?"

Ihre Nachbarin nickte und griff zu dem altmodischen Telefon, das auf einem Regal stand. Während Luna wartete, fiel ihr auf, dass an den Wänden der Jealous Goose Bilderahmen hingen, in denen sich aber keine Fotos, sondern Zeitungsausschnitte befanden. Sie trat ein wenig näher und überflog die Artikel.

Kurze Zeit später kam Mrs Beanley zu ihr. „In ein paar Minuten ist das Taxi hier."

Luna nickte erleichtert. „Danke, Mrs Beanley, danke." Sie wies auf die Bilderrahmen. „Ich wusste gar nicht, dass Sie ein Fan von Miles sind."

Die Frau lächelte. „Ich glaube, unser lieber Miles M. Meyers ist berühmt. Na ja, ein wenig vielleicht. Und ich kenne nicht viele berühmte Leute. Außerdem ist er immer so nett – und er macht lustige Aktionen, über die dann etwas in der Zeitung steht. Politische Kunst nennt er das. Miles kann stundenlang darüber reden." Sie lächelte milde.

Luna nickte. „Oh, ja! Am schärfsten war die Nacktdemo vor dem Aldwych Hotel kürzlich."

Mrs Beanley strahlte sie an. „Waren Sie auch dabei, Kindchen?"

Luna schüttelte bedauernd den Kopf. Wäre sie auf der nicht genehmigten Kunst-Demonstration vor dem Luxushotel gewesen, dann hätte sie die Nacht im Gefängnis verbracht und wäre nicht ins Heron gegangen. Sie hätte keine Leiche gefunden, würde nicht auf der Fahndungsliste von Scotland Yard stehen und ihre Freundin wäre nicht entführt worden.

Das Hupen eines Wagens riss Luna aus ihren Gedanken. Schnell bedankte sie sich noch einmal bei Mrs Beanley, sprang von der Jealous Goose und eilte den Kai entlang, hin zu der Treppe, an der oben das Taxi auf sie wartete.

einundfünzig

Constable Kelly kam in Grants Büro. „Hübsch hier", kommentierte sie.

Grant blickte sich um, als sähe er den Raum zum ersten Mal. „Ja, Sie haben recht, Kelly. Hübsch." Er beugte sich wieder über die Tastatur. „Was kann ich für Sie tun?", fragte er, während seine Finger über die Tasten eilten.

„Es gibt oben ein Problem, Sir."

Grant grinste. „Das habe ich mir fast gedacht. Haddocks Stimme war bis hierher zu hören." Er schaute Kelly an, die ihm ein wenig blass erschien. „Was ist los?"

Kelly zog einen Stuhl zum Tisch und setzte sich. „Miss Dench, also diese Luna, taucht überall auf. Wir werden die Fahndung einstellen müssen. Es ist sinnlos – zu viele von diesen falschen Lunas in der Stadt."

„Ja, ich habe schon davon gehört."

„Die Kollegen laufen herum, als hätten sie zu viel Kaffee getrunken. Völlig kopflos." Sie lächelte.

Grant hämmerte weiter auf den Tasten herum.

„Ich denke, es gibt einen Grund, warum diese Luna gerade jetzt überall auftaucht", fuhr Kelly fort. „Also, ihre Maske meine ich, Sir."

„Und welchen?"

„Nun, wir haben die CCTV-Überwachung systematisch ausgeweitet, Wagen losgeschickt, die Sicherheitsfirmen einbezogen, über die Website von Scotland Yard nach ihr gesucht und ... Ich habe den Eindruck, die falschen Lunas tauchten in dem Moment auf, als wir unsere Fahndung online stellten. Die Sache wurde vorbereitet und man hat nur auf den richtigen Moment gewartet."

Grant antwortete nicht.

„Sir, ich muss Ihnen noch etwas sagen." Kelly knetete ihre Hände.

„Ja?" Er griff zur Maus und blickte auf den Bildschirm, ohne Kelly weiter zu beachten, die sich sichtlich unwohl fühlte. „Also? Was ist es?"

Der Drucker hinter ihm sprang an und spuckte ein Blatt Papier aus.

„Ich denke, ich bin meiner Beförderung ein Stück näher gekommen, Sir."

„Gut, Kelly, gut."

„Ich weiß nicht, Sir. Ich glaube, es wird Ihnen nicht gefallen."

Grant stand auf und nahm das Blatt Papier aus dem Drucker. Er starrte darauf.

„Ich habe im Internet eine Fan-Seite für diese Luna gefunden", erzählte Kelly weiter. „Jemand fordert die Besucher auf, sich gegen die Globalisierung, die polizeiliche Ordnung und Fast-Food in Plastikverpackungen zu stellen oder so ähnlich. Jedenfalls habe ich dort ein Foto von ihr gefunden."

Grant nickte. „Weiter!"

„Na ja, ich musste doch meinen Vorgesetzten darüber informieren", sagte sie vorsichtig.

„Natürlich mussten Sie das, Kelly."

„Ich glaube, ich habe DCI Haddock den entscheidenden Hinweis gegeben, wo er Luna Loveway finden kann."

Grant sah auf und schaute sie an. „Das war absolut korrekt, Constable." Er ging auf sie zu und legte das Stück Papier vor sie hin. „War es dieses Bild?"

Erstaunt blickte Kelly auf den Ausdruck. Darauf war Luna zu sehen, wie sie einen Weg am Kanal entlanglief und sich gehetzt umblickte. Sie schien nicht zu wissen, dass man sie fotografierte. Kelly nickte.

„Und wissen Sie auch, wo das Bild aufgenommen wurde?", fragte Grant.

„Ich habe recherchiert, Sir. Das ist am Regent's Canal, Höhe Umspannwerk St John's Wood."

Grant nickte. „Richtig."

„Es tut mir so leid, Sir, aber ich konnte nicht anders handeln. Ich musste es DCI Haddock sagen."

„Sie haben alles richtig gemacht, Kelly. Wo ist der DCI jetzt?"

Sie atmete tief ein, dann sagte sie leise: „Er hat ein bewaffnetes Team der SCO19 angefordert. Sie treffen sich an dem Umspannwerk."

„Das Sondereinsatzkommando?" Grant schnappte sich seine Jacke von der Lehne des Stuhls und warf sie über. Dann rannte er auf den Flur.

„Wo wollen Sie hin?", rief Kelly ihm nach.

„Raten Sie!", antwortete Grant und hoffte, Luna und Kate würden nicht an Bord der Freedom Maker sein. Als er den Fahrstuhl erreicht hatte, drehte er sich noch einmal zu Kelly um, die im Gang stand und ihm nachsah. „Finden Sie heraus, wo der Fotograf stand, der das Bild gemacht hat! Er muss auf einem der Boote gewesen sein. Und er wusste, wen er da aufnahm."

„Ja, Sir."

Die Tür des Fahrstuhls öffnete sich. Da klingelte Grants Smartphone. Es war Doktor Weinberg. Er berichtete, dass es keine Übereinstimmung zwischen der DNA unter den Nägeln der Frau und der des Toten im Heron gegeben habe. Doktor Weinberg klang ungehalten.

„Was ist, Doktor?", fragte Grant und trat in den Fahrstuhl.

„Der Obduktionsbericht von Ihrem Toten aus dem Heron ist verschwunden. Nachdem Sie bei mir waren, wollte ich ihn mir mal anschauen. Leider hatte ich bisher keine Zeit dazu. Aber heute ..."

„Der Bericht ist weg?", unterbrach Grant ihn.

„Ja. Man hat DCI Haddock den Bericht wohl geschickt, aber er kam nie an. Gleichzeitig gab es irgendein technisches Problem im Institut und die Datei mit dem Bericht wurde dort gelöscht. Ich sage Ihnen, Detective Sergeant Grant, unsere Abhängigkeit von dieser Technik ist absurd!" Mit diesen Worten legte Doktor Weinberg auf.

zweiundfünfzig

Lautlos liefen die Männer unter der Brücke am Regent's Canal entlang, verschmolzen mit dem schwarzen Mauerwerk der alten Brückenträger. Sie hielten ihre MP5s im Anschlag. Weitere Männer eilten oben die Straße entlang und dann die Stufen zum Anleger hinunter. Ohne einen Laut verteilten sie sich am Fuße der Mauer und auf den Dächern der umliegenden Boote.

DCI Haddock, der oberhalb der Treppe Posten bezogen hatte, beobachtete die Männer durch ein Fernglas. Der Einsatzleiter der Spezialeinheit, ein Hüne in Schussweste, sprach in das Funkgerät in seiner Hand. Ganz ruhig gab er das Kommando zum Vorstoß, während Haddock vor Anspannung zitterte.

Sechs Männer lösten sich von der Mauer, liefen auf die Freedom Maker zu und verschwanden im Inneren des Bootes. DCI Haddock wartete ungeduldig.

Dann hörte er endlich eine Stimme aus dem knackenden Funkgerät: „Gesichert. Zielperson nicht an Bord."

Der Einsatzleiter nickte Haddock zu. „Sie können mit Ihren Leuten jetzt auf das Boot."

Haddock seufzte. Er hatte gehofft, diese Luna dort zu finden. Leise fluchte er vor sich hin. Da sah er aus dem Augenwinkel eine Gestalt auf sich zukommen. Sein Kopf fuhr herum.

„Was machen Sie denn hier, Grant?", fragte er verärgert.

Grant schaute zu den Booten hinunter. „Wie geht es Ihrem Arm, Sir?", fragte er, ohne den Blick von der Freedom Maker zu lassen.

Verwirrt sah Haddock auf seinen linken Unterarm. Sein

Ärmel war ein wenig nach oben gerutscht und darunter war ein Verband zum Vorschein gekommen.

„Was geht Sie das an?", schnauzte er.

„Ich frage mich, woher die Verletzung stammt, Sir. Ein Kampf vielleicht?"

Haddock zog den Ärmel über den Verband. „Gartenarbeit. Was soll das, Grant? Sind Sie jetzt völlig irre geworden? Ich habe hier einen verdammt wichtigen Einsatz und Sie wollen mit mir über das Schneiden von Büschen reden?"

Grant blickte weiter zur Freedom Maker hinunter. „Ich frage mich seit Tagen, warum ein erfahrener Polizist wie Sie die gesamte Mordermittlung im Fall Bradshaw nur auf eine einzige Verdächtige konzentriert."

Haddock gab seinem Team ein Zeichen, dass sie mit der Durchsuchung der Freedom Maker beginnen konnten. Dann schaute er durch sein Fernglas.

„Sie haben mit dem Fall nichts mehr zu tun, Grant", sagte er schließlich.

Der Detective Sergeant drehte sich zu ihm. „Ich frage mich auch, warum der ermittelnde Beamte Beweismittel vom Tatort verschwinden lässt. Zum Beispiel einen schwarzen Knopf."

Haddock ließ das Fernglas sinken. „Unsinn", murmelte er und stapfte zu einem der Einsatzfahrzeuge.

Langsam ging Grant ihm nach. „Und ich frage mich, Sir, wie es sein kann, dass ein Obduktionsbericht einfach so verloren geht." Seine Stimme trug weit über die Straße. Die anwesenden Einsatzkräfte blickten neugierig zu ihnen herüber.

Haddock blieb wie angewurzelt stehen. „Nun, Grant, dann frage ich mich, warum Sie nicht die Abteilung für interne Ermittlungen eingeschaltet haben. Das wäre doch der korrekte Weg." Langsam drehte er sich um. „Oder sind das alles nur wilde Spekulationen?"

„Wer bezahlt Sie, DCI Haddock? Allenby?" Es war ein Schuss ins Blaue, aber Grant brauchte endlich eine Reaktion. Der Mann sollte einen Fehler machen.

Haddocks Gesicht verzerrte sich zu einer wütenden Grimasse. Er rannte auf Grant zu und packte ihn am Revers.

„Sagen Sie das nie wieder! Verstanden? Nie wieder." Seine Stimme zitterte. „Sie wissen gar nichts. Und das hat auch seinen Grund!"

Grant lächelte.

„Sie sind suspendiert, Detective Sergeant Grant", bellte DCI Haddock. „Mit sofortiger Wirkung suspendiert. Geben Sie dem Constable dort drüben Ihre Waffe und Ihren Dienstausweis!" Er ließ Grants Revers los. „Jetzt!"

In dem Moment kam einer der Polizisten zu ihnen herübergelaufen. Er flüsterte Haddock etwas ins Ohr.

„Unsinn", rief der DCI. „Wie kann das sein?"

„Das weiß ich nicht. Jedenfalls ist jetzt auch unser Funk betroffen, Sir. Das Mobilfunknetz in der City funktionierte ja schon am Nachmittag nicht mehr richtig. Die Verbindung bricht immer nach wenigen Sekunden zusammen."

Haddock sah Grant an. „Sie melden sich morgen früh beim Commissioner!" Dann drehte er sich um und lief zu einem der Einsatzfahrzeuge. „Zurück zum Yard! Ich will wissen, was da los ist!" Er stieg ein und der Wagen fuhr los.

Grant blickte ihm nach. Dann nahm er seine Waffe und seinen Dienstausweis und übergab beides dem Constable, auf den Haddock zuvor gezeigt hatte.

dreiundfünzig

Luna blickte dem Taxi nach, das im Gewirr der Busse, Pkw und anderen Fahrzeuge verschwand. Sie schluckte, als sie den weißen Lieferwagen einige Meter vor sich sah. Aber dann gewann ihre Wut die Oberhand. Mit festem Schritt marschierte sie zu dem Wagen und schlug mit der flachen Hand gegen die Schiebetür an der Seite.

„Aufmachen, Sie Spinner!", rief sie.

Eine Stimme aus dem Inneren des Wagens sagte ihr, sie solle einen Schritt zurücktreten. Luna kannte diese Stimme.

„Shit! Wo kommt der denn her?" Sie riss die Tür auf.

Vor ihr saß Kate mit weit aufgerissenen Augen, während Norman Bradshaw ihr eine Waffe an die Schläfe hielt. Kates Gesicht glänzte von den Tränen, die aus ihren Augen strömten. Bradshaw hatte ihr den Mund zugeklebt und ihre Hände auf dem Rücken gefesselt. An ihrem Oberkörper waren mit einem breiten Klebeband mehrere braune Päckchen befestigt.

Bradshaw strahlte Luna an, als würde er eine alte Freundin wiedersehen. „Meine Liebe! Kommen Sie herein, bevor Ihre Freundin sich einen Schnupfen holt!"

Luna hätte ihn fast nicht wiedererkannt. Er war unrasiert, seine Haare waren fettig und sein Hemd nur halb zugeknöpft. Hilfesuchend blickte Luna die Straße auf und ab. Doch niemand beachtete sie. Also stieg sie ein.

„Eng hier", sagte sie. „Und stickig." Sie sah sich um.

Der ganze Wagen war voll mit Päckchen, die so aussahen wie die, die Kate am Körper trug. Sie alle waren mit roten und blauen Kabeln verbunden.

254

„Wollen wir zur Abwechslung mal die City in die Luft sprengen?", fragte Luna mit trockenem Mund.

Bradshaw lachte auf. „Über vierhundert Kilo Sprengstoff werden reichen, um zumindest diesen Teil der City in ein Schlachtfeld zu verwandeln."

Luna wischte das Gesicht ihrer Freundin mit dem Ärmel ihrer Jacke trocken. „Scht!", versuchte sie die völlig verängstigte Kate zu beruhigen. „Er will ja gar nicht dich. Er will mich."

Wieder lachte Bradshaw. „Ihr Ego ist goldig, Luna", sagte er. „Ich habe weder Interesse an Ihnen noch an der da." Mit dem Lauf der Waffe wies er auf Kate. „Aber ich werde Sie beide opfern, wenn es sein muss."

Luna drehte sich zu ihm, soweit es die Enge des Wagens zuließ. „Wieso leben Sie eigentlich noch, Sie mieses Arschloch? Und wer war der Tote in Ihrem Appartement?" Dann schlug sie sich mit der flachen Hand gegen den Kopf. „Der Wachmann, Ken Lonagan. Richtig!"

Bradshaw nickte, zwängte sich zwischen dem Beifahrer- und dem Fahrersitz hindurch und nahm hinter dem Steuer Platz. Dann drehte er sich wieder zu den Frauen um. In der Hand hielt er einen Fernzünder.

„Wenn Sie abdrücken, Bradshaw, sterben Sie auch", zischte Luna.

„Das glaube ich nicht. Schließlich bin ich ja schon tot."

Luna bemerkte in seinen Augen einen fiebrigen Glanz, den sie bei früheren Treffen nicht gesehen hatte.

„Nun, Luna, geben Sie es zu: Sie würden gern wissen, wie ich es gemacht habe."

„Die Frage ist nicht wie, sondern warum!", giftete Luna ihn an.

„Nein, nein! Sie begreifen es nicht!", schrie Bradshaw.

„Ich will wissen, ob Sie es verstanden haben oder ob ich meine Zeit mit Ihnen vertue!"

„Wir sind hier nicht in der Schule", sagte Luna.

Kate schüttelte verzweifelt den Kopf.

„Was?", fragte Luna genervt. „Der ist doch irre!"

Kate deutete mit dem Kopf auf Bradshaw und Luna bemerkte, wie der Mann vor Wut zu zittern begann. Kein gutes Zeichen!

„Oh", murmelte sie. „Verstehe, ja ... Sie wollen prüfen, ob ..." Sie sah Kate an und zuckte mit den Schultern, doch Kate konnte ihr nicht helfen. „Gut, also ... Ja, wir wollen wissen, wie Sie es gemacht haben." Ihr Hirn arbeitete. „Ich würde sagen ... Haddock kam in Ihre Wohnung und wollte die CD. Richtig?" Sie sah zu Kate, die nickte. „Gut. ... Es kam zu einer Prügelei." Luna blickte in Bradshaws Gesicht; er schien etwas ruhiger zu werden. Dann fuhr sie fort: „Die Skulptur fiel zu Boden, Sie sahen die Kamera im Auge des Bullen und wussten, dass jemand Sie beobachtete."

Bradshaw nickte. „Und weiter, und weiter? Was habe ich dann getan?"

„Einen Plan entwickelt?", fragte Luna vorsichtig.

Kate nickte.

Bradshaw wurde ungeduldig. „Ja, aber welchen?"

„Sie haben Ihren Tod vorgetäuscht."

Der Mann rollte mit den Augen. „Natürlich, Sie dummes Nachtschattengewächs! Sonst wären wir ja nicht hier", schrie er und fuchtelte wild mit der Fernzündung herum.

Schnell warf Luna sich über ihre Freundin, was aber im Notfall nicht viel geholfen hätte.

„Also weiter!", schrie Bradshaw mit sich überschlagender Stimme.

Luna löste sich von Kate, wobei sie Bradshaw nicht aus den Augen ließ. „Nun ... Sie haben den Wachmann überrascht, als er die Kamera auswechseln wollte, nehme ich an. Er musste Ihre Kleider anziehen ..."

„Womit habe ich das erreicht?", wollte Bradshaw wissen. „Mit einer Waffe?"

„Ha!", rief er triumphierend. „Ich wusste es: Sie sind so dumm wie der Rest! Denken Sie nach! Denken Sie nach, Luna! Sie sind hier in der City!"

„Okay, dann eben mit Geld. Zehntausend Pfund waren für den Mann bestimmt ein guter Anfang."

Bradshaw nickte. „Vor seinen Augen habe ich das Geld auf das Konto seiner Freundin überwiesen. Meine Armbanduhr und meinen besten Anzug samt Schuhen durfte er auch haben. Dafür sollte er mir sagen, wer die Kamera in meiner Wohnung anbringen ließ."

„Und? Wissen wir es denn nun?", fragte Luna mit einem frechen Unterton, der Kate zusammenzucken ließ. „Sorry", sagte Luna zu ihrer Freundin. „Ich kann nicht anders. Der macht mich einfach wütend."

Bradshaw lachte. „Ganz die Alte. Nichts dazugelernt. Darum fiel meine Wahl ja auch auf Sie, Luna. Sie sind so berechenbar."

Luna holte tief Luft. „Die Tür! Sie haben die Wohnungstür aufgelassen, damit man die Leiche schnell findet. Richtig?"

„Richtig."

„Und dem Wachmann haben Sie mit der Schrotflinte ins Gesicht geschossen, damit die Polizei nicht so schnell herausfindet, dass ein anderer tot ist. Das verschaffte Ihnen Zeit." In ihrem Kopf rasten die Gedanken. „Aber der falsche Tote musste schnell gefunden werden. Es hätte

Tage oder Wochen dauern können, bis jemand über die Leiche gestolpert wäre. Darum riefen Sie mich an, öffneten mir die Tür unten und ließen oben die Appartementtür auf, damit ich ihn auch ganz bestimmt finde. Sie selbst sind dann über die Treppe abgehauen. Sie dachten, ich würde die Polizei rufen."

Er lachte. „Da hatte ich mich wohl getäuscht, aber ich hatte ja noch die Frau von der Reinigungsfirma."

Luna blickte zu Kate, die mit weit offenen Augen dem Gespräch lauschte. Dann fuhr sie fort: „Bei dem Mord ging es nur um die CD, richtig? Haddock wollte sie haben. Sie wussten, er würde zurückkommen und Sie würden sich nicht lange vor ihm und der Polizei verstecken können. Deshalb musste Scotland Yard glauben, Sie seien tot."

„Bingo!", sagte Bradshaw. „So hatte ich einen kleinen Vorsprung."

„Und Haddock weiß, dass Sie nicht tot sind?"

„Aber natürlich weiß er es. Unterschätzen Sie nicht unsere britische Polizei!"

„Warum sucht er mich dann noch immer? Ich meine, ich habe niemanden ermordet, aber er verfolgt mich trotzdem."

Bradshaw lachte. „Er kann gar nicht anders. Offiziell bin ich tot. Und man wird dafür sorgen, dass es wahr wird. Dann benötigt man eine geeignete Mörderin: Sie, Luna!"

Luna schüttelte den Kopf. „Verstehe ich nicht. Was will Haddock damit bezwecken?"

Bradshaw legte den Zeigefinger an seine trockenen Lippen. „Pst. Das darf keiner wissen", flüsterte er.

„Und die CD? Was ist auf der CD?", fragte Luna.

„Raten Sie mal! Vielleicht lasse ich Ihre Freundin frei, wenn Sie es herausfinden."

In Lunas Kopf kochten die Gedanken. „Ann-Mildred White. Sie hat bei Allenby spioniert."

„Weiter!"

Luna blickte zwischen der völlig verängstigten Kate und Bradshaw hin und her und überlegte fieberhaft. „Okay, ganz ruhig." Sie drückte die Hände an beide Schläfen. Denk nach, Luna, denk nach!, schrie es in ihrem Kopf. „Ja! Ich weiß es", sagte sie schließlich.

Bradshaw lächelte gelangweilt.

„Es ging um Ihren Rausschmiss. Sie wollten sich rächen. Ann-Mildred fand Beweise für irgendwelche Machenschaften von Allenby."

„Nein", sagte Bradshaw. „Warum denken nur immer alle so einfältig?" Er seufzte enttäuscht. „Größer, Sie müssen größer denken." Dann schien ihn seine Kraft zu verlassen. Erschöpft ließ er den Kopf auf die Brust sinken. „Gehen Sie, Luna!"

„Was soll ich?", fragte Luna verständnislos und klammerte sich an Kate. „Ich gehe nirgendwo hin! Nicht ohne Kate! Warum haben Sie mich überhaupt hierher gelockt, wenn Sie mich jetzt wieder wegschicken?"

Ermattet, als habe er einen Achttausender bestiegen, flüsterte Bradshaw: „Natürlich, um mir die CD zu bringen."

Kate und Luna sahen sich an.

„Holen Sie sie doch selbst, Sie Irrer!", sagte Luna, deren Geduld am Ende war.

Kate stöhnte auf. Da hob Bradshaw den Kopf, hielt die Fernzündung hoch und grinste.

„Nein! Nicht!", rief Luna. „Ich mache es ja! Ich mache es!"

Zögernd ließ Bradshaw die Hand sinken. „Solche Unartigkeiten dulde ich nicht, Luna. Wenn Sie Ihre Freundin

lebend wiedersehen wollen, bringen Sie mir die CD!" Er
sah auf seine Armbanduhr. „Ich gebe Ihnen eine Stunde
Zeit, dann sprenge ich Ihre Freundin samt Auto, Mansion
House, Bank of England und all den verräterischen
Kreaturen da draußen in die Luft."

„Das wagen Sie nicht!"

Bradshaw hob erneut die Fernzündung. Sein Daumen
schwebte dicht über dem Knopf. Kate zerrte an ihren
Fesseln.

„Garantien", fauchte Luna. „Ich will Garantien!"

„Sie haben dazugelernt", sagte Bradshaw anerkennend.
„Als Sie mir Ihr Geld gaben, reichte Ihnen ein wertloses
Stück Papier. Doch dieses Mal gibt es nicht einmal das. Sie
werden mir trauen müssen." Er grinste sie an und Luna
konnte seinen schlechten Atem riechen. Dann schrie er:
„Los jetzt!"

Kurz zuckte Luna zusammen. Sie hörte Kate wimmern.

„Keiner wird mehr betrogen als der, der traut", zitierte
sie Machiavelli.

Bradshaw grinste. „Und aus keiner Gefahr rettet man
sich ohne Gefahr", zitierte er weiter und berührte den
Knopf mit seinem Finger.

Luna starrte ihn an. Um Kate zu retten, musste sie sie
zurücklassen. Sie musste Hilfe holen, Grant informieren.
Schnell hob sie die Hände.

„Okay, ich hole die CD. Wo ist sie?"

Bradshaw lächelte zufrieden. „Ganz in der Nähe: im
Venetian Club in der Old Broad Street. In einem Briefumschlag."

vierundfünfzig

Luna sprang aus dem Wagen und lief die Threadneedle Street zwischen der Bank of England und der Royal Exchange entlang. Die Old Broad Street war zum Glück nicht weit entfernt. Doch schon nach wenigen Metern bemerkte Luna zwei Polizisten – eine Frau und einen Mann – auf der anderen Straßenseite. Sie stockten und sahen zu ihr herüber. Dann sagte die Polizistin etwas zu ihrem Kollegen. Der nickte und sprach in ein Funkgerät, das er an seiner Schulter trug, während er Luna nicht aus den Augen ließ.

„Mist!", fluchte Luna. Man durfte sie nicht verhaften, nicht jetzt! Hastig sah sie sich um. Da bemerkte sie, wie eine Seitentür der Royal Exchange geöffnet wurde und ein Mann mit einer Zeitung in der Hand heraustrat. Mit wenigen Schritten war sie bei ihm, murmelte eine Entschuldigung und drängelte sich an ihm vorbei in das altehrwürdige Sandsteingebäude hinein.

Sie rannte den Gang entlang, vorbei an einem Kosmetikladen und einem Schuhgeschäft, und gelangte schließlich in die große Halle. Diese wirkte wie eine italienische Piazza mit einem Glasdach darüber. Es roch nach frisch gemahlenem Kaffee und teurem Parfum. Luna hörte klassische Musik, Geschirrklappern und Businesstalk. Sie rannte zwischen den runden Tischen hindurch und riss einen Kellner mit Tablett um.

„'schuldigung!", rief sie über ihre Schulter. Da entdeckte sie neben der stylisch beleuchteten Bar den Hinterausgang und lief darauf zu.

Plötzlich hörte sie eine Stimme hinter sich. „Stehen bleiben!"

„'n Teufel werd' ich tun", japste sie und rannte weiter. Zwischen einer Boutique und einer Bildergalerie entdeckte sie einen schmalen Gang. Sie hoffte, über ihn wieder hinaus auf die Straße zu gelangen. In dem Moment stellte sich ihr ein Securitymann in den Weg, der sie mit beiden Armen aufzuhalten versuchte.

Luna machte einen Ausfallschritt nach links. Der Mann ging mit und griff ins Nichts. Sie rannte rechts an ihm vorbei, während er noch versuchte, sein Gleichgewicht wiederzufinden. Schnell drückte Luna eine Tür auf und fand sich in einer kleinen Fußgängerpassage wieder. Ohne zu überlegen, rannte sie nach links und erreichte nach wenigen Metern wieder die Threadneedle Street. Rechts ging es zur Old Broad Street.

Überall waren Kameras. Luna hatte eigentlich keine Chance, unentdeckt zu bleiben. Sie seufzte. Wie sollte sie auch wissen, dass man im Yard gerade ganz andere Probleme hatte.

fünfundfünzig

Die Hochhäuser mit den Glasfassaden schienen die viktorianischen Pracht- bauten in der Old Broad Street zu erdrücken. Atemlos stand Luna vor einem in dezentem Gelb gehaltenen zweistöckigen Haus und überlegte, was sie als Nächstes tun sollte. Bisher hatte alles geklappt. Weit und breit waren keine Polizeiwagen zu sehen und Sirenen konnte sie auch nicht hören. Die beiden Beamten hatte sie offenbar abgeschüttelt.

So weit, so gut. Aber es war nur eine Frage der Zeit, bis die Polizei die gesamte Gegend durchkämmte. Sie musste, so schnell es ging, in den Club. Doch wie sollte das gehen, wenn sie kein Mitglied war? Unsicher betrachtete sie das Gebäude. Drei schmale Stufen führten zu einer geschlos- senen hohen Eichentür. Irgendwie musste sie es schaffen, dort hinein zu gelangen.

Jemand hatte ihr mal gesagt, dass die Leute in solchen Clubs hysterische Anfälle und Schnappatmung bekämen, sobald Frauen über die Türschwelle traten. Nun, es war Zeit, diese Behauptung zu überprüfen.

Luna lief die Stufen hoch. Noch bevor sie den Klopfer in die Hand nehmen konnte, wurde die Tür von innen geöff- net. Ein älterer Herr, der ihr Großvater hätte sein können, stand vor ihr. Amüsiert blickte er an ihr herunter.

„Meine Güte!", sagte er und schob seine dicke Brille höher auf die Nase. „So etwas hat meine Frau getragen, als wir jung waren." Er lächelte verschmitzt und an seinen Augen bildeten sich kleine Falten. „Sehr jung", ergänzte er. „Möchten Sie etwa zu Lord Bingfield?"

Luna nickte überrascht.

Sein Lächeln wurde breiter. „Ah, ich dachte mir doch, dass Sie es sind! Ich bemerkte sofort die eklatante Ähnlichkeit zu Ihrem Herrn Vater." Er nahm ihre Hände in seine. „Herzlichen Glückwunsch, meine Liebe! Schon Ihre Ur-Ur-Großtante, Lady Roslind, wollte hier heiraten. Selbstredend war der damalige Vorstand dagegen. Es brauchte fast einhundertfünfzig Jahre, bevor wir uns zu einem solch gewagten Schritt entschließen konnten." Er blinzelte sie durch seine dicken Brillengläser an. „Ich persönlich habe mich ja dafür ausgesprochen, dass die Feier hier stattfinden kann." Mit einer leichten Verbeugung bat er Luna ins Haus. „Sie finden Lord Bingfield im Salisbury Room. Man wird Sie dorthin geleiten."

Ohne zu wissen, wovon der nette Herr eigentlich redete, dankte Luna ihm und trat möglichst hoheitsvoll in den traditionsreichen Club ein. Sofort bemerkte sie den livrierten Diener, der gemessenen Schrittes die Treppe herunterkam und abschätzend zu ihr herüberblickte.

„Charles, bringen Sie Lady Fiona bitte zu Lord Bingfield! Sie möchte die Vorbereitungen für ihre Hochzeit in unserem Club treffen. Das wird eine ganz feine Sache, Charles, eine ganz feine."

„Sehr wohl, Sir", näselte Charles, der weitaus vornehmer wirkte als der ältere Herr neben Luna. „Wenn Sie mir bitte folgen wollen", sagte er formvollendet.

Doch Luna hatte seinen Blick bemerkt: Er wusste, dass sie alles andere war als eine Lady. Während er sie durch die Halle mit dem Boden aus schwarz-weißem Marmor führte, hielt Luna sich einige Schritte hinter ihm. Dann erreichten sie eine Freitreppe mit einem kunstvoll geschmiedeten Geländer.

Auf der dritten Stufe drehte Charles sich zu Luna um

und blickte sie streng an. „Sie wünschten Lord Bingfield zu sprechen, das hatte ich doch richtig verstanden, Lady ...?"

Nun war der Moment der Wahrheit gekommen. „Ähm, nein, ich wollte nur einen Brief für Norman Bradshaw abholen", stotterte Luna.

„Aha, dachte ich es mir doch." Der Mann kam die Stufen wieder herunter. Mit nun weitaus weniger Reserviertheit in seinem wächsernen Gesicht packte er Luna am Arm. „Mr Bradshaw ist nicht mehr Mitglied in diesem Club." Er schob Luna dem Ausgang entgegen, öffnete mit einer Hand die Tür und wollte sie hinauswerfen.

„Aber er hat mich geschickt, um seine Briefe abzuholen", protestierte Luna.

Charles zupfte die Jacke seiner Livree zurecht. „Soweit mir bekannt ist, weilt Mr Bradshaw nicht mehr unter uns. Daher nehme ich an, er benötigt seine Briefe nicht mehr – sofern überhaupt noch welche an unserer Rezeption zu finden sein sollten."

Mit einem dumpfen Knall fiel die Tür vor Lunas Nase ins Schloss.

„Blödmann!", rief sie empört. Die Sache hatte so gut angefangen, und nun das. Aber sie würde nicht aufgeben.

In der Hoffnung, einen Seiteneingang zu finden, lief Luna die Straße erst in die eine, dann in die andere Richtung entlang. Von irgendwoher musste dieser piekfeine Club doch sein Essen und das Klopapier bekommen. Und die Lieferanten gingen bestimmt nicht durch den Haupteingang. Doch sie konnte nichts entdecken.

„Mist!", rief sie und stampfte auf.

Niemand störte sich daran. Geschäftig eilten die Leute ihren ach so wichtigen Terminen entgegen, tippten etwas in ihr Smartphone oder schienen mit sich selbst zu reden.

Luna, die nicht einmal eine Armbanduhr besaß, eilte auf einen der Anzugträger zu und stellte sich ihm in den Weg. „Uhrzeit!", bellte sie ihn an.

Ohne im Gehen innezuhalten oder den Grund für diesen Ton erfahren zu wollen, lief der Mann, der intensiv auf das Display seines Handys starrte, einfach um sie herum und murmelte: „Halb sechs."

Kopfschüttelnd blickte Luna ihm nach und sah, wie er traumwandlerisch dem Moped eines Pizzalieferanten auswich, ohne auch nur einmal aufzusehen.

„Mist!", fluchte sie noch einmal. Die Zeit wurde knapp – nur noch eine halbe Stunde. Was sollte sie tun, wenn der Club den Brief weggeworfen hatte? Und wie sollte sie überhaupt ein zweites Mal in diese vornehme Festung reinkommen?

Hektisch blickte sie die Straße auf und ab. Zwischen Luxuslimousinen und roten Bussen entdeckte sie auf der anderen Straßenseite, nur wenige Meter von ihr entfernt, CCTV-Kameras. Jedes verdammte Haus, jeder Coffeeshop und jede öffentliche Toilette in der City schien inzwischen damit ausgestattet zu sein. Sie durfte sich dort nicht zu lange aufhalten. Das würde auffallen und die Polizei würde noch früher auftauchen.

Mit zusammengekniffenen Lippen und einer mächtigen Wut im Bauch zwang sie sich, ruhig zu bleiben. Sie würde so tun, als hätte sie ihr Vorhaben aufgegeben. Sicherlich verfolgte dieser livrierte Affe in seiner dämlichen Uniform jeder ihrer Schritte vor dem Haus an irgendeinem Bildschirm.

Sie holte tief Luft, ging gemessenen Schrittes am Haupteingang des Clubs vorbei und verbot sich, der Kamera die Zunge herauszustrecken. Dann winkte sie ein Taxi heran, stieg ein und sagte dem Fahrer, er solle losfahren. Ein paar Meter weiter, dort wo die Kameras des Clubs sie nicht mehr filmen konnten, befahl sie ihm anzuhalten. Sie sagte dem erstaunten Mann, sie habe es sich anders überlegt und wolle lieber laufen. Dann sprang sie aus dem Wagen.

Da die Old Broad Street glücklicherweise keine Einbahnstraße war und die Autos wie überall in der City recht langsam fahren mussten, konnte Luna neben einem Lieferwagen her zurück zum Club laufen. Dort huschte sie auf den Fußweg und dann die Stufen zur Eingangstür hinauf. Doch statt es noch einmal mit der Tür zu versuchen, schwang sie sich über die Balustrade auf der rechten Seite und drückte sich dahinter dicht an die Wand. Eines der Fenster im Erdgeschoss war halb geöffnet. Mit einem kurzen Blick überzeugte sich Luna davon, dass der Raum leer war. Dann schob sie das Fenster ein wenig höher und kletterte hinein. Niemand auf der Straße schien etwas bemerkt zu haben.

Sie schüttelte den Kopf. „In was für einer Welt leben wir eigentlich?", murmelte sie und lief zu der Tür, hinter der sie die Halle vermutete. Nun musste sie nur noch die Rezeption finden. Dort könnte dann, wenn der livrierte Lackaffe von eben recht hatte, Bradshaws Brief liegen.

Vorsichtig öffnete Luna die Tür. Niemand war zu sehen. Auf der anderen Seite der Halle befand sich eine schmale Tür, die halb offen stand. Ein Messingschild daran wies den Raum als Rezeption aus.

„Bingo", flüsterte Luna. Dann huschte sie durch die Halle und lugte in den Raum hinein. Plötzlich hörte sie Stimmen aus dem Obergeschoss. Schnell schlüpfte sie durch die Tür und schloss sie leise hinter sich.

Der Raum wirkte wie ein Museum. In einer Ecke stand

ein uralter Schreibtisch, davor ein lederbezogener Stuhl. An einer Wand befand sich ein dunkles Stehpult mit einem dicken Buch darauf, es fehlten nur noch Feder und Tintenfass. Darauf schien man dann allerdings doch verzichten zu wollen, denn ein ordinärer Kugelschreiber lag auf der Ablage. Zu Lunas Linken hing eine Art Schlüsselbrett an der Wand. Unter jedem Haken war ein kleines Messingschild mit einem Namen angebracht.

Luna trat näher und las: „Duke of Edinburgh, Robert Peele, Baron de Rothschild – wow! Ich dachte, die sind schon alle tot." Doch sie hatte keine Zeit, darüber nachzudenken. Ihr Blick streifte weiter durch den kleinen Raum. Da entdeckte sie auf einem halbhohen Schrank zwei Körbe. Der eine schien für ausgehende Post zu sein, denn die Briefe darin waren zwar adressiert, aber noch nicht abgestempelt. Der andere musste die eingehende Post enthalten.

Hektisch lief Luna zu dem Schrank hinüber und schaute den Eingangsstapel durch. Gerade als sie einen dick gefütterten Briefumschlag mit Bradshaws Namen und der Adresse des Clubs in der Hand hielt, wurde die Tür geöffnet.

„Miss Dench! Wie freue ich mich, Sie endlich einmal persönlich kennenlernen zu dürfen!" DCI Haddocks Stimme war kalt wie das Wasser der Themse im Winter.

Luna fuhr herum. „Shit!", murmelte sie. „Woher wissen Sie, dass ich hier bin?"

Doch sie brauchte keine Antwort: Charles stand hinter Haddock und wirkte sehr zufrieden.

„Petze!", zischte Luna ihm zu.

Haddock zeigte auf ihre Haare. „Vielleicht sollten Sie sie abschneiden. Auch wenn Sie Ihre Haare gefärbt haben,

Miss Dench, kennt Sie mittlerweile jeder in der Stadt. Glauben Sie mir."

In Lunas Kopf rauschten die Gedanken durcheinander. Was sollte sie nur tun? Sie konnte Haddock unmöglich die CD geben. Und sie musste sofort zurück zu Kate, denn die Zeit, die Bradshaw ihr gegeben hatte, lief ab.

Angst macht bekanntlich stark. Und Luna hatte Angst – um ihre Freundin. Also rannte sie los. Nicht ohne dem livrierten Affen an der Tür einen Tritt dahin zu geben, wo es wirklich, wirklich wehtat.

sechsundfünfzig

Während Luna die Old Broad Street entlangjagte, krallten sich ihre Finger um den Umschlag in ihrer Jackentasche. Sie hatte nicht mehr viel Zeit, höchstens noch zwei oder drei Minuten. Doch als sie in die Threadneedle Street einbog, merkte sie, dass etwas nicht stimmte. Der Wagen war fort!

Keuchend stoppte sie neben der Royal Exchange und hielt Ausschau. Wo waren sie? Nirgends war der weiße Lieferwagen zu entdecken. Sie griff nach irgendjemandem, der gerade an ihr vorbeigehen wollte.

„Uhrzeit!", rief sie.

Der Mann im gelben Regenmantel blickte erschrocken von seinem Stadtplan auf. Die Frau neben ihm, ebenfalls in einen gelben Regenmantel gekleidet, schrie kurz auf. Während Lunas Augen noch immer die Straße nach Kate und dem Lieferwagen absuchten, fragte der Mann seine Frau etwas auf Deutsch. Ihr Englisch schien besser zu sein als seines, denn sie sah zitternd auf ihre Armbanduhr. Leise erklärte sie, dass es fast sechs Uhr sei.

Luna packte sie am Revers ihres Mantels. „Genauer! Ihr Deutschen seid doch sonst immer so pingelig!"

„Drei Minuten vor sechs", sagte die Frau entsetzt und riss sich los.

Luna fluchte. Sie war nicht zu spät. Bradshaw hatte sich nicht an die Abmachung gehalten! Wie auch? Das tat der Kerl ja nie!

Ohne sich weiter um das Paar zu kümmern, eilte Luna zur Kreuzung, wo sich die Threadneedle Street und vier weitere Hauptstraßen vor dem Mansion House trafen. Wo war der Kerl? Sie stellte sich auf die Verkehrsinsel und blickte die Straßen eine nach der anderen hinunter. Da klingelte ihr Handy. Hastig fummelte sie es heraus in der Hoffnung, es wäre Grant. Doch ein Blick auf das Display verriet ihr, dass er es nicht war.

„Wo sind Sie, Sie ...?", schnauzte Luna Bradshaw an. Jedenfalls dachte sie, er sei der Anrufer.

Doch stattdessen hörte sie Kate leise sagen: „Über dem gekauften Fluss, gleich unter dem Himmel." Kate schluchzte.

„Was?" Ein Bus fuhr dicht an Luna vorbei und hupte. Sie drückte das Handy fester an ihr Ohr und hielt sich das andere Ohr zu. „Noch mal, Kate, ich verstehe nichts. Es ist so laut hier!"

Kate wiederholte die Worte, wobei ihre Stimme immer wieder stockte. Dann wurde aufgelegt. Sofort zeigte das Display Luna an, dass sie kein Netz hatte.

Wie angewurzelt stand sie da, mitten auf der Verkehrsinsel. Eine Frau kam auf sie zu und fragte, ob alles in Ordnung sei. Luna hörte sie wie durch einen Nebelschleier. Sie fühlte, wie ihr Kopf nickte. Dann lief sie über die Straße und einfach weiter. Es dauerte ein wenig, bis sie begriff, dass Bradshaw ihr durch Kate ein Rätsel aufgegeben hatte. Aber sie hatte keine Ahnung, was die Sätze bedeuten sollten. Sicherlich musste sie das Rätsel lösen, um Kate zu finden. Aber wie? Sie hatte kein Wort begriffen. Gekaufter Fluss? Vielleicht die Themse? Unter dem Himmel? Das London Eye? Sie wollte schon losrennen, doch dann blieb sie stehen. Könnte es nicht genauso gut etwas anderes bedeuten?

Ihre Knie wurden weich. Sie musste sich an einer Wand abstützen, schloss die Augen und kämpfte gegen ein unbestimmtes Gefühl der Übelkeit. Vielleicht war mit dem gekauften Fluss ja auch etwas anderes gemeint. Kaufen? Einkaufen? Oxford Street? Sie tastete sich an der Wand entlang.

Da bemerkte sie eine Bewegung oberhalb ihres Kopfes. Sie blickte hoch und sah die Kamera, die sich direkt auf sie ausgerichtet hatte. Mit einer wenig vornehmen Handbewegung zeigte sie, was sie davon hielt, dass jemand an einem Bildschirm sie so ungeniert beobachtete. Vielleicht rief er ja sogar schon die Polizei. In dieser Stadt durfte man sich offenbar nicht länger als nötig an einem Ort aufhalten. Das wurde von den Kameras gleich als auffälliges Verhalten eingestuft.

„Irre", überlegte Luna, während sie langsam weiterging. Diese Kameras sorgten allein durch ihre Existenz dafür, dass Menschen nicht stehen blieben. Diese Erkenntnis würde ihr zwar bei der Suche nach Kate nicht helfen, war aber bemerkenswert.

Sie sah zu einer Kamera auf einer Straßenlampe hoch und stockte. Täuschte sie sich oder hatte sich die Kamera soeben zu ihr gedreht? Sie ging ein paar Schritte rückwärts und stieß mit jemandem zusammen. Die Kamera folgte ihr. Dann lief sie ein paar Meter vor und drehte sich abrupt um. Tatsächlich, die Kamera war auf sie gerichtet.

„Das gibt es doch nicht!" Luna rannte weiter. Erst als ihre Lunge zu brennen begann, blieb sie stehen und sah sich um. Sie befand sich an einer Kreuzung mit sechs, nein sieben Kameras. Alle überwachten den Verkehr oder die Eingänge von Gebäuden. Das war nichts Ungewöhnliches. Eine aber folgte ihr. Jemand hatte sie im Visier, und Luna wusste auch schon wer.

Sie überlegte kurz, dann holte sie mit einem breiten

Grinsen den Umschlag aus ihrer Tasche und hielt ihn hoch. Langsam ging sie auf die Kamera zu.

„Hier, du irrer Mistkäfer!", schrie sie. „Wenn du das haben willst, dann hol es dir!"

Sie setzte sich auf einen Blumenkübel aus Beton und wartete. Eine Minute später klingelte ihr Handy.

siebenundfünfzig

Die Fahrstuhltür öffnete sich in der obersten Etage. Luna umklammerte den Umschlag in ihrer Manteltasche. Langsam trat sie aus der Kabine. Alles wirkte so, als seien die Bauarbeiter gerade erst fertig geworden: nackte Betonsäulen, ein Boden ohne Belag. Sie hörte verzerrte Stimmen und folgte ihnen. Langsam ging sie den Gang entlang. Als sie an eine Ecke kam, blieb sie stehen und lauschte. Die Stimmen klangen, als kämen sie aus einem alten Radio.

Vorsichtig lugte Luna um die Ecke. Sie sah einen großen Raum. Am anderen Ende saß Kate mit dem Rücken zu ihr. Sie war an einen Stuhl gefesselt. Ob sie noch die Dynamit-päckchen trug, konnte Luna nicht erkennen.

Etwa fünf Meter von Kate entfernt waren mehrere Schreibtische im Halbrund aufgestellt, darauf standen Computerbildschirme. Ihr Licht schien auf Bradshaws unrasiertes Gesicht, dessen Mundwinkel zuckten. Er saß auf einem Bürostuhl in der Mitte. Gerade stieß er sich ab und rollte zu einem anderen Bildschirm. Dort tippte er auf einer Tastatur herum – so laut, dass Luna das Klappern hören konnte.

„Kommen Sie, Luna!", rief Bradshaw plötzlich. Seine Stimme hallte durch die leere Etage.

Luna zuckte zusammen.

„Oder dachten Sie, ich habe nicht gemerkt, wie Sie in mein kleines Reich geschlichen sind?"

Luna trat hinter der Ecke hervor und ging auf Bradshaw zu. Als sie Kate erreichte, sah sie, dass ihre Freundin die Päckchen noch immer an ihrem Körper trug. Kate ruckelte an ihrem Stuhl und wirkte inzwischen alles andere als ängstlich. Es schien der Mut der Verzweiflung zu sein.

Luna beugte sich zu ihr hinunter und flüsterte: „Na, wollen wir ihn fertigmachen?"

Kate nickte wütend.

„Aber, aber, meine Damen. Benehmen sich so Gäste?" Bradshaw rollte zu einem anderen Bildschirm. Währenddessen waren aus mehreren kleinen Lautsprechern verärgerte Stimmen zu hören.

„Ist das der Polizeifunk?", fragte Luna.

Bradshaw blickte kurz hoch. „Nun, sagen wir, es ist das, was ich davon übrig gelassen habe."

Tatsächlich klangen die Stimmen ziemlich abgehackt und es war kaum etwas zu verstehen.

Bradshaw stand auf und kam um den Tisch herum. „Alle Funksysteme in der City haben das gleiche Problem." Er grinste. „Mangelnde Sicherheit. Erst kann man alles abhören, dann kontrollieren."

Luna nickte. „Verstehe. Irgendeine kleine Spielerei, die Sie da machen."

Er lachte. „Richtig. Nur eine Spielerei!" Dann kam er näher und hielt ihr die offene Hand hin. „Die CD."

Luna trat einen Schritt zurück. „Habe ich nicht." Sie beobachtete Bradshaw, der stockte. „Ich bin doch nicht blöd und komme mit der CD hierher. Dann hätten Sie mich, Kate und die CD." Sie schüttelte den Kopf. „Nein, jetzt wird erst einmal verhandelt." Da sah sie aus dem Augenwinkel eine Bewegung. Sie fuhr herum.

„Hier wird nicht verhandelt, Miss Dench." Priscilla Langley kam auf sie zu. In der Hand hielt sie eine Pistole.

„Oh" war alles, was Luna sagen konnte.

achtundfünfzig

In fast gespenstischer Ruhe erhob sich das Mansion House vor Grant. Die fünf Straßen, die hier zusammentrafen, waren so gut wie leer. Die Ampeln regelten einen Verkehr, den es um diese Uhrzeit in der City kaum noch gab.

Grant stand mitten auf der Verkehrsinsel. Sein Blick glitt über die Säulen des Mansion House, die Threadneedle Street hinunter, über die Royal Exchange. Er war sich sicher, dass Kate und Luna in der Nähe waren. Vor einer dreiviertel Stunde hatte Luna ihn angerufen und wirres Zeug geredet, dann war die Verbindung nach wenigen Sekunden plötzlich abgebrochen. Er war sofort mit dem Wagen hierhergekommen. Doch von Luna oder Kate gab es keine Spur.

Grant machte sich bittere Vorwürfe, dass er die beiden Frauen mit in die Sache hineingezogen hatte. Es gab andere Wege, korrupte Vorgesetzte loszuwerden. Man musste nur die Abteilung für interne Ermittlungen anrufen, und schon hatte man seine Pflicht getan. Doch nun war es zu spät.

Er griff zu seinem Handy und wählte. Aber die Verbindung kam nicht zustande. Er versuchte es wieder und wieder. Dann klappte es endlich.

„Kelly!", schrie er. „Wo sind Sie?"

„Bin ... Überwachungsraum ... Sir?", kam es abgehackt aus dem Gerät.

„Überprüfen Sie die CCTV-Bilder vor dem Mansion House und im Umkreis von dreihundert Metern. Finden Sie die beiden Frauen, Kelly!" Er hörte ein Knacken in der Leitung. „Was ist?" Angestrengt horchte er. „Kelly?"

„Geht nicht ... Probleme ...“

„Was für Probleme?“, rief Grant.

„... System spinnt ... Zeichen...film ...“

„Was ist da los bei Ihnen, Constable?“

„... kein CCTV ... Donald Duck ... jeder Bildschirm ...“

Die Verbindung wurde unterbrochen.

„Kelly?“, fragte Grant, doch er hörte nur noch ein Rauschen in der Leitung. „Mist!“

Er atmete tief durch, um sich zu beruhigen. Dann musste er die beiden Frauen eben allein finden. Immer wieder drehte er sich um, ließ seinen Blick über die Häuser und Straßen gleiten. Wäre das Mobilfunknetz in Ordnung und er nicht vom Dienst suspendiert worden, hätte er Kollegen mit Wagen rufen können, um eine Suche zu organisieren. So aber war er auf sich allein gestellt.

„Gekaufter Fluss“, murmelte er und überlegte. Er kannte die Stadt noch nicht besonders gut. „Unterm Himmel.“ Das waren die Hinweise gewesen, die Luna ihm gegeben hatte.

Auf einmal hörte er Sirenen. Schon kamen Blaulichter die Prince's Street hinunter und tauchten im Vorbeirasen die Hauswände der Bank of England in ein blinkendes Blau. Es waren fünf Wagen. Als sie die Kreuzung erreicht hatten, erstarben ihre Sirenen und nur das Licht blieb. Grant erkannte Haddock im ersten der Wagen. Er sah den Kollegen nach, wie sie die King William Street entlangrasten, und plötzlich wusste er, wohin sie wollten. Inständig hoffte er, dass auch Kate und Luna dort waren.

Er hastete um das Gebäude des City of London Magistrates' Court herum und bog in eine schmale Gasse ein. Dann rannte er an alten Gebäuden aus glorreichen Empirezeiten vorbei. Die Gasse – Walbrook – war nach einem Fluss benannt, der inzwischen unterirdisch verlief.

Im Vorbeilaufen blickte Grant auf die teuren Boutiquen und Delikatessläden. Der gekaufte Fluss – wieso war er nicht früher darauf gekommen?

Die Gasse endete an der breiten Cannon Street mit ihren modernen Neubauten. An der Ecke, direkt neben dem altehrwürdigen Gebäude, in dem Pradwell & Partner seine Büros hatte, befand sich das Walbrook Building. Es wirkte wie ein UFO aus einem Science-Fiction-Film der 1990er und stand seit fast zwei Jahren leer. Unterm Himmel – das konnte nur bedeuten, dass sie sich im obersten Stockwerk befanden.

Grant erreichte den Eingang des Walbrook Building in dem Moment, als die Einsatzwagen ankamen. Er rannte zur Drehtür an der Ecke, doch sie ließ sich nicht drehen. Mit beiden Fäusten schlug er gegen die Scheibe, hinter der die leere Eingangshalle lag. Da packte ihn jemand an der Schulter und riss ihn herum.

„Ich lasse Sie festnehmen, Grant!", schrie Haddock und gab einigen Beamten ein Zeichen. Sie eilten sofort herbei.

Doch bevor man ihn packen konnte, verpasste Grant seinem ehemaligen Vorgesetzten einen Kinnhaken. „Das werden Sie nicht, Haddock! Sie sind korrupt – und ich kann es beweisen!"

Der DCI stolperte zurück und hielt sich sein Kinn. „Jetzt reicht's!", rief er und preschte vor. Mit einem gezielten Schlag setzte er Grant außer Gefecht.

Als Grant bald darauf wieder zu sich kam, blickte er in das Gesicht des Commissioners.

„Detective Sergeant Grant, Sie sollten etwas wissen."

neununffünfzig

„Mit mir haben Sie sicherlich nicht mehr gerechnet, Miss Dench." Priscilla Langley, wie immer perfekt gekleidet, stellte sich neben Bradshaw. „Und jetzt, Miss Dench ..."

„Ach, sagen Sie doch Luna. Das machen alle", fiel Luna ihr ins Wort, doch sie merkte, dass ihre Stimme zitterte.

„Geben Sie uns die CD!"

Luna überlegte. „Bevor ich das mache ..." Sie schaute Bradshaw an, dessen Augen noch immer diesen verdächtig fiebrigen Glanz hatten. „Bevor ich das mache, erzählen Sie mir doch sicherlich, was da drauf ist, oder?"

„Warum sollte er, Miss Dench?"

Luna blickte Priscilla Langley an. „Nun, weil er sich so viel Mühe gegeben hat, damit ich ihn finde", meinte sie. Und an Bradshaw gewandt fragte sie: „Also, warum tun Sie das alles, Mr Bradshaw?"

Der Mann lächelte schief. Luna bemerkte das schweißgetränkte Oberhemd, die Flecken auf der Hose. Er hatte offenbar seit Tagen nicht mehr geschlafen, wirkte fast verwahrlost. Irgendwann hatte er eine Grenze überschritten, was ihn verdammt unberechenbar und gefährlich machte.

„Ich war der Beste in der City. Der Allerbeste. Aber sie haben es nicht wahrhaben wollen", sagte er.

„Man hat Sie entlassen und angeklagt."

Bradshaw lachte. „Sechzig Millionen! Was ist das schon?! Das hätte ich in einer Woche wieder reingeholt." Er ging zurück hinter die Bildschirme und begann, von einem zum anderen zu laufen. Ab und zu beugte er sich hinunter und starrte auf einen von ihnen. „Allenby, der große Mentor, wollte nur verhindern, dass ich Partner bei Pradwell werde. Denn ich hatte herausgefunden, dass er mit den Geldern der Kunden spielte und seit Jahren verlor." Er tippte auf einer der Tastaturen herum, ohne den Bildschirm davor aus den Augen zu lassen. „Er hatte viel Geld verloren. Und durch die Krise konnte er das Loch nicht mehr mit dem Geld anderer Kunden stopfen. Also hat er die Dinge so gedreht, dass es aussehen musste, als hätte ich die Geschäfte veranlasst. Urkundenfälschung und so weiter. Er brauchte ein großes Opfer." Bradshaw richtete sich auf. „Das war ich." Er schüttelte seine fettigen Haare. „Er missbrauchte mein Vertrauen."

Luna wiegte den Kopf hin und her. „Nun, wenn ich an all jene denke, deren Vertrauen Sie ausgenutzt haben: die kleinen Hausbesitzer, die Alten, die ihr Erspartes in Ihre Hände gegeben haben ..." Sie ging ein paar Schritte auf ihn zu. „Oder ich!"

Schnell trat Priscilla Langley vor und drückte Luna die Waffe in den Magen.

Doch Luna konnte nicht aufhören. „Erzählen Sie mir nichts von Vertrauen, Sie Irrer!"

„Zurück!", zischte Priscilla Langley und bohrte Luna den Lauf der Pistole noch tiefer in den Magen.

Luna wich zurück. „Was ist auf der CD, Bradshaw?", fragte sie erneut. „Die Beweise, die Ann-Mildred für Sie im Mansion House gesammelt hat? Beweise, dass Allenby betrügt? Wie viel Geld wollten Sie aus ihm herauspressen?" Sie beobachtete Bradshaw, wie er sich wieder an den Tastaturen zu schaffen machte.

Er sagte nichts.

„Musste sie deshalb sterben? Weil sie zu viel wusste?"

Priscilla Langley lachte auf. „Sie war überflüssig. Sie hatte ihre Arbeit getan."

„Ah, und das Geld durch zwei zu teilen ist nun mal lukrativer als durch drei. Richtig?", meinte Luna sarkastisch.

Die Frau vor ihr wollte gerade nicken, als Bradshaw ihr ohne hochzusehen zuvorkam: „Sie war von mir schwanger. Deshalb hat Priscilla sie erschossen."

Priscilla Langleys Kopf flog herum, so dass sich aus ihrer Hochsteckfrisur eine Strähne löste. „Du hast es gewusst?"

„Natürlich. Schließlich hatte ich es so geplant."

„Was soll das heißen?", stieß die Frau hervor. Dabei senkte sie die Waffe.

„Ganz einfach: Ich habe dafür gesorgt, dass du eifersüchtig wirst", erwiderte Bradshaw und widmete sich einem anderen Bildschirm. „Ihr Frauen seid so berechenbar."

Priscilla Langley sagte nichts, aber in ihr brodelte es, das konnte Luna sehen.

„Wow", murmelte sie. „Ein echter Frauenversteher."

„Nun, das ist jetzt nicht mehr wichtig", presste Priscilla Langley hervor. „Wichtig ist nur noch, dass du deine Rache bekommst und bei mir die Kasse stimmt."

Luna drehte sich zu der gefesselten Kate, die der Unterhaltung mit weit aufgerissenen Augen folgte. „Habe ich es dir nicht gleich gesagt, Kate? Es geht nur um Geld." Sie drehte sich zurück. „Was sollte der Auftritt im Mansion House, Mr Bradshaw? Sagten Sie Allenby an diesem Abend, was Sie gegen ihn in der Hand haben?"

Bradshaw blickte sie über die Bildschirme hinweg an und schüttelte den Kopf. „Sie verstehen gar nichts, Luna. Sie sind einfach zu dumm – wie all die anderen auch."

Priscilla Langley grinste. „Er übergab ihm unser Angebot."

„Angebot?"

„Fünfhundert Millionen für die CD."

„Wow, da müssen aber wichtige Daten drauf sein!", schätzte Luna. „Kontonummern? Kundendaten? Beweise für Steuerhinterziehung? Was ist es?"

Bradshaw lachte. „Nein, nur ein Virus." Er beobachtete Luna, um zu sehen, ob sie verstand. „Eine Art Mastervirus, der erst sämtliche Bankgeschäfte der City lahmlegt und dann jeden Rechner, der mit der City of London Kontakt hat, infiziert."

„Verstehe", flüsterte Luna. „Darum die flackernden Ampeln, die Probleme mit den Handys und der abgehackte Polizeifunk."

„Richtig", bestätigte Bradshaw und kam hinter den Computern hervor. „Ich habe Allenby und den anderen damit eine Warnung zukommen lassen."

„Wie haben Sie das gemacht?"

Bradshaw lächelte. „Haben Sie sich nie gefragt, liebe Luna, warum ich so dringend ins Heron wollte?"

Luna schüttelte den Kopf und zeigte auf Kate. „Nö, aber ich glaube, sie wollte das wissen."

„Eine kluge Frage, Miss Cole."

Kate zerrte an ihren Fesseln.

Bradshaw ignorierte sie. „Ich habe Störsignale von dort oben gesendet und meine kleinen viralen Helfer durch die Lüfte in die funkgesteuerten Systeme geschickt." Er breitete die Arme aus. „All das hier, meine Lieben, wird zerstört, weil es selbst versucht zu zerstören. Das System ist falsch und ich sorge dafür, dass es sich selbst vernichtet." Er blickte die Frauen der Reihe nach an. „Und je mehr

Allenby versucht, das Unvermeidliche zu verhindern, desto schneller wird es eintreten." Er begann, zwischen Luna und Priscilla Langley auf und ab zu gehen. „Jede E-Mail, jeder Datenaustausch zwischen dem Mansion House und dem Rest der Welt wird den Virus verbreiten. Von hier aus geht er an jeden Computer auf dem Planeten und wird das Netz zerstören, in dem wir alle gefangen sind."

Priscilla Langley lächelte. „Um das zu verhindern, sind fünfhundert Millionen doch nun wirklich nicht zu viel."

Luna war sprachlos.

In dem Moment drehte Bradshaw sich zu Priscilla Langley. „Und du, meine Liebe, warst mir die größte Hilfe. Ich danke dir dafür!"

Er ging auf sie zu, als wolle er sie umarmen. Sie lächelte ihn an. Plötzlich riss er ihr die Waffe aus der Hand. Im ersten Moment sah Priscilla Langley ihn ungläubig an, doch dann spiegelte sich schieres Entsetzen in ihren Augen.

„Meine Liebe", fuhr Bradshaw in zärtlichem Ton fort. „Ich hatte niemals vor, meine Rache für Geld zu verkaufen."

„Aber du hast gesagt ..."

Ein Schuss zerriss die Luft, hallte von den kahlen Wänden zurück. Luna hörte sich schreien, während sie sich zu Boden fallen ließ. Aus dem Augenwinkel sah sie, wie Bradshaw die Frau in seinen Armen liebevoll auf den Boden legte. Auf allen Vieren krabbelte sie zu Kate, die verzweifelt an ihren Fesseln zerrte. Mit zittrigen Händen versuchte sie, das Tape zu lösen, während sie hinter sich Bradshaw näher kommen hörte. Sie fuhr herum, als er an ihrer Jacke zerrte.

„Ausziehen!", schrie er.

Luna klammerte sich an ihren Mantel. Er riss an dem Kragen.

„Her mit der CD!"

Sie schlüpfte aus den Ärmeln und Bradshaw durchsuchte die Taschen. Er lächelte, als er den Umschlag herauszog und ihn aufriss. Dann nahm er die CD und nickte zufrieden.

„Danke, Luna!" Er ging zurück zu den Tischen und setzte sich an einen der Computer. „Sie haben der Welt einen großen Dienst erwiesen. Größer als Sie es je werden ermessen können."

Die Lade des CD-Laufwerks unter dem Tisch öffnete sich.

„Geld ist das Rückgrat der Wirtschaft – überall auf der Welt. Und dabei ist es nichts anderes als eine gemeinschaftliche Fantasie." Mit diesen Worten legte Bradshaw die CD ein. „Und ich werde diese Fantasie jetzt zerstören."

sechzig

Plötzlich hörte Luna hinter sich eine Explosion. Sie fuhr herum, sah aber nur Rauch. Kurz konnte sie schemenhaft vermummte Gestalten erkennen, die um die Ecke stürmten.

Bradshaw sprang auf. Die Waffe, mit der er Priscilla Langley erschossen hatte, hielt er noch immer in der Hand.

Jemand brüllte: „Fallen lassen!"

Einer der Vermummten kam aus dem Rauch gelaufen und riss Kate mitsamt dem Stuhl zu Boden. Schüsse fielen. Luna schrie auf und sah, wie Bradshaw in sich zusammensackte. Dann herrschte Stille.

Jemand rief: „Gesichert", und weitere Männer in Schusswesten kamen um die Ecke. Allen voran lief DCI Haddock mit gezogener Waffe in der Hand. Er kam auf Luna zu und beugte sich zu ihr herunter.

„Alles in Ordnung, Miss Dench?"

Luna nickte. Sie blickte zu Kate hinüber. Gerade begann ein Beamter, die Sprengladungen an ihrem Körper zu untersuchen. Da bemerkte Luna, wie ein weiterer Mann um die Ecke kam – DS Grant. Er trug keine Schussweste. Kurz blieb er stehen und blickte auf die Szene, die sich ihm bot. Dann schrie er plötzlich: „Vorsicht!" und rannte los.

Haddock fuhr herum. Noch bevor er etwas sagen konnte, hatte Grant ihn zu Boden gerissen. In dem Moment fiel ein Schuss.

Luna drehte sich zu dem Computertisch, unter dem Bradshaw lag. Weitere Schüsse fielen. Sie sah, wie Bradshaw die Waffe aus der Hand glitt und auf den Boden fiel. Kraftlos sank seine Hand hinunter.

Grant, der halb auf Haddock lag, stöhnte. Jemand fluchte und überall wurden Befehle gebrüllt. Luna hielt sich die Ohren zu. Dann merkte sie, dass sie entsetzlich zitterte. Sie schaute zu Grant, der sich die Schulter hielt. Mit blassem Gesicht rappelte Haddock sich auf. Er warf einen kurzen Blick auf Grants Schulter und rief nach einem Krankenwagen.

Luna legte ihre Hand auf Kates eiskalte Wange. „Sorry." Sie versuchte ein Lächeln. „Für einen kleinen Gefallen war das alles ein wenig heftig." Sie hob die linke Hand. „Es kommt bestimmt nicht wieder vor – versprochen!"

Doch Kate, die noch immer das Tape auf ihrem Mund kleben hatte, schien sie nicht zu hören. Sie starrte mit weit aufgerissenen Augen zu den Computern hinüber. Wieder zerrte sie an ihren Fesseln, die der Beamte schon fast gelöst hatte.

Erschrocken fragte Luna: „Was ist?"

Als Kate endlich eine Hand freibekam, riss sie sich das Klebeband vom Mund und schrie: „Die CD! Die CD!"

Die Männer im Raum fuhren herum. Die Lade des Computerlaufwerks war zu! Ein leises Summen war zu hören. Einer der Beamten eilte zu dem grauen Kasten hinüber und versuchte, das Laufwerk wieder zu öffnen, doch er schaffte es nicht.

„Der Virus!", schrie Kate. „Er verbreitet den Virus!"

Zwei weitere Beamte rannten hinter die Tische und versuchten, die CD mit Hilfe der Tastatur zu stoppen. „Kein Chance. Alles gesperrt." Sie starrten auf die Bildschirme, während das Summen des Laufwerks weiter zu hören war.

„Stecker ziehen!", rief Kate.

Einer der Männer rannte zu einem Stromkabel und zog es aus der Steckdose, doch das Summen blieb.

„Es muss eine weitere Stromquelle geben", rief er.

Kate blickte zu Luna, die DCI Haddock ansah. Der grinste. Da dröhnte auf einmal ein gigantisches Sinfonie-orchester aus den Lautsprechern auf den Tischen und ein Chor stimmte „God Save the Queen" an.

Entsetzt hielt Luna sich die Ohren zu und schrie: „Konnten Sie nichts Besseres finden, Mr Haddock?"

DCI Haddock schüttelte den Kopf und schrie zurück: „War das Einzige, was ich so schnell im Club auftreiben konnte! Ist doch schön, Miss Dench!"

einundsechzig

Sie saßen nebeneinander auf den Barhockern eines Coffeeshops in der King William Street, ganz in der Nähe des Mansion House, und ließen sich vom Lärm um sie herum nicht stören. Vor ihnen standen vier Becher mit Kaffee, die Haddock spendiert hatte. Grant, dessen rechter Arm in einem Verbandstuch lag, saß neben Kate und Luna neben DCI Haddock, der sich weigerte, seine karierte Countrymütze abzunehmen, die ihm die Kollegen zum Abschied vom aktiven Dienst geschenkt hatten. Eigentlich wären es noch gut zwei Wochen bis zu seiner Pensionierung gewesen, aber er hatte seinen Resturlaub genommen, den er nach der Sache mit Bradshaw – wie er gesagt hatte – auch dringend brauchte.

Von ihren Plätzen vor dem bodentiefen Fenster des Coffeeshops konnten die vier direkt nach draußen schauen. Kate zupfte am Saum ihres Rockes und schlug die Beine übereinander, während sie versuchte, in den Gesichtern der Menschen auf der Straße etwas zu lesen. Hatte denn keiner von ihnen geahnt, dass ihre Welt kurz vor dem Aus gestanden hatte? Dachte auch nur einer von ihnen manchmal darüber nach, was wäre, wenn die Finanzwelt, wie sie sie kannten, nicht mehr existieren würde?

„Ich habe da etwas nicht verstanden, Mr Grant", durchbrach Luna das Schweigen zwischen ihnen. „Sie sind doch noch Polizist, oder etwa nicht?"

Fragend blickte Grant an den Frauen vorbei, hinüber zu Haddock.

Der nickte. „Ja. Es wird kein Disziplinarverfahren

gegen ihn geben." Ernst schaute er Grant an. „Aber eine Belobigung auch nicht."

„Ist auch nicht nötig, Sir", meinte Grant lächelnd.

„Was hatten Sie eigentlich gegen ihn, Chief Inspector?", wollte Kate wissen. „Ich meine, Sie haben ihm das Leben ziemlich schwer gemacht."

Haddock kratzte sich am Kinn. „Das war nichts Persönliches. Grant ist nur leider zu clever. Ich musste ihn aus dem Weg haben."

Die anderen sahen ihn fragend an.

„Nun ja, Grant ist ein Überflieger, das sagten schon seine Vorgesetzten in Hampshire. Den Rest meines Teams konnte ich gut einschätzen. Kannte sie alle seit Jahren. Aber ihn da", er wies mit dem Kinn zu Grant, „hatte ich nicht unter Kontrolle."

„Darum haben Sie mich in die Besenkammer gesetzt, Sir?" Grant klang ungehalten.

Haddock grinste. „War Jenkins' Idee."

Für eine Weile tranken sie schweigend ihren Kaffee.

„Übrigens, Grant, die Kratzer an meinem Handgelenk stammen tatsächlich von einem Busch in meinem Garten", sagte Haddock plötzlich.

Grant nickte. „Und der Knopf, Sir?"

Haddocks Gesicht wurde ernst. Er schüttete noch mehr Zucker in seinen Kaffee und rührte um.

„Der stammte von meiner Jacke", sagte er schließlich. „Muss ich wohl bei dem Kampf verloren haben. Aber danach kräht kein Hahn mehr."

„Ah, gute Freunde in hohen Positionen und so", mutmaßte Luna. „Apropos hoch." Sie drehte sich zu Grant. „Warum kamen Sie erst so spät im Walbrook Building an? Ich hatte Sie doch Ewigkeiten vorher angerufen!"

„Nun, das Rätsel war nicht so leicht zu lösen. Und dann schlug mich auch noch jemand vor dem Gebäude nieder." Er blickte zu Haddock. „Das Nächste, woran ich mich erinnern kann, ist, dass der Commissioner mir erklärte, DCI Haddock habe von Anfang an den Befehl gehabt, Bradshaw zu finden."

Kate blickte zu Luna und murmelte ihr leise zu: „Sag es nicht, Luna, bitte!"

Doch Luna schüttelte den Kopf und drehte sich zu Haddock herum. „Im Club haben Sie zugegeben, dass Sie schon länger wissen, dass ich keine Mörderin bin. Ja, und auch, dass Bradshaw nicht einmal eine anständige Leiche ist. Seit wann wussten Sie das alles?"

Haddock nickte und lächelte. „Dass der Tote jemand anderes ist, hatte mir die Pathologie bereits am Tag darauf mitgeteilt. Darum musste ich auch den Bericht – na ja, sagen wir – verlegen."

Lunas Augen funkelten. „Sie wussten es von Anfang an?", zischte sie.

Schnell legte Kate ihre Hand auf Lunas Schulter. „Lass es gut sein!"

„Aber er hat ..."

Grant lächelte Luna an. „DCI Haddock hat mit der pressewirksamen Suche nach einer möglichen Täterin davon abgelenkt, dass er eigentlich auf der Jagd nach Bradshaw und der CD war. Eine ungewöhnliche, aber nachvollziehbare Taktik. Außerdem hatte er Rückendeckung von oben. Stimmt's, Sir?"

Haddock nickte. „Sonst hätte ich es wohl kaum getan. Entschuldigen Sie, Miss Dench."

Grummelnd nickte Luna. „Sagen Sie Luna – das machen alle."

„Sir", mischte Grant sich ein. „Warum bekamen ausgerechnet Sie den Fall? Die Kollegen in der City hätten sich der Sache doch ebenso annehmen können."

Haddock nickte. „Sicherlich hätten sie das, aber man hätte zu viele Leute ins Vertrauen ziehen müssen. Ich habe einige Jahre für die City als DI gearbeitet. Der Chamberlain kennt mich und wusste, dass ich bald in Rente gehe."

Kate verstand. „Er brauchte einen Mann, dem er vertraute, der gut ist und die City kennt."

„Ja, so in etwa", stimmte Haddock ihr zu.

„Aber wie war das denn nun mit Bradshaw? Er erpresste also die City. Priscilla Langley dachte, es ginge um fünfhundert Millionen Pfund. Aber die wollte er gar nicht. Stimmt's?" Fragend blickte Kate in die Runde. „Was wollte er denn überhaupt?"

Haddock trank noch einen Schluck, bevor er antwortete: „Auf dem Bankett im Mansion House hatte Bradshaw Allenby gesagt, er wolle zurück in die City. Allenby sollte ihn rehabilitieren und zum Partner bei Pradwell machen."

„Aber Allenby gab ihm eine Abfuhr."

„Schlimmer noch, er lachte Bradshaw aus. Und weil er sich weigerte, entschloss sich Bradshaw, das System als solches zu vernichten. Ich denke, er hatte schon vorher geahnt, dass man ihn nicht wieder in die City holen würde. Er muss gleich nach seiner Entlassung damit begonnen haben, diesen Virus zu programmieren und den Showdown vorzubereiten."

Kate legte den Kopf schief und blickte Haddock an. „Ich verstehe nicht, warum das alles so geheim bleiben musste. Warum sind Sie nicht einfach mit ein paar Leuten hingefahren und haben den Mistkerl verhaftet?"

Haddock lächelte. „Ich erfuhr erst zwei Tage vor Bradshaws Verschwinden davon. Als ich ihn in seiner Wohnung aufforderte, mir die CD zu übergeben, weigerte er sich. Er drohte, wenn ich ihn verhafte, würde sich der Virus von allein aktivieren. Dieser arrogante Typ! Zum ersten Mal in meinem Leben habe ich mich dazu hinreißen lassen, etwas zu tun, was ich eigentlich ..."

„Sie haben ihn vermöbelt."

Haddock nickte geknickt.

Luna legte ihre Hand auf seinen Unterarm. „Macht nichts. Es traf den Richtigen und anzeigen wird er Sie auch nicht mehr."

Haddock lächelte matt.

„Geht das eigentlich, ich meine, dass ein Virus sich selbst startet?", wollte Kate wissen.

„Zu dem Zeitpunkt wussten wir das nicht, Miss Cole. Wir mussten ihm erst einmal glauben. Chamberlain Allenby hatte größte Befürchtungen. Er meinte, wenn dieser Erpressungsversuch bekannt würde, wäre das Vertrauen in die City ruiniert. Wäre dieser Virus tatsächlich ins Netz gelangt und hätte Schaden angerichtet, wären die Börsen weltweit in die Knie gezwungen worden. Die Finanzkrise vor ein paar Jahren wäre nichts gewesen im Vergleich zu dem, was dann in den Industriestaaten geschehen wäre."

Grant lachte trocken. „Die Spezialisten sagen, der Virus wäre in der Lage gewesen, auf dem jeweiligen Zielrechner seine eigene Mutation auszulösen, sodass jeder befallene Rechner weltweit einen etwas anderen Virus gehabt hätte. Es wäre unmöglich gewesen, das unter Kontrolle zu bekommen."

Luna blickte ihn lange an. „Als Bradshaw Triple A

gründete, um an mein Geld zu kommen, ging es also nicht um einen schnöden Betrug. Er brauchte mein Geld für seinen irren Plan."

Grant nickte. „Sieht ganz so aus. Die Wohnung oben im Heron, die Satellitenschüsseln, die Computer, all das kaufte er mit Ihrem Geld."

Luna schüttelte ihre Haare. „Wow. Irre."

Niemand widersprach ihr.

„Und mein Geld? Alles weg?", fragte Luna vorsichtig.

Haddock nickte. „Bradshaw hatte keinen Penny mehr. Wir haben es geprüft."

Luna lächelte. „Macht nichts. Geld macht das Leben nur unnötig kompliziert." Sie leerte ihren Becher und ging sich einen neuen Kaffee holen.

Da wandte Kate sich an Haddock. Sie zögerte, doch schließlich fragte sie ihn, was sie schon längst hatte fragen wollen: „Habe ich denn nun mein altes Leben wieder? Ich meine ..."

Er nickte. „Sie können wieder nach Hause – falls das geht. Ich hörte von einer größeren Reparatur in Ihrer Wohnung."

Kate blickte in den Rest ihres Kaffees. „Ja. Ich denke, ich werde mir eine neue Wohnung suchen müssen."

„Das wird aber nicht einfach. London ist teuer und voll."

Kate seufzte. „Ich weiß."

Grant mischte sich ein. „Nach dem Einsatz auf der Freedom Maker haben die Kollegen übrigens einen gewissen Miles M. Meyers festgenommen."

Luna, die gerade zurückkam, starrte ihn an. „Miles? Wo denn?"

„Auf der Jealous Goose."

„Bei Mrs Beanley?"

Grant lächelte. „Ihre Nachbarin ist eine sehr kämpferische Dame. Die Kollegen hatten alle Hände voll zu tun, die Frau von ihrem Sohn zu trennen."

„Sohn?"

„Ja. Miles M. Meyers ist nur sein Künstlername. Eigentlich heißt er Edwin Beanley. Seine Mutter hatte ihn die ganze Zeit über versteckt."

„Aber wegen ein paar Nackedeis muss man doch nicht gleich jemanden verhaften", merkte Kate vorsichtig an.

„Sei ja nicht zu vertrauensselig, was Miles angeht!", meinte Luna. „Immerhin hat er versucht, auf meine Kosten seinen Kampf gegen das Establishment zu führen."

Kate lächelte. „Gib zu, Luna, es hat dir Spaß gemacht, ein weiblicher Guy Fawkes zu sein."

Luna lächelte zurück. „Na ja, ein wenig."

An Grant gewandt fragte Kate dann aber doch noch einmal: „Also, warum wurde Miles M. Meyer verhaftet?"

„In dem Hotel, vor dem diese ... Kunstdemonstration stattfand, waren auch ausländische Diplomaten", erklärte Grant. „Sie waren sehr – wie soll ich sagen? – ungehalten. Außerdem hatte Beanley schon zuvor einige als Kunst getarnte Dummheiten begangen. Da waren diese freigelassenen Hühner, dann eine obszöne Skulptur vor dem Buckingham-Palast, die Aufforderung im Internet, die Leute sollten sich zur Kulturanarchie bekennen, und anderer Unsinn. Die Krönung war aber die Website, mit der er eine polizeilich gesuchte Frau unterstützte, sowie eine unbezahlte Rechnung für zehntausend Luna-Masken. Nach mehreren Verurteilungen inklusive zwei Mal Bewährung wird er wohl nun einige Zeit in Haft verbringen müssen."

„Oh!", rief Luna und blickte zu Kate. „Dann können wir doch noch ein paar Monate auf der Freedom Maker bleiben."

Kate zögerte. „Meinst du, das geht?"

„Klar, vertrau mir!"

wissenswertes

Cola & Pfefferminzbonbons gegen verstopfte Rohre? Als ein Hausmittel zur Behebung von Rohrverstopfungen wird gern – neben Pümpel (Saugglocke) oder Spindel, Siphon abschrauben oder Klempner holen – die Verwendung von Pfefferminzbonbons und Cola empfohlen. Mit Hilfe von ca. vier Bonbons sowie einem Liter Cola und unter Berücksichtigung einiger Vorsichtsmaßnahmen (Überlauf abdichten etc.) kann man mit etwas Glück durch den entstehenden Druck die Verstopfung lösen. Allerdings sollte man den Abfluss blitzschnell verschließen, sobald man eigenartige Geräusche hört. Ebenfalls sehr beliebt ist die Rohrreinigung mit Hilfe einer leeren Plastikflasche. Sie dient dazu, Druck im Rohr aufzubauen, um so die Verstopfung zu lösen. (Zu den Methoden siehe u. a. www.abfluss-verstopft.info oder www.frag-mutti.de/verstopften-abfluss-mit-mentos-und-cola-durchputzen-a13446.) Ich persönlich wende keine der beiden Methoden an, obwohl mir mein Klempner versicherte, sie würden wirken, wenn man es richtig macht. Wenn nicht, gibt es eine riesige Sauerei.

Die City of London. Im Herzen der Weltstadt London gibt es eine Besonderheit: die City of London. Sie ist etwa eine Quadratmeile groß und liegt in den Grenzen des alten London. Die City hat einen politischen und wirtschaftlichen Sonderstatus, der bereits zu Zeiten Wilhelm des Eroberers festgelegt wurde. 1066 wollte Wilhelm von der reichen Stadt London, die er nicht erobern konnte, als König anerkannt werden. Er bot den Londonern an, dass sie ihre Selbstverwaltungsprivilegien behalten könnten, die der Stadt schon zweihundert Jahre zuvor gegeben worden waren. Diese Privilegien wurden der City of London bis heute nicht aberkannt oder revidiert. Und so verwaltet sich die City noch immer selbst und hat sogar eine eigene Polizei. Die City of London Police ist für die sogenannte Square Mile zuständig, während der Rest von London durch die Metropolitan Police geschützt wird. In der City gibt es auch eigene Wahlen, die jedoch nicht den üblichen demokratischen Prinzipien entsprechen, da neben Personen auch Firmen wählen können. Ihr Stimmanteil richtet sich nach der Wirtschaftsgröße des Unternehmens, was für eine überproportional hohe Vertretung der Wirtschaft in der Verwaltung der City sorgt.

Dass der Lord Mayor der City noch heute das Recht hat, dem britischen Monarchen den Zutritt zur City zu verweigern, ist jedoch nicht korrekt. Allerdings stimmt es, dass der Monarch seit der Regentschaft Elizabeth I. vor Betreten der City ein Gesuch zu stellen hat.

CCTV. Beim Closed Circuit Television (CCTV) handelt es sich um Videoüberwachung im privaten und öffentlichen Raum (bitte nicht mit dem chinesischen Staatssender China Central Television verwechseln!). Man kann CCTV nicht mit dem normalen Fernsehen vergleichen, denn die Daten, die mit den CCTV-Kameras aufgenommen werden, bleiben in nicht öffentlichen Leitungen, können in Echtzeit eingesehen und ausgewertet oder ggf. auch gespeichert werden. Das Magazin „CCTV Image" schätzt, dass es in GB rund 1,85 Million CCTV-Kameras gibt. In London dürften es aber deutlich mehr Kameras pro Einwohner sein als im Rest des Landes. Im Schnitt werde ein Londoner rund 300 Mal pro Tag von CCTV-Kameras erfasst, so das Magazin.

Haupteinsatzgebiet von CCTV ist die Überwachung von öffentlichen Einrichtungen sowie anderen Gebäuden und Geländen. CCTV wird nicht nur von Privatpersonen und Unternehmen genutzt, um sich gegen Vandalismus und Einbruch zu schützen, sondern auch von den Betreibern öffentlicher Verkehrsmittel, wie z. B. Transport for London (TfL) oder der Polizei. Dabei hat jeder Nutzer seine eigenen Kameras und entscheidet, welche Daten er wie lange speichert. Die City of London Police beispielsweise behält die CCTV-Bilder und -Videos ihrer rund 100 Kameras in der Square Mile so lange vorrätig, wie sie benötigt werden, heißt es auf ihrer Website. Zur Beobachtung der Bilder sind jeweils zwei Beamte pro Schicht im Dienst. Durch spezielle Videoüberwachungssoftware sind mittlerweile auch zusätzliche Funktionen wie Bewegungs- und Gesichtserkennung möglich, was den Nutzen von CCTV für die Polizei erheblich erhöht.

Dass ein derart präsentes Überwachungssystem auch Hacker auf den Plan ruft, ist nur zu verständlich. Immer wieder werden Versuche unternommen, die Funksignale der Kameras zu stören oder zu manipulieren. Die Gruppe Bitniks, eine Art Guerilla-Künstlerkollektiv, schaffte es z. B. mit Hilfe eines Störsenders, Kameras von TfL in einer Tube Station zu manipulieren. Statt des Bildes der Bahnstation erschien auf dem Überwachungsmonitor von TfL ein Schachbrett mit der Aufforderung, man solle mit Bitniks eine Partie spielen (http://chess.bitnik.org/about.html). Dieser Vorfall zeigt die Angreifbarkeit des CCTV-Systems. Es ist also möglich, die Bilder zu manipulieren. Diese Tatsache habe ich für meinen Krimi genutzt.

The Tube. Sie ist die Grand Old Lady aller U-Bahn-Systeme der Welt: die Tube, offiziell eigentlich London Underground. Täglich bewegt sie etwa 3 Millionen Fahrgäste. Allein im Berufsverkehr sind 500 Züge mit bis zu 900 Menschen pro Zug im Einsatz. Jedes Jahr werden über eine Milliarde Fahrten getätigt. Die 270 Bahnhöfe werden durch ein Gleisnetz von rund 402 Kilometern Länge miteinander verbunden. Derzeit wird die alte Dame modernisiert.

Narrowboats und Kanäle. Die Narrowboats, so wie in unserem Krimi die Freedom Maker, fahren seit Mitte des 18. Jahrhunderts auf den Binnenwasserstraßen Englands und Wales. Mit ihrer Breite von zwei Metern und einer Länge von knapp 30 Metern passten sie damals gut in die vorhandenen Schleusen. Durch ihren geringen Tiefgang konnten sie schwere Lasten transportieren und gleichzeitig von Pferden auf einem Treidelpfad gezogen werden. Die Kanäle waren damals so eng, dass gerade zwei Boote aneinander vorbeifahren konnten. Während der industriellen Revolution brauchte man mehr Güter im Land und zwischen den Städten. Die Straßen reichten nicht aus, doch leider die Kanäle auch nicht. Man begann damit, breitere Kanäle zu bauen, um mehr Boote bewegen zu können. Es kam zu einem kleinen Boom bei den Narrowboats. Doch mit dem Erfolg der Eisenbahn und des Ausbaus der Gleisnetze begann der lange Untergang der Boote und ihrer Kanäle. Ein harter Winter 1962/63 hielt die Kanäle wochenlang zugefroren und gab damit dem kommerziellen Gütertransport den Todesstoß. Als der Winter vorbei und die Kanäle wieder befahrbar waren, gab es keine Transportaufträge mehr. Die Narrowboats und die Kanäle verfielen endgültig.

In den späten siebziger und achtziger Jahren entdeckte man vor allem die Kanäle in Städten wie London als Naherholungsgebiet neu. Die verkommenen Treidelpfade wurden wieder hergerichtet und die Kanäle instandgesetzt. Heute sind die Kanäle voll erschlossen und mit Ausflüglern und Touristen belebt. Man kann Narrowboats für Touren mieten und mit ihnen – ohne Bootsführerschein – Land und Leute auf eine besondere Weise kennenlernen. Besonders beliebt sind Londons Kanäle, wo es auch Dauerliegeplätze gibt. Die aber sind mittlerweile sehr teuer. Wenn Sie einen Blick auf die fantasievoll gestalteten und liebevoll gepflegten Narrowboats von heute machen wollen, empfehle ich Ihnen eine günstigere Variante: Fahren Sie doch einmal mit dem Waterbus von Camden nach Little Venice.

Personen und Ereignisse in diesem Buch sind ausnahmslos der Fantasie der Autorin zuzuschreiben.

danksagung

Mein Dank geht an KHK Brackert und KHK Lindhorst der Itzehoer Kriminalpolizei, die mir mit unerschütterlichem Duchhaltevermögen beste Kontakte zu ihren Kollegen von der City of London Police und Metropolitain Police verschafften. Ebenso seien Sonja und Sarah Tente von Beautiful Britain genannt, die meine sehr spezielle Recherchereise für dieses Buch nach London organisierten und aufpassten, dass die Autorin im Weltstadtgetümmel nicht verloren ging. Lisa Finch gab ihr Bestes, um mir Insiderkontakte und gutes Essen zu besorgen und war mit beidem sehr erfolgreich. Für die Informationen zum NHS waren Cecilia Pollock und ihr Mann mir eine große Hilfe. Besonders aber möchte ich Derren danken, der mich in die Geheimnisse des Londoner Börsenparketts einführte und mich mit der menschlichen Seite des Brokerlebens und den Folgen der Finanzkrise vertraut machte. Meinen unermüdlichen Erstlesern Jürgen, Frauke, Heike und Sonja sei hier ebenfalls für konstruktive Kritik und Ermutigung gedankt. *DANKE.*

Ein Kapitän ohne Schiff und eine Leiche im Hafenbecken:

Anja Marschall
Fortunas Schatten

Dryas Verlag, Taschenbuch, 288 Seiten.
Erschienen in der Reihe „Die grüne Fee"
ISBN 978-3-940855-32-9

Glückstadt an der Elbe, 1894. Er hat alles verloren: sein Schiff, seine Mannschaft, seinen Ruf. Kapitän Hauke Sötje steht vor dem Nichts. Ein ehrenvoller Tod scheint ihm der einzige Ausweg aus einer gescheiterten Existenz – doch zuvor will er in der Hafenstadt Glückstadt eine alte Schuld begleichen.

Dabei wird er in einen Mordfall verwickelt. Einzig Sophie, die Tochter eines angesehenen Bürgers der Stadt, glaubt an ihn und seine Unschuld. Als Feuer und Intrigen die Stadt bedrohen, erkennen beide, wer Freund und wer Feind ist.

Der 1. Fall des unfreiwilligen Ermittlerinnen-Duos!

Anja Marschall

Das Erbe von Tanston Hall
Ein Cornwall-Krimi

Goldfinch Verlag, Taschenbuch, 282 Seiten.
ISBN 978-3-940258-21-2

Vor drei Jahren verschwand Kates Bruder spurlos. Gerade als sie glaubt, mit dem Verlust leben zu können, erhält sie einen anonymen Anruf. Ihr Bruder soll in einem kleinen Dorf in Cornwall gesehen worden sein und in großen Schwierigkeiten stecken.
Kate bricht sofort auf – doch im idyllischen Cawsand erwarten sie perfide Intrigen und ein tödliches Familiengeheimnis.

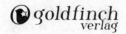

**Für Fans der klassischen Detektiv-Geschichten:
Der 1. Fall von Rowan Lockhart!**

Mara Laue
SINGLETON SOUL

Ein Edinburgh-Krimi mit Rowan Lockhart

Goldfinch Verlag, Taschenbuch, 312 Seiten.
ISBN 978-3-940258-27-4

Ein schlechtgehendes Büro für Privatermittlungen, eine kürzlich erfolgte Scheidung und obendrein ein undurchsichtiger Ex-Söldner als Mieter – Rowan Lockharts Neustart in Edinburgh ist nicht einfach. Da kommt ihr der Brief von Captain Finn Macrae gerade recht, in dem er sie mit der Überwachung seiner Frau beauftragt. Doch bevor Rowan mit ihm Kontakt aufnehmen  kann, ist Macrae tot: Selbstmord! Er soll militärische Geheimnisse verraten haben. Obwohl die Beweise für seine Schuld erdrückend sind, beginnt Rowan nachzuforschen und sticht damit in ein Wespennest – mit gefährlichen Folgen.

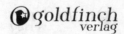